遇见你是最美的开始

宁婉心 / 著

中国華僑出版社

图书在版编目（CIP）数据

遇见你是最美的开始／宁婉心著. —北京：中国华侨出版社，2014. 11 （2021.4重印）

ISBN 978-7-5113-4984-2

Ⅰ. ①遇… Ⅱ. ①宁… Ⅲ. ①长篇小说—中国—当代 Ⅳ. ①I247. 5

中国版本图书馆 CIP 数据核字（2014）第 257081 号

遇见你是最美的开始

著　　者／宁婉心
出 版 人／方　鸣
策　　划／周耿茜
责任编辑／文　喆
责任校对／王　萍
装帧设计／顽瞳书衣
经　　销／新华书店
开　　本／710 毫米 ×1000 毫米　1/16　印张／16　字数／260 千字
印　　刷／三河市嵩川印刷有限公司
版　　次／2015年1月第1版　2021年4月第2次印刷
书　　号／ISBN 978-7-5113-4984-2
定　　价／45.00 元

中国华侨出版社　北京市朝阳区静安里 26 号通成达大厦 3 层　邮编：100028
法律顾问：陈鹰律师事务所
编辑部：（010）64443056　64443979
发行部：（010）64443051　传真：（010）64439708
网　址：www. oveaschin. com
E - mail：oveaschin@sina. com

目　录

Contents

第一章
阴谋的开始

我，蒋婉云，23 岁，某娱乐报纸编辑，本来一直过着平平淡淡的生活，可就在前几天，一封匿名邮件改变了这一切……

看着外面晴朗的天空，可此时的我，却有些心烦意乱的，总是不断想起那天老板许宁说她收到了一封匿名邮件，说巨星齐凡将要参加著名的相亲节目《遇见你》。因我长得有几分神似他的绯闻女友赵露，她便要我也去参加，本来我已经拒绝了，可后来为了筹措弟弟健安的留学学费，我只好答应她以假身份去参加节目。如果成功，要设法留在齐凡的身边，并伺机拍到他和赵露是情侣的证据，发给她，她说这样我们的报纸一定会销量大增，辉煌的未来也不远了，唉……

晚上，我告诉了蒋健安，已经帮他筹到学费的好消息。他没有想象中的那么开心，而是很认真地问我，是怎么借到的，爸爸妈妈也很好奇，我只好骗他们说，先问老板预支的。代价就是外派到下面的公司，帮她管理一段时间，下面的公司人少，但是要干的工作太多了，所以尽管高薪，很多人都不愿去，刚好她就让我去了。幸好，老爸老妈都相信了，就是健安好像还有点怀疑，不过，他很心疼我为他做的，就没再说什么，只说一定会努力学习，早日挣到这些钱，由他来还，我当然很开心、很欣慰了。

老爸老妈都很舍不得我们，老妈说我俩都出去了，就剩她和无聊的老头儿在家了，她会很想我们的。于是，今晚，我就和老妈一起睡了，我们可爱的老爸，还在和健安聊出国留学的事呢。

我告诉老妈，我星期一走，不能和他们一起为健安庆祝生日了，他的毕业典礼我也不能去了，更重要的是，他出国的时候，我不能去送他了。

老妈有些难过地说要去送我。

我一听，立马着急地说不用送我了，我还要先去趟公司，公司会派车送我到机场的，让他们放心。

老妈一听我这么说，只好作罢了，过了一会儿，她睡着了，我轻轻地拉起她的手，心里想着，爸爸妈妈，健安，希望你们不会怪我……

我蹑手蹑脚地爬起来，悄悄地把电脑打开了，还是赶紧查查齐大帅哥的资料，得知己知彼啊！

真是不看不知道，一看吓一跳啊，这家伙才25岁，可他居然就已经贵为影帝了。我顿时对他产生了好奇心，开始仔细地看他的资料。据说他从小就开始演戏，2岁时就出过镜了，5岁时演过电视剧，之后一直边上学边演戏，在学校一直是品学兼优的好学生，演技也是越来越有进步。后来考上有名的表演学校，继续学习表演。18岁时参演著名导演的一部大制作电影，虽然戏份不多，但凭借帅气的外形、出众的演技，得到业界及观众一致认可，逐渐崭露头角。之后6年时间，一直坚持，无论戏份多少，都认真出演，磨炼演技。

在24岁时和同样出名很早的赵露搭档主演一部电视剧、一部大电影。电视剧以高收视红遍大江南北，同时电影又刚好上映，二人再演情侣，收获好口碑和高票房的同时，二人亦于来年的多个电视、电影大奖中，凭借出色演技，各获奖项数个，一时风光无限。凭借自身天赋和6年来不间断的努力，齐凡更被誉为表演天才，一跃成为一线巨星，而他与荧幕情侣档赵露的绯闻更是被许多媒体、观众所关注，粉丝们更是高呼“在一起”，而二人都矢口否认，不管二人最后能否在一起，粉丝们都希望他们的演艺事业更上一层楼，越来越好。

看到这里，我不禁倒吸一口凉气，唉，我是真的不想伤害你们，光看照片，就知道你们有多相配了，如果你们是真心相爱的，到时，我一定会帮你们的，毕竟郎才女貌的组合有谁不喜欢呢，我也不例外啊！呵呵……算了，不想了，去睡了。我轻轻关上电脑，躺在妈妈的身旁，想起刚刚看的介绍，想起我看过他们的电视剧和电影，不得不说，他们真的很般配！

……

夜色慢慢地沉寂下来，微风吹动树叶沙沙作响，一幢豪华的别墅还亮着灯，齐凡静静地坐在沙发上，有些昏暗的灯光掩饰不住他的帅气，随意慵懒的着装，深邃的眼睛，浓黑的眉毛，高挺的鼻梁，还有薄薄的嘴唇，如此精致的五官，配上挺拔的身材，不得不说，齐凡确实是上天的宠儿，他拥有的太多了。

此时，他正用低沉的嗓音在跟他的经纪人说话："真不知道，我怎么会同意去参加什么相亲节目，我看我一定是疯了！"

"那个节目的制作人是我多年的好友了，她再三请求，我怎么忍心拒绝呢，你就当帮帮我吧！拜托了，再说，我知道你对赵露有好感，可是你也看见了，她的态度一直不清不楚的，外面都说你们是情侣，可事实呢，你还没得到她的心吧！"齐凡的经纪人杨玲略带着无奈的语气说道。

"你参加这次节目，就是对她最好的宣战，难道你不想看看她的反应吗？"

齐凡慢慢松开了眉头，抬头看了一眼她，"既然只是为了看看她的反应，你又为什么非要我选一个女孩，我也可以谁都不选啊！"

"那你跟不去参加有区别吗？而且消息已经给出去了，现在媒体都在猜测你参加节目的目的，如果你谁都不选，他们就有可能给你冠上炒作的名头，不过以你现在的地位，你是不会在乎的，可是你选一个，无论是谁，他们就有可能相信！"杨玲有些着急地说。

"那选了之后，怎么办，怎么跟她说？"齐凡悠悠地说着。

"这个我也想过了，当初节目组来邀请你，明知道以你的身份是不可能去的，可是他们还是愿意一试，因为你的出现可以挽救这个曾经很辉煌的节目，至于最后你选了谁，或者结局如何，已经不是他们需要关心的了。"杨玲喝了口水，接着说，"而你只需要选一个你觉得还顺眼的女孩，我们不是说过了吗？之后，你可以跟她好好地谈谈，我想应该没有女生会拒绝你。你可以跟她说，其实你参加这个节目，只是为了给粉丝们一个惊喜，对内，跟她签好一定期限的合约，让她做你的助理；对外，可以宣称你们在试着交往，至于是情侣还是什么，就由你说了算。又是助理，又是女朋友，这样美好的梦，我想没有一个女孩会拒绝吧，毕竟灰姑娘和王子的故事是女孩们的梦想，更何况王子是梦寐以求的你！"杨玲说完后，笑着看了看他。

齐凡没有立即回答，想了会儿后，他淡淡地说道："那就半年吧！"

"半年是不是有点太短了，一晃就过了。"

"那就一年吧，不长不短。"齐凡轻描淡写地说着，好像时间长短跟他没有任何关系似的，接着，他又沉默了一阵，才开口，"可一年之后，怎么结束我们的关系，对外可以说，感情不和之类的，可你确保这个女孩能接受吗？"

杨玲笑了笑："我可以拟一份合约。等节目结束后，你可以把这个文件给她，想办法让她签了，我想她不会拒绝的，在此期间，她可以作为助理待在你的身边，又可以拿薪水，我想，这个一年的美梦对她来说都太长了，她怎么会不接受呢？"

齐凡想了一会儿："好吧，就先按你说的办吧，太晚了，我要休息了，你回去吧！星期二我会去的!"

"嗯，那好，你可别忘了，合同已经签了。"说完，杨玲就赶紧走了。

"这种事情，我居然也会答应?"他不知道自己做得对不对，尽管她也对他表现出好感，可他始终感觉不到真心，他看着赵露的照片，无奈地摇了摇头，算了，不想了，反正不是真的……

第二章

遇见你

这一天终于还是来了，我愁眉不展地对着化妆间的镜子，使劲唉声叹气，好想什么都不管，直接逃跑啊！可是现在，逃跑居然是最需要勇气的一件事。

唉……我还是慢慢地拿起眼线笔开始化妆，心里还默记着许宁给我的个人资料，姓名：蒋朝露，年龄：23岁，在某新闻杂志社工作，吃苦耐劳，性格乐观开朗，很会照顾人，会做家务，擅长料理，等等……

“节目快开始录制了，赶紧出去吧！”这时编导过来催了。

我一听，着急了，我眼线还没画完，还有眼影这些都没画呢，怎么办？

对了，记得看资料的时候，看到齐凡说他第一次见到赵露的时候，就觉得这个女孩很天然，很清新，她画的淡妆，基本是未施粉黛，特别天生丽质的感觉，所以他一下就记住了她。

虽然我肯定没有她天生丽质，不过这样应该反而能够让他有印象，我边想边加快了动作。

“6号，蒋朝露，是吧，快走吧，马上就要开始了！”编导看我还不起来，着急地过来催我。

“嗯，OK，大功告成，走吧，走吧，不好意思啊！”我放下东西，赶紧跟着她出去了，她回头看了看我说：“你确定你就这样上台吗，今天齐凡可是会来哦，你没看到其他女生的打扮吗？”

我强装镇定地看着她笑了笑：“哦，这样就行了！”“好吧，你是6号，站到5号那个女生的后面去吧，一会儿说开始，一起进去就行了！不过你是新来的，一会儿会给你介绍自己的时间，好好把握机会吧！”

我赶紧走到5号的后面，手心都开始冒汗了，还好老爸老妈从来不看这个节目，不然我就死定了。

“好了，开始了，进去吧！”正在我胡思乱想的时候，开始进场了。

我好不容易挪动到自己的位置上，抬头一看，哇，这个摄影棚真的很大，很漂亮，好多观众啊。不过也对，《遇见你》毕竟也是老牌节目了，而且还成就过不少动人的爱情故事呢，我还真的挺喜欢这个节目的。

一开始录影，主持人就亲切地让我作自我介绍，我紧张得连话都不会说了，从来都没上过电视，怎么说啊？“大家好，我叫蒋朝露，23岁，在某新闻杂志社做编辑，喜欢白色，蓝色，粉色……”就在我傻傻地说些有的没的的时候，主持人很抱歉地打断了我：“哦，可以了，可以了，我们这位新来的女嘉宾很热情啊！”我感激地看着他：谢谢你很抱歉地“救了”我！

“另外，请各位女嘉宾记住了，男嘉宾出场后，喜欢的，您给按个笑脸灯，没感觉的，可以什么都不按，一切都掌握在你们的手中啦。”

接下来，就轮到男嘉宾出场了，连着三个，我的笑脸灯都没有亮过，第四个男生还不错，本来想为他按亮灯的，结果一下想起来，自己来干什么来了，又放下了手，主持人有些吃惊地看着我：“6号，很有个性啊，一上来就是灭灭灭啊，我很想问问6号，这几个男生当中都没有你喜欢的类型吗？”

“哦，那个，我看第一眼就知道我们不合适，我相信直觉！”我很无语地编着。

主持人差点没晕倒：“来了一位灭灯姐啊！”他手摸脑门做了个晕倒样。

我的心里也很想哭啊，我的4号啊！接着，我无意往台下扫了一眼，跟前这女的怎么这么眼熟啊，我使劲盯着她看了一下，这不是许宁嘛，她刚好也抬头看到了我，比了个加油的手势给我，我幽怨地看着她。

“好了，下面就到我们今天的重头戏了，很多女生期待了好久的人要登场了，欢迎5号男嘉宾……著名影星齐凡！”主持人作势高声喊道，结果，所有的女生都……可想而知，疯了。

齐凡穿得很休闲，一件简单的白色衬衫，一条黑色的牛仔裤，就这样清爽地登场了。看见他走出来的一刹那，我也愣了。这家伙果然是……齐凡啊，如此简单的装扮，却显得他更光彩夺目了，就像一缕耀眼而又和煦的阳光，让人生出舒服而又充满活力的感觉，不得不说，真的是太帅了。全场同时响起了雷鸣般的掌声。

主持人把话筒递给了齐凡，他用略带低沉的嗓音说道：“大家好，我是齐凡，很高兴参加这个节目，希望大家多多支持《遇见你》！”他的话音刚落，尖叫声、欢呼声就开始了。

“那么，齐凡，你怎么会想到要上我们节目呢，环绕在你身边的可都是大美女啊，没有你喜欢的吗？”主持人笑着问他。

他轻轻地点了点头，突然温柔一笑：“所以，我才要来啊，看看能不能遇见我的那个她，我很久没谈恋爱了。”一看见他展露出的迷人笑容，我都不得不说，一切太美好了！完了，我可不能沦陷啊！我忙用手拍拍脸，清醒，清醒。

“那快来看看吧，看看哪个女孩能这么幸运！”他快速地扫了一遍，我看着他的眼神从我脸上掠过，有一秒的停留，但很快就过去了，看来，他没有记住我，怎么办呢？

接下来，就开始女嘉宾选择了，当然了，毫无意外地全部的灯都亮着，主持人有些趣意地看着我：“6号，终于不灭灯了，果然还是齐凡的魅力大啊！”齐凡顺着他的目光也看向我，我居然又紧张得冒汗了。

我愣头愣脑地来了一句：“我的直觉告诉我，我们很合适！”刚一说完，全场哗然。

主持人直接开始大笑：“哎呀，6号女嘉宾太有意思了！”齐凡居然也笑了，哇，是在对我笑吗？请暂时允许我少女心一下。

其他女嘉宾一看，也不甘示弱，纷纷抢着问问题，跟他搭话，有一个女嘉宾问他：“齐凡，我很喜欢你，是你的铁杆粉丝，我想问一下，你相信娱乐圈有真爱吗？”

趁他们积极互动的时候，我好好地打量了一下齐凡，挺拔的身材，精致的五官，真的很想说。“这什么男人啊！长得也太不食人间烟火了吧！”咦，怎么突然这么安静了，我不过是在心里想了想，怎么好像听见我自己的声音了？

我抬头一看，主持人和齐凡都齐刷刷地看向我，哦，我刚刚不会说出来了吧，还对着话筒说的，糗大了！我满脸黑线地看着他俩。

又是一阵全场爆笑，唉，我今天的脸，算是丢尽了。齐凡看了我一会儿，笑着问我：“你觉得呢，你相信娱乐圈有真爱吗？”

哦，这是在问我吗？“6号，快回答啊，齐凡问你呢？”主持人催促道。

“相信，因为不管在哪儿，每个人都只有一颗真心，付出了唯一的真心的感情，还不算真爱吗？”我突然鼓足勇气，坚定地看着他很认真地说。

“嗯，我也相信！”他笑着点了点头。然后又把目光转向了别处，问刚刚的那个女嘉宾，“我和她的回答你满意吗？”那个女嘉宾满意地点了点头。

后来的询问时间里，他都没有再跟我说过话，我想，可能没什么希望了。

“好了，到了最后的选择时间了，齐凡，请你过去灭掉，1，2，3，4……嗯，太多了，就留下两盏灯就行了！”主持人一看，大部分都还亮着灯，只好说留下两盏，他数不过来了。

齐凡轻快地走了过来，快了，快了，他灭了好多灯了，快到我了，怎么办啊，捂着不让他灭？我的大脑开始飞速运转，光今天一天就不知道要死多少脑细胞，近了，到了，他把旁边的灯按掉了，接下来就该我了！正在我胡思乱想的时候，他走到了我的面前，伸出了手，完了，我欲哭无泪地闭上了眼睛，那么多钱我怎么还啊？

咦，怎么没响起灭灯的声音，睁开眼，看到他已经走回去了。接着听到主持人说，“请6号和15号女生到前面来！”

啊，我没听错吧？是我吗？我难掩激动的情绪，赶紧高兴地和15号一起站到了他的对面，我偷偷瞄了一眼15号，是个大美女啊，我还真是没什么优势，除了有那么一点点像赵露，唉……最后的战场了。

“齐凡，你可以先看一下她们的资料！”主持人指着大屏幕说，“6号，蒋朝露，23岁，某新闻杂志社编辑，性格乐观开朗，吃苦耐劳，会做家务，擅长料理……15号，范恩娜，25岁，行政助理……”

“齐凡，现在你可以再问她们最后一个问题！”齐凡听后，想了想，说：“我们生活的圈子不太一样，如果成为我的女朋友的话，会面临很多压力和很多意想不到的困难，我可能没有办法经常陪着你，到时，你会怎么办呢？先从左边这边开始！”

我转头看了一眼，好在我不用先回答，心想，无论如何，一定要成功呀，尽管这样想着，可心跳已经开始加速了……

“你好，齐凡，我想我会理解你，不过，还是希望你能有时间多陪陪我，呵呵。”听完15号女嘉宾的话，齐凡微笑着向她点了点头。

“好了，6号请回答！”主持人有些期待地看着我，我想他是还没笑够吧。

“如果你不能经常陪着我，我陪着你就好了呗，你把我也弄进你的圈子去，我们不就可以天天在一起了，我又可以照顾你！”我又开始不经大脑乱说话了。唉，说完就后悔了，人家回答得中规中矩的，我这什么呀！噩梦呀！

许宁一听这回答，心想，这蒋婉云，哪是来相亲的，简直就是来找茬的，完了，这么莫名其妙的回答，她肯定会被认为是神经病的，我的报纸的未来啊！

主持人这次竟然没笑，他很吃惊地看着我：“这个，嗯……咱们这个6号一向是语出惊人，跟别人的想法都不一样啊！怎么样，齐凡，你可以作出你的选择了吗？左边是15号范恩娜，右边是6号蒋朝露！”

齐凡最后听到我的名字时，愣了一下，接着笑着点了点头：“那就过去牵起她的手吧，这是她所期待的梦幻场面啊！王子要来了哦！”主持人兴奋地说着。

我已经完全不抱任何希望地低着头，心里已经开始流泪了，那么多钱啊，我怎么还啊！要不，一下节目就赶紧携家眷逃跑，不行，不行，我签了合约的，就在我胡思乱想、泪眼汪汪的时候，我的手被一个人轻轻地握在手里，他的手好温暖，我猛地抬头一看，天哪，我是在做梦吗？齐凡最后选的人居然是我!!

“哇，很出乎意料啊，齐凡最后选择的居然是6号，看来6号的直觉很准啊！那么我们问一下6号，成为幸运的公主，有什么感想吗？”主持人把话筒递给了我。

我激动万分地望着齐凡，泪眼朦胧地、感激地看着他，来了一句：“你真有眼光！”啊？哈哈，主持人这次实在没忍住，捂着肚子在那儿笑，全场又是一阵爆笑，许宁本来很沮丧，结果看到我们牵手成功，差点乐晕过去。

齐凡哭笑不得地看着我，拉着我一起退场了，主持人高兴地说：“让我们祝福王子和可爱的公主开启他们幸福的生活吧！”

终于落幕了，我半条命都快没了，好累啊，刚一下场，齐凡就松开了我的手。

第三章

特殊的合约

在后台休息室里，我认识了他团队的成员：经纪人杨玲，助理文文、奇奇，造型师 kiki 等，并签下了为期一年的合同，这份合同与许宁期望的差不多。

合同要求，我做他的助理，一年的时间，对外，有需要的时候，就用情侣的身份，没有外人的时候，我就负责照顾他的生活起居等等。

他说这是我们俩的秘密，不能告诉任何人，在给他当助理的期间，会付我薪水，但是，一旦这个秘密被别人知道了，要做出赔偿，而且不是小数目，我不假思索地答应了。

因为我说我是从外地来北京工作的，租的房子到期了，还没找到下一家，希望他们先帮我找个住的地方，所以，他们争执后决定，我暂住齐凡家，刚好可以照顾他的生活起居。

临走前，杨玲叫住了我："你好，朝露，以后你就叫我杨姐或者玲姐都行，齐凡一个人的时候，有些难相处，还希望你多多包容，有什么问题的话都可以来找我，我会尽力帮你的。"她轻轻拍了拍我的肩。

那一刹那，我真的很感动，在这个陌生的环境里，一群陌生的人，能有一个人来主动关心我，真的很贴心，我感激地说："谢谢你，杨姐，我以后会好好努力，多多学习的！"

我吃力地拖着行李箱走进了齐凡的家，哇，这也太大、太华丽了吧！我傻傻地站在门口，环视了一圈。

他转过身看着我说："我住在二楼，一楼和三楼的房间都空着，是用来招待朋友和客人的，平常我不工作的时候，你就负责把家里整理干净，听到？"

“嗯，嗯，听见了，那我也住二楼，是吧?”我充满期待地看着他。

谁知他面无表情地来了一句：“你住地下室吧，房间也很宽敞的，你住在上面，我的朋友们来看到怎么办?”

“啊？地下室，你没搞错吧!”我有些生气地看着他，他转身上楼了。

“喂，喂!”这什么人啊，简直就是个讨厌鬼，哎，抗议无效，我只好拖着箱子下了楼梯，来到了地下室。

哇，里面放了好多礼物啊，看来都是粉丝送的吧，要把这些都整理了，得弄到什么时候啊?

不管了，开始行动，忙活了两个小时后，终于整理得差不多了，才腾出睡觉的地方来，一看表，居然已经12点多了，该休息了!

就在我准备睡觉时，突然发现了一个重大事件，就是居然没有……床！天哪，难道说这家伙就让我在这没有床的地方睡觉吗?

我越想越生气，直接冲上了二楼，在哪个房间啊？忽然，我看到边上的一间房有微弱的亮光，好，肯定是在那儿。

我怒气冲冲地一把推开了门，冲了进去，就在我冲进去的时候，看到齐凡有一丝的慌张，手里好像拿着什么东西在看，看见我突然进来，赶紧拉开抽屉放了进去。

“你不知道敲门吗?”他有些不悦地看着我。

“你以为我爱进你的破房间啊，因为你实在是太过分了，你让我睡地下室，可以，可是你不知道地下室连张床都没有吗?！甚至连个床垫都没有，你让我睡哪儿?”我理直气壮地瞪着他说。

“不是还有地板吗，你睡那儿不行吗？你以为你是来享受生活的吗？我付你工资，你还跟我讲条件，这就是你所谓的一切都听我的?”他慢慢恢复冷冷的语调，静静地看着我说。

“可是，我好歹也是女孩子，你让我天天睡在冰冷的地板上，你还有没有点人性啊!”我拔高了声调冲他喊道。

他仿佛没听到一般，依旧冷冷地说：“那是你的问题，不是我的问题，如果你不想住，现在可以马上离开。”

“你!”我生气地拍桌子瞪着他，心里却已经败下阵来，就这样，静静地过了一分钟，我收起了手，慢慢地转身，开始往外走，走到门口时，我疲累地问他：“能给我床被子吗?”

“一楼，三楼的客房里有，你去拿吧！晚安!”这分明是戏谑的腔调。

这样就想压垮我吗？我挺直了腰，恢复了笑容，转过头，看着他说：“知道了，大明星，晚安！”

哼，是你说的让我拿，让我睡地板，我有那么笨吗?！于是，我把一楼三个房间里的被子全搬走了，我在地板上垫了两层，躺上去试了一下，虽然还是有点硬，但至少不那么凉了，好了，大功告成，可以睡了，哈哈！

这几天太累了，为了这事就没有好好睡过觉，尤其是今天，实在已经累得不行了，现在都快凌晨两点了，虽然睡得还是有些不舒服，不过我已经困得不想去在意了。

正当我还沉浸在和爸爸妈妈，还有健安、小雪一起开心地吃饭的梦境中时，突然传来一阵急促的敲门声，“喂，蒋朝露，都 8 点了你还不起来，我要吃早饭了。”他又敲了几声，“快点，吃完了，我还要去晨练。”

我开始咳嗽起来，怎么还开始感觉冷了，头晕乎乎的，我赶紧披上一件外套，上去准备早餐。他吃完后，休息了一阵，便换运动服出去运动了，临出门前嘴还不饶人地说：“今天我休息，不代表你也可以休息，明白吗，你难道不应该打扫，整理一下屋子吗？你该不会以为我找你来，真的是来当我女朋友的吧?”

就这样，一早上，我边咳嗽着，边楼上楼下地跑着，谁叫他家真的太大了，累死我了。

打扫完，我抓紧时间做好了午饭，让他来吃，他坐下后，吃了几口，就说难吃死了，说他不吃蒜，不吃咸的，不吃甜的，口味要清淡一点，说完，还一把把筷子撂下了。

我无语地看着他，只好赔着笑说：“知道，知道，主要我想，你早上锻炼了嘛，给你补充点盐分，下次少放点就是了。”

他哼哼了两声，才重新拿起筷子，吃了一会儿，又喊起来了：“喂，你不知道我不能吃辣的吗?”边说边使劲喝起水来。“对不起，这个我是真的不知道，以后一定会注意的。”

谁知他竟直接撂下了筷子，上去换了衣服，说要出去吃，可他正准备出门时，电话响了，接了电话后，他又重新回到座位坐了下来，拿起碗筷开始吃饭，我不解地看着他，这家伙发什么神经。

“看什么看，荧幕上还没看够吗？你以为我爱吃你做的饭啊，刚刚嘉明哥给我打电话了，让我去公司一趟，顺便带上你！”他没好气地看着我说。

“以后你就跟我一起吃饭吧，不过，吃饭的时候不许说话，不许偷看我，坐得远点。”他竟然带着认真的表情。

我听了，差点喷出饭来，其余就算了，什么叫“不许偷看我”？这人真是王子病，受不了了……不过，我还是敷衍地点了点头。

吃完饭后，他就带我去公司了，在那儿，我初次见到了他所属公司的老板王嘉明，一个长相英俊，气质沉稳，谈吐优雅的30岁左右的男人，看得出齐凡很尊重他，嗯，看来还是有人能制住他的。

之后，我们又聊了一会儿才离开。临走时，王嘉明还把那份登载着我们相亲节目报道的报纸送给了我，让我做个纪念，我只好哭笑不得地接受了，还好爸爸妈妈不爱看报，尤其是娱乐报纸，不然我就完了！

……

下午的天气有些阴凉，一双美丽的眼睛正盯着今天的报纸，看到这标题，她若有所思地笑了笑，她旁边的女孩倒有些着急了：“露露姐，这从哪儿冒出这么个女孩，还敢跟你抢齐凡，太自不量力了吧！”

眼前的美女，虽未施粉黛，却有一种难以言喻的美和独特的吸引力，正是大名鼎鼎的——赵露。她轻笑着说：“你大惊小怪什么？”

她拿过了手机，发了一条短信给齐凡：“齐凡，我明天要去法国拍写真集，可能几天都见不到了，你来找我，好吗？等你！”

我们出来后，快到电梯口时，他的手机响了，齐凡看过手机后，表情就有些怪怪的，他停了几秒钟后，转过头对我说：“我有些事，先不回去了，刚刚杨玲给我打电话，说有很多电影和电视剧的剧本在她的办公室里，让我拿回去挑挑，你去拿了先回去吧，她的办公室就在嘉明哥的旁边。”

说完，他就准备走了，我一着急，一把拉住了他：“可是，我是个路痴，不知道怎么回去，你能告诉我要坐几路公交车吗？或者地铁？”

他有些厌烦地抽出手：“以后不准动手动脚的，说话要保持距离，还有，你不是有手机吗，不会自己查吗？实在不行，你不还有嘴吗，不会问吗？”说完后，他就头也不回地走了，只留下我傻傻地站在原地看着他离去的背影。

唉，摊上这种人，真是太太太……晦气了。我一边咳嗽着，一边推开杨玲办公室的门，正当我找到了一大沓剧本的时候，突然感觉头有些晕，腿也软了，不行，还是先休息下再走吧。刚好杨玲的办公室里有沙发，我便躺在了沙发上。结果，刚躺下，就神志不清地睡着了。

第四章

正式入住二楼

我醒来时，已经在医院了，是王嘉明把我送来的，“王总，谢谢你！哎呀，我想起来了，我还有剧本没拿呢。”

王嘉明一听，不觉好笑：“你都烧成这样了，还管什么剧本。”

看我打上了吊针，烧也有些退了，王嘉明才松了口气，心想，齐凡这个臭小子，刚跟他说完，让他多照顾着点，居然就惹出这种事来，不行，得把他叫回来。

一开始齐凡听错了，以为是赵露病了，知道不是时，才松了口气，他向王嘉明表达了谢意，说一会儿就过来。

“你也要多关心人家一点，一个小姑娘也挺不容易的，知道吗？”王嘉明又看了一眼病床上的女孩，有些担心。

“嗯，我会的。”一路上，齐凡还在想着赵露的短信，一直在纠结着，本来想清静一下，才跑去了朋友家喝酒，没想到，这个烦人的蒋朝露又给他添乱了，还占用了他宝贵的时间，他到底要不要去找赵露呢？

……

“齐凡，我实在是走不动了，会拖累你的，你先走吧，我找个地方休息一会儿，再坐车回去，那些记者不认识我，没关系的。”

齐凡一听，有些生气了，回头朝我走来，突然一把抱起了我，还是公主抱，我不是在做梦吧，我掐了掐自己的脸，吃痛地哼了一声。

接着，开始鬼哭狼嚎：“喂，你干吗，快放我下来，小心让别人看见了。”

“闭嘴，没人都让你喊来了。”他冷淡地说，“你可别想太多了，我是怕你又给我惹麻烦，不得已才这样的。再说，你真的很重，我的手都快断了，再吵就把你扔到地上去。”

闻言，我只好乖乖收声了，他一路抱着我，都没再说过话，看着他帅气的面庞，我有点恍惚起来，或许是生病的缘故吧，狂跳的心也渐渐安宁下来，我竟然开始享受起这一刻来。

齐凡刚开始觉得这个小女人真是太烦了，因为她，他竟然也会狼狈到如此地步。他真后悔当初选的是她，同时，又好想明天就是一年之期了，这样他就可以赶紧摆脱这个麻烦了，可当他想到为了避开媒体的围堵，她自己拔掉针，只顾往外冲，怕连累他，坐在地上不肯起来时，他又觉得，算了，看在她为我着想的份上，这次就不跟她计较了。

“到家了。”齐凡轻轻地把我放了下来，掏出钥匙开了门，进门后，我晕晕乎乎地正准备往地下室走，突然，双脚又离地了，我眯着眼睛看着他，“你又干吗啊？我能走了。”

“待着。”他生硬地说，抱着我走上二楼，推开一间房间的门，慢慢地将我放在床上，“看在你今天生病的份上，就睡在这儿吧！”

哇，我终于有床可以睡了，好开心啊，虽然生病了好难受，可是也很值得，我高兴地闭上了眼睛。

正睡得昏昏沉沉的时候，突然听到门开了，是齐凡吗？好想睁开眼睛看看，可我实在太困了，只能听着，“这是保温瓶，还有你的杯子，晚上难受的话，就喝点热水吧！”我只好无声地点点头。过了一会儿，传来关门的声音。

难道是做梦吗，我实在没力气去想了，只是带着满足的笑容，心里默默地想着，谢谢你——齐凡！不知不觉又睡着了。

第二天，我感觉好些了，做好晚饭，我蹑手蹑脚地摸上二楼，敲了敲他房间的门，嗯？怎么没声音呢，难道在书房？

书房的门半掩着，齐凡果然在这儿，我正准备出声喊他，却发现他好像趴在桌子上睡着了。

我怕吵醒他，只好慢慢地走到他的身边，把椅背上放着的毯子轻轻地盖在他的身上。本来我应该立刻离开的，可是突然觉得睡着的齐凡，好像很乖啊！看着他长长的睫毛，我不禁伸出手，想去触碰一下，两把小刷子，我偷偷地想着。

这么美好的画面，怎么能不拍下来呢，以后离开了他，还有张照片可以欣赏，足以证明我不是做了一场梦，于是，我悄悄地拿出手机，把他完美的睡颜拍了下来。想让他多睡会儿，我放缓了脚步走出了房间。

等他下楼，吃完饭后，我洗了碗筷，而我们的大明星呢……当然是坐在沙发上拜读他的剧本了，我走过去和他道晚安。

“今天的工作都做完了吗?”他拿起一本剧本朝我摇了摇。

“我已经选好了，下午就跟你说过了，就是那本小说，改编成电视剧的话，一定很好看的，再说，我也不能24小时都工作吧，也该有点休息的时间吧?”我据理力争道。

他放下了手中的剧本，拿起我推荐的那本小说：“是这个吗？我说过，我不拍这个吧？明天继续看。”

“哦，知道了，那现在我可以下班了吧!”说完后，我慢吞吞地朝楼梯走去。

齐凡回头看了我一眼：“你走错方向了吧？是下面，不是上面。”

“你不是说，我可以住在二楼吗?”我不服地看着他。

他站起身，朝我走过来，“我的意思是，你昨天生病了，可以在二楼住一晚，可是，今天，你已经好了，就回到你该住的地方去!”

你！我真想冲上去，把他扁一顿，不过，好像不太可能……对了，我还有秘密武器呢？怎么这么笨，把这个忘了。

我拿出手机，调出那张我偷拍的照片，在他面前晃了晃：“哇，睡着的样子都那么帅，要是发到网上，不知道会不会翻天了。粉丝们应该很高兴吧!”看着他逐渐变黑的脸，我心里暗暗欢呼着，哼，让你老欺负我，还不赶紧求饶。

正当我仔细地欣赏照片的时候，他突然伸出手来抢手机，我吓了一跳，赶紧转身把手机护在怀里，他却一把从后面抱住了我，想伸手去抢。

那一刹那，我们俩都愣了，短暂地静止了几秒钟后，他迅速地松开了手，退了几步，“哦……咳咳……”齐凡居然也会有不好意思的时候，双手不自然地叉在腰上。

那一瞬间，我居然不争气地脸红了，所以，我一直背对着他，使劲平复自己的心情，“那个，你可以住二楼，不过我的朋友们来的时候，你要消失，回到地下室去。”

我背对着他，点了点头。“那把照片删了吧!”他说。“嗯!”我深吸了一口气，转过身来，平静地看着他，把手机拿到他的面前，按了删除键。

哇，我终于又躺在了我的宝贝床上，还是照片的威力大啊，我拿出了手机，打开了照片库，调出了那张齐凡睡着的照片，心里默默地高兴着，还好多拍了一张，哈哈！不过，这张是用来收藏的，看你以后还敢欺负我!

齐凡静静地坐在客厅里，看着手机上那条赵露发的短信，不知道她到了没有？什么时候回来呢？会不会生我的气了？过了一会儿，他又自嘲地笑了笑，怎么会呢，她一定玩得很开心吧！

身处法国的赵露，此刻正坐在沙发上，随意地看着杂志，“姐，齐凡哥没来看你就算了，怎么也不给你打个电话啊？”她身边的助理小洁问道。

“没打才好，他现在应该更难受。”赵露头也不抬地应着。

“姐，有个问题，我一直想问你，你听了别生气啊。”

“没事，问吧！”

“姐，你真的喜欢齐凡吗？”小洁小心翼翼地问道。

赵露没有回答，只是冷笑了一下……

齐凡放下手机，看到了桌子上的那本小说，心想，什么书这么好看，值得让那个烦人精使劲儿推荐，于是，他充满好奇心地翻开了第一页……

第五章

跪求删除照片

齐凡最近休假，没有什么活动，每天就看看剧本，锻炼身体，或者窝在书房里，要不就出去和朋友聚会，可我总觉得他做什么事好像都心不在焉似的，不知道是不是和赵露有关。

我边想着边拖地，正在这时，门铃响了，我看了一下，是杨玲姐。

原来她是来送邀请函的，是公司的宴会，是个内部聚会，会邀请很多著名演员、导演、歌手等。另外，王总让齐凡带上我一起去，时间是明晚 8 点，地点在公司附近的宴会厅，齐凡答应了。

我们按时来到了宴会的场所，还没进去前，齐凡就嘱咐我，一会儿进去别乱说话，一切看他的眼色行事。

我有些紧张地点头答应着，还从来没参加过这种宴会呢，何况是明星云集。

进去后，真的好多人啊，好多明星，好后悔没带相机来，我兴奋地左看看，右看看。

王嘉明在跟他打招呼，接着又看了看我："嗯，今天朝露很漂亮啊，不要害怕，都是认识的人，跟着齐凡就行了。"我感激地冲他点了点头："谢谢王总。""那我先去忙，你们好好玩。"王嘉明说完后，便走了。

正在这时，有几个人走了过来，我仔细一看，这不是高扬、苏童、韩泰吗，哇，都是大帅哥啊！

"齐凡，这位美女是谁啊？快介绍一下！"苏童笑着催问道。

我有些不好意思地看着他们，这时，一个人向我伸出手来："你好，我是高扬。"

我愣了一下，赶紧伸出手来："你好，我叫蒋朝露，我看过你演的戏，演技真的很棒！”

“是吗？谢谢！”他很礼貌地冲我点了点头。

“行了，你们别闹了。”一直一言不发的齐凡，开口了，“我来给你们介绍，这是蒋朝露，是我的……”

他正准备说下去的时候，苏童喊了一声：“那不是赵露吗？她回来了？”

“凡哥，露露姐来了，你不能不去打个招呼吧！”他俩边说边把齐凡拉走了，留下我傻傻地站在原地，看着他越来越远的背影。

“唉……”我轻轻地叹了口气。

“不去吃点东西吗？或者转一转？”耳边响起高扬的声音。

“哦，那我随便转转去吧！”我对他笑了笑。

哇，有不少好吃的啊，让他找赵露去吧，我有美食就行了，哈哈！我开心地想着。

过了一段时间，我都没再看见他们的身影，也没有认识的人，真是无聊啊，算了，我还是先回去吧，省得又给他添麻烦！

对了，我现在就是回去，也进不去啊，还是先去找齐凡要钥匙吧！

咦，都绕了一圈了，怎么也没看见这家伙的身影，不会是在外面吧？听说这个宴会厅周围也建得很漂亮，好像还有一个小花园，那就去外面看看吧。

我又拐到外面去了，顺着一条小路往花园走去。一路上，两边都是花草树木，空气特别新鲜，感觉好舒服啊，我不禁闭上眼睛，静静地站了几秒钟。

“让他俩单独说说话吧，有什么误会的话，也好解释清楚，免得让有些人钻了空子。”

我一听，不好，好像是朝这个方向来的，我赶紧躲到旁边的一棵树后，听着他们从这走过的脚步声。

“就是，齐凡哥和赵露姐多配，那个，也叫什么露的，差远了，好不好？”

原来是苏童和韩泰，别看长得挺帅的，还是明星，居然也在别人背后说坏话，算了，不管他们了，先找到齐凡拿钥匙要紧。

再往里走，果然看见两个人坐在喷泉旁边，我是直接过去呢，还是……不行，直接过去的话，他肯定会生气的，今天回去就别想睡觉了。

那怎么办呢？正在我纠结的时候，赵露好像往这边看了一眼，我吓得赶紧躲到旁边的大树后，只敢偷偷地探头看一眼。过了一会儿，看到赵露摇摇晃晃地靠在了齐凡的怀里。

虽然听不清他们说什么，可看到这一幕，不知道为什么，心里有点怪怪的，不是很舒服，肯定是因为刚刚喝了点酒，有点不清醒，对，就是这样的。

看他俩的样子，难道许宁说的是真的？这不是个好机会吗？于是，我赶紧拿出了手机，有些颤抖地拍下了他俩相拥的画面，这样做到底对不对？我又开始纠结了。

虽然拍到了证据，可我却一点也不开心，无论如何，我都不应该去伤害他们的！算了，不打扰他们了，赶紧走吧。

还是快点把照片删了，咦，怎么好像有个人影，从后面的那个大树探了一下头，糟糕，他们不会被发现了吧！

那个人一看我好像也发现了他，赶紧往外走去，看他的样子不像是无意路过的，难道是来拍齐凡和赵露的？

不行，不能让他走掉，得让他把照片删了，我一想，便加快了脚步。

刚走出这条路，就看见了他，我立马追了上去，这家伙一回头，看见我在追他，也加快了脚步，往一条人不太多的路跑去。

我一看，他居然想跑，可是，我穿着高跟鞋，连走路都会拐，怎么能追上他呢？看着他渐行渐远的身影，我着急了。

把心一横，管不了那么多了，我一把脱下高跟鞋，把它们拎在手里，开始光着脚向他追去。

才跑了几步，就觉得钻心的疼，可能被什么东西扎到了，可我不敢放慢脚步，继续忍着疼去追他。看此时路上没有人，我便喊起来：“站住！等一下，我有话跟你说！”可不管我怎么喊，他就是不停。

怎么办呢？他穿着鞋肯定比我跑得快，再不把他拦住，他就跑远了，我低头看了一眼手中拎着的高跟鞋，暗自琢磨着，高跟鞋有时候也是很好的武器啊！

谁叫你要跑呢，别怪我啊！我拿起高跟鞋，使尽了全身的力气，朝他的后背扔去！

“啊！”他向前趔趄了一下，差点与大地来了个亲密接触。

趁着这几秒钟，我忍着疼，加快了速度，跑到了他的跟前。

“我说你跑什么跑啊？”我气喘吁吁地责问他。

“那你追什么追啊？疼死我了。”他气愤地说。

“拿来！”我一边喘气，一边伸出手。

“什么呀？”他下意识地摸了摸他的宝贝相机。

“照片啊！你拍了吧？你是记者吗？”我瞪着他。

“关你什么事?”他依旧不承认。

“你拍齐凡就关我的事。”我理直气壮地回敬他。

“我都跟拍他好几年了，也没见过你。”他狐疑地看着我。

好几年，难道他就是齐凡在医院时提起过的——冯超?

“可是我认识你，你叫冯超吧!”我故作镇定的样子，其实心里已经是一团乱麻。

“你怎么知道的?你是齐凡什么人?”他看了我一会儿，才恍然大悟似的说，“你就是齐凡在相亲节目上牵手的女孩吧!”

“是我。”我开始慢慢镇静下来，“所以你更应该知道我为什么追你了吧?请你把照片删了，好吗?”

“如果你是齐凡的女朋友，刚刚怎么也会出现在那里，难道你知道齐凡和赵露的关系?”他有些不相信地问。

“我是恰巧从那儿路过，齐凡和赵露就是很好的朋友而已。”我认真地对他说。

“你知道我刚刚拍到的是什么照片吗?是他俩抱在一起的，你确定这个你也知道?”他继续追问着。

“那是因为赵露喝醉了，站不稳，身为好朋友，齐凡难道不应该去扶她一把吗?”虽然说得铿锵有力的，但我的心里也在打鼓，应该……是这样的吧!

“你真的是齐凡的女朋友?”他心想，如果她真是齐凡的女朋友，不应该会不在意啊，还拼命为他俩解释，难道齐凡真的只是扶了赵露一把吗?

“当，当然了!”我鼓足勇气大声回答他。

“那你证明给我看!”他以一副看好戏的表情看着我，好像在说，别说谎了，小姑娘!你以为你能骗得了我吗?

证明?这怎么证明呢，如果他问关于齐凡的问题，我万一答不上来怎么办?心里好乱啊，怎么办?怎么办?一定不能让他把照片带走。

忽然，我握紧了拳头，深吸了一口气，下定了决心，慢慢地弯曲双腿，跪了下去……

当双腿接触到冰凉的地面的一刹那，一阵刺骨的疼痛感传遍了全身，没关系的……我做得到的，我暗暗地给自己打气。

我慢慢地抬起头，看着他：“冯记者，我求求你了，把照片删了吧!”

当我跪下的那一瞬间，冯超以一种难以置信的表情看着我，忍不住倒退了一步：“你这是干什么?你以为你在我面前演戏，我就能相信了?”

我冲他笑了笑：“你觉得，我光着脚追了你那么远，现在跪在冰凉的地面上，就是为了演戏?”

“你别傻了，我了解齐凡，他喜欢的人是赵露，不是你!”他略带嘲讽地说。

“没关系，我喜欢他就行了!”我坚定地说，竟不知道什么时候，眼泪已悄悄落下。

他一听，竟没再说话，只是歪过头看了看我血红点点的双脚，摇了摇头：“没见过这么傻的女孩!”停了一会儿，他把相机递到了我的面前，“你自己删吧!”

我接过相机后，手都有些抖了，一边使劲说着谢谢，一边把有关他俩的照片都删了。

“谢谢你，冯记者。”我泪眼朦胧地看着他，有一丝感激。

他接过相机，看了看我：“哼哼，算他有个这么铁的好女友，这次就算了!”看着我的样子，他慢慢地转身离开了，留下了一句话，“没有下次!”

我一下瘫坐在地上，全身都软了，太好了！太好了！齐凡，我没让你受到伤害，太好了……

第六章

高扬的帮助

正当我瘫软在地上时，一只手伸到了我的面前："你打算一直坐在这儿吗?"头顶上传来柔和的声音。

我赶紧抬起头，居然是他!

"你怎么在这儿?"我惊讶地看着他。

"刚出来，就看见你慌慌张张地朝这边跑去，又是光脚，又是下跪的，这么精彩的好戏，我怎么能错过呢?"高扬嘴角微微扬起。

"啊? 我没下跪啊，我是跑太久了，腿软，一下站不住了。"我极力掩饰。

"哦?"他看着我笑了笑，"先起来吧，让齐凡看到了，可是会心疼的。"

我犹豫了一下，还是握住了他的手，他把我扶了起来："我带你去找齐凡吧!"

"不用了，他有些事要忙，让我先回去。"我赶紧推辞。

"那我送你回去吧!"

刚站起来，就感觉脚好疼，还是先答应吧，回去再说，我点了点头："麻烦你了，高扬。"

高扬轻轻地把我背在了背上，我的手上还拎着高跟鞋，走了几步后，他开口问道："你为什么追他?"

他? 难道高扬也认识冯超，我好奇地问："你认识那个人吗?"

"当然了，冯超是挺有名的娱乐记者，我们要经常跟他打交道的，不过，他似乎对齐凡很感兴趣，已经跟拍他好几年了。"

"哦。"听了这话，我不仅开始冒冷汗，没想到冯超居然会答应我的请求，还让我自己删了照片，看来，是被我的诚心打动了，谢天谢地! 我松了口气。

坐进了车里后，他问我："你家在哪儿？我送你回去。"

听杨玲姐说，齐凡刚搬的家，也没有看到他带朋友来过，看来，高扬也不知道他住哪儿。那就好办了，我把地址告诉了他。

"到了，就是这儿。"我指了指齐凡的别墅。

他有些不可思议地看着我："你住在齐凡家?"

"啊?"我一听，整个人都僵了，"你怎么知道这是齐凡家?"

"因为我就住在斜对面的那栋别墅!"他笑着说。

不是这么倒霉吧，我欲哭无泪地想着，得赶紧想个说辞，"那个，我还没有找到住的地方，所以，暂住在齐凡家一段时间，顺便照顾他的饮食起居。不过，我们是分开住的哦。"我严肃地看着他说。

他看着我的表情，笑着点了点头："这个我知道，我了解齐凡。"

"我暂住在齐凡家里的这件事，不能让别人知道哦，拜托你了!"我祈求地看着他。

他想了会儿，说："嗯，就当是我们俩的秘密吧！呵呵……"

"谢谢你啊!"我感激地看着他，"那我先走了。"

虽然已进入六月，可这几天刚下过雨，气温偏低，晚上还是挺凉的，我抬手看了看表，都等了快一个小时了，身上感觉越来越冷，脚也好疼。

忽然，一件衣服披在了我的身上，我愣了一下，心想，他终于回来了!

怀着满心的期待，我慢慢睁开了眼睛，"你不是进去了吗?"耳边传来高扬的声音。

不是齐凡!……我有些失望地摇了摇头："我忘带钥匙了。"

"这会儿挺冷的，先去我家待会儿吧，等齐凡回来了，我再送你回来。"声音里带着温和的气息。

"不麻烦你了，我还是在这儿等他吧！应该快回来了。"我微笑着回绝了他。

"没关系的，走吧，要是让齐凡知道他的朋友，竟然眼睁睁地看着他的女朋友在外面吹冷风，我想他会不高兴的。"高扬很执着。

"那好吧!"总不能因为我，让他难做吧!

他背着我来到了他家，然后扶着我在沙发上坐下，又端来了一盆温热的水，"洗洗吧，伤口要赶紧清理包扎才行，我去拿药箱过来。"

"好的，谢谢你，高扬。"我看着他忙碌的身影很感激。

洗完后，我准备自己上药，可高扬硬是要帮我，他说这样我就不会那么疼了，他把我的脚放在他的腿上，先开始用酒精消毒，虽然他的动作很轻，可我还是疼得握紧了手，他看我很难受，便开始跟我说话：“刚刚我看了你半天，发现你像一个人，你知道是谁吗？”

“是赵露吧！”我轻轻地回答他。

“所以说……齐凡和你是一见钟情喽？”他挑起了眉。

“啊？应该是吧！”我自己都不相信自己说的。

“你看过齐凡和赵露演的电影和电视剧吗？”他一边帮我上药，一边低着头问。

“看过。”

“他俩演的情侣怎么样？像不像真的？”

“他俩真的很适合演情侣，不然也不会获封‘最佳荧幕情侣’了。遇到齐凡之前，我也以为他俩真是情侣呢，因为他俩真的很配！”说最后一句话的时候，心里又有点不舒服了，我今天是怎么了？

“你不是他的女朋友吗？不会介意吗？”他的语气中带着疑惑。

我吓了一跳，赶紧解释说：“怎么会呢，齐凡跟我说了，他跟赵露只是很好的朋友而已。”

“他真的这么说？”高扬突然停下了手上的动作，认真地看着我。

这我怎么回答啊？高扬是他们的朋友，要是让齐凡知道了，我又该惨了……可是不回答的话，他就会怀疑我和齐凡的，怎么办呢？

正为难时，门铃响起来了，呼……我得救了！高扬轻轻地放下我的脚，“应该是齐凡来接你了，我刚刚给他发短信了。”

“她怎么了？”齐凡看了我一眼，皱紧了眉头。

“那个……我去追小偷，脚受伤了，不过现在已经没事了。”尽管知道这样会引起高扬的怀疑，我还是抢在他前面接过话来。

他俩一听，同时看向我，齐凡皱着眉说：“你又开始了啊？”我知道他省略了“惹麻烦”3个字……

高扬则若有所思地看了我一会儿，之后，他微笑着冲我点了点头，并将食指放在嘴边，比了一个“嘘”的动作，好像在说，我会帮你保守秘密的。不过，看样子，他并不想拆穿我，那就等以后有机会了，再跟他解释吧！

我慢慢地站起身，高扬一看，忙对齐凡说：“她的脚受伤了，你还是背她回去吧！”

“不……不用了。”我赶紧摆摆手，我可不想给那个家伙发飙的机会。

“她是我的女朋友，我当然知道该怎么办了。”齐凡有些不高兴了。

他走过来，把背朝向我，没办法，我只好乖乖地趴在了他的背上。

临出门时，高扬在后面说：“既然你有女朋友了，就多关心关心她吧！别让她大晚上的，一个人在外面吹冷风，至于有些人，该放手就放手吧！”话语里透着些责备。

齐凡听到后，停住了脚步，阴沉沉地说：“谢谢你的忠告！”

我回过头去，笑着对他表示谢意：“今天谢谢你了！高扬。”

他也冲我笑了笑：“以后再被扔在外面了，可以来找我哦，呵呵……”

什么叫“扔”啊？我故作生气地朝他吐了吐舌头。

齐凡没再说什么，背着我离开了。

“以后没事，最好离他远一点。”他语气不快地说。

“哦，知道了。”

之后，他都没有再说话，只是默默地走着，趴在他的背上，我竟又想安心地闭上眼睛，奇怪了，同样是背，怎么在齐凡背上跟在高扬背上，感觉完全不同呢，肯定是因为齐凡的背更宽阔，更舒服吧！我暗暗地想着，慢慢地把头靠在了他的背上，看在今天我保护了你的份上，就让我在你的背上多待一会儿吧！

我闭上了眼睛，“你干吗？别像上次一样，又睡着了啊？老把我当床垫。”齐凡着急地喊起来。

“我没睡着啊，只是有些累了。”

到家后，他把我背回了房间，等他走了，忽然想起来钥匙忘了要了，唉，明天再说吧。

刚躺下，手机响了，是许宁，打探事情进行得怎么样了。听到没有进展，又反复叮嘱，一旦有消息，就赶紧发给她。我不情愿地答应了。

我调出那张当时没来得及删除的照片，按下了删除键，就当我这次什么都没拍到吧！我轻轻地放下了手机，静静地躺在床上，回想了今天发生的事，如果齐凡和赵露真是一对的话，我一定不能伤害到他们！我闭上了眼睛，可能只有睡着了，才不会那么难受吧！

第七章
第三次牵手

最近，齐凡也不怎么在家，应该是去找赵露了吧！我无聊地猜想着。

正在我准备晚饭的时候，齐凡回来了，他告诉我新戏马上要开拍了，这次拍的戏就是我推荐的那本小说，他要我也准备准备，到时跟他一起去片场，多学习学习。

女主角由赵露扮演，看得出他很开心，他叮嘱我，到了片场后，可能会有很多人对我产生好奇心，我可以回答他们我是他的女朋友，但不可以跟赵露说。如果赵露跟我打招呼的话，我就说是他的助理，我们只是在试着交往，听了这话，我有些失落。

我建议他可以邀请原小说的作者李晶晶来当编剧，因为她是最了解男女主角心路历程的人，有她在，一定会帮他们更好地去理解和诠释角色的，这样拍出来的电视剧，一定会更好看的。

他说已经跟导演说了，就看她愿不愿意来了，他还有很多东西想问问她。

太好了，我终于可以飞出牢笼看看外面的世界了，哈哈！怎么有一种放风的感觉啊？唉……看来是保姆做得太久了，连自己是干什么的都忘了，我用手敲了敲脑袋。

第二天下午，杨玲姐来了，她的脸色有些不太好，她递给了我一份报纸："看看吧！"

我接过来一看，吓了一跳，是关于齐凡和赵露的报道，照片居然是那天他俩在小花园相拥的照片，怎么回事，冯超的照片明明被我删了啊！难道还有别人？我又看了一下报纸的名字，更是惊讶地瞪大了眼睛，居然是我们的报纸！

杨玲看着我惊讶的表情忙解释："他俩其实没什么特别的关系，就是很好的朋友而已，都是媒体在捕风捉影，不过，你作为齐凡的助理，我有必要告诉你，你还有一个任务就是要保护好齐凡，时刻注意着他的周围，不让有心人有机可乘，懂吗？”

我被弄得一头雾水，只是傻傻地点着头，杨玲看我似乎明白了，便上楼去找齐凡了。

来短信了，我看了一下，是许宁发来的：“婉云，这次干得漂亮，那天我问你，你还说没有，结果，过了两天，就把照片发到了我的邮箱里，是不是想给我个惊喜啊！这次，咱们报纸果然销量大增啊！再接再厉啊！”

我明明把照片删了啊，她怎么说是我发给她的呢？好奇怪！左思右想想不明白，委屈的眼泪夺眶而出，对不起，齐凡！本来还以为我拼尽全力保护了你，可没想到，还是让你……对不起……

冯超也看到了报道，他心想，那个女孩明明把我拍的照片都删了啊，看来，当时还有别的人拍下了照片，只能怪那天齐凡的运气不好啊，他想起了那个光着脚追了他那么远，又跪在地上求他的女孩，唉……傻丫头。

齐凡看了报道后，只是笑了笑：“赵露那边怎么回应的？”他很感兴趣地问。

“她说那天她喝醉了，差点跌到水里去，是你刚好路过，扶了她一把，这是个巧合！”杨玲静静地看着他说。

齐凡脸上的笑容渐渐淡去，眼里也没了光泽，整个人显得很落寞，待了一会儿，他才开口：“那就按她说的吧！”

“行，我知道了，不过我有必要提醒你，你现在是有女朋友的人了，虽然我们都知道是假的，可你也好歹装装样子，明明是带着女朋友一起去的，结果女朋友却不知踪影，只看到你和赵露……你这样，对双方都不好。”

杨玲停了一会儿接着说：“要不就直接跟蒋朝露摊牌，告诉她，你和赵露之间的事，反正你俩本来就是假的，对外来说，只要她在外面扮演好女朋友的角色就行了；对内，她只是你的助理，她还应该好好保护你和赵露才对！你觉得呢？”

齐凡听后，陷入了沉思状态，好一会儿，他摇了摇头：“不行，我怕会伤害到赵露，以后，我会注意的。”

“那在公众场合，你要和赵露保持一定的距离。另外，在外面，你要对蒋朝露好一些，演个好男朋友对你来说，应该不难吧！”杨玲絮叨着，齐凡皱了皱眉：“这个我知道！”

过了几天后，齐凡和赵露再合作出演情侣的报道出来了，粉丝们得知将由他们出演这部经典小说时，反响热烈，表示他们就是书中男女主人公的化身，很支持！

很期待！

齐凡跟我说，过两天，他就进组了，让我跟着他一起去，因为这次的场景基本上都在北京拍摄，所以，我们还是可以回家的。另外，齐凡也把钥匙给了我，他说省得我又坐在门口给他惹出不必要的事端。

终于到了这天，我跟着齐凡来到了一所大学，因为要先拍学生时代的戏，所以片场设在了这里。他带我去了休息室，让我跟着文文和奇奇，我渐渐适应了片场的工作。

时间就这样飞快地流逝着，一转眼就过了一个多月，我的日子也过得很平静。齐凡有夜戏的时候，我就按照文文的要求忙着给他准备消夜，给他扇扇子保证睡眠质量。不过，每次，文文都会趁齐凡没醒时，把我叫出去，交给我很多工作，我要做到凌晨才能收工。

这段时间里，齐凡对我总是爱答不理的，感觉他好像对我有很多意见似的，我也摸不着头脑。

这天，齐凡来到化妆间，无意间听到了奇奇和文文的对话："你为什么不告诉齐凡哥，这一个多月来朝露为他做的事，还让齐凡哥误会她偷懒，不好好工作？"

齐凡听了奇奇的话，有些愣怔，原来那些消夜是她做的，可文文却说是赵露做的，想到这儿，他急急迈开了脚步，找了半天，终于看见了一个歪倒在椅子上的憔悴的身影，他默默地走了过去，静静地看着，想伸出手去，却又垂了下来……

大学戏份结束后，齐凡转场去一家公司拍摄了。

这天晚上，临上楼前，齐凡想起杨玲的话："演个好男朋友对你来说，应该不难吧！"

"我明天下午才有戏，明天早上你跟我一起去晨练。"他对我说。

翌日清晨，我们就出门了，出了小区后，我轻声地问："咱们去哪儿啊？"

"这附近有个公园，去那儿吧！跑步去啊，快点跑起来。"说完，他就开始往前跑去。

我最不喜欢的就是跑步了，可我还是迈开步伐，去追他了。

锻炼完后，我们便走了回去。还是他走在前面，我走在后面。

走着，走着，齐凡突然停住了脚步，他忽然转过身来，走到我的身边，一把把我的手握在他的手中。

我被他这突如其来的举动吓了一跳，下意识地想挣开手，没想到，他却握得更紧了，他小声地在我耳边说："别动，有人在拍，装装样子而已。"

走了一会儿，我有些好奇地问："你是怎么知道的？"

"你以为我这么多年是白过的吗？我们对镜头是很敏感的。"

我看了看他，突然感觉有些不安，"你有没有想过，哪怕是一天，能到一个没有人认识你的地方，做你想做的事，真正自由自在地开心过一天，做回原来的你？"

他一下站住了，不过，他没有回答，只是笑了笑，之后，他又迈开了脚步。

稍后，他才平静地说："其实现在这样也没有什么不好，毕竟这是自己选择的路，我的粉丝们都很理智、很体贴的，他们很爱护我，也保护我的私生活，对我很好，所以，我的身上不仅有光环，更多的是责任。我希望在工作的时候，我能认真地对待每一部作品，因为这是我能给他们最好的回报！还有，我得到的很多，就应该付出更多，去帮助那些需要帮助的人，因为，没有大家对我的关爱和帮助，我也不可能有今天！"

不知怎的，我忽然觉得此时的齐凡——真的很帅！

第八章
神秘的生日礼物

今天我难得休息，我开始打扫卫生，趁他不在家，我忍不住推开了三楼那间他不让进的神秘房间……

没想到随后的日子里，我从杨玲那儿知道了齐凡的一个秘密，也是一个长时间缠绕着他的心结，为了这个秘密我还去公司找了王嘉明，在他的帮助下，了解了事情的真相。原来齐凡出道的时候，还做过歌手，他会弹钢琴，喜欢创作。有一次，他上一个音乐节目，弹唱了一首他自己写的歌，可是，被在场的评委批得一无是处，说他还是演戏有天赋，唱歌就算了吧！那时候他还小，可能在心里留下了阴影，从那之后，他再没在公开场合唱过歌。

当时，王嘉明看出了我的心思鼓励我："朝露，其实，每个明星在他成为明星之前，必定会经历许多的挫折和磨难，跟普通人没有什么区别，能坚持下来、不断充实历练自己的人，才能适时地绽放光芒，齐凡便是这样的人，你也会是这样的人，所以，如果你想帮他解开心结的话，就去做吧！有什么需要帮忙的，就告诉我。"

"真的很谢谢你，嘉明哥。"我感激地说。

"别老说谢谢了，你就像我的小妹一样，哥哥帮帮妹妹有什么不对的吗?"他微笑着说。

我一听，也笑了："那我以后就认你做哥哥了。"

"那以后你就是我的亲妹妹了，太好了，呵呵，以后齐凡这小子也不敢再欺负你了。"他突然有些认真地说。

"啊？这么好啊，哈哈……"自从来到这儿，还是第一次听到有人这么说，我开心又感恩地笑了起来。

之后，为了学钢琴，我去了一家艺术学校，在那儿碰到了义务教授表演课的高扬，他听说我要学琴后，竟欣然地说可以教我，因为不用跑那么远了，我便开心地答应了。令我吃惊的是，原来高扬也是深藏不露啊，歌唱得好，琴弹得更好，像我这么笨的学生，他教得也十分有耐心。

可是这一个月里，齐凡情绪变化多，平时很少跟我说话，一说，也是话中带刺的，我懒得理他，只想做好我想做的。

终于到了9月21号这天，今天剧组也提前完成了拍摄任务，因为公司要给齐凡庆生，还请了剧组的工作人员一起参加。

我特地赶回家准备我的生日礼物，我准备好了一切，然后就开始静静等待着，看着墙上的表，秒针、分针、时针一点点移动着，已经11点多了，他不会来不及在12点前回来吧，那我岂不是都白准备了吗？我心情倦怠地趴在了钢琴上。

齐凡刚一打开门，就吃了一惊，屋里都被装上了各式各样的彩灯，早上离开的时候还没有，难道是她准备的吗？怪不得刚才宴会上一直没有见到她。

他往里走了几步，看到地上好像有东西，他带着好奇的心情，捡起了一个，居然是只千纸鹤，上面还写着：生日快乐，大帅哥！

不知怎的，心情突然抑制不住地高兴起来。接着，他往前看去，前面又有一只，你们是在给我指路吗？他笑着低语。

他小心翼翼地怕踩到它们，每走几步，就捡起一只，就这样，他上到了二楼。他看了看，前面好像还有；看起来像是直到三楼。她不会不听我的话，进了那个房间吧？带着忐忑不安的情绪，他慢慢地走上了三楼。

听到脚步声，我立马抬起头来，不会是他回来了吧？一想到这儿，我的心突然紧张起来，手心也开始冒汗，有种回到了我们初次见面的感觉。

我调整了坐姿，准备好最后的惊喜，希望他会喜欢！

接着，我听到了开门的声音，在门完全打开的那一刻，我深吸一口气，将双手放在了钢琴上，开始了那支我弹了无数遍的曲子，唱出了私底下练了无数遍的歌。

齐凡刚看到时，整个人都怔住了，一闪一闪的灯光中，她坐在那架被他遗忘了的钢琴前，边弹边唱着……他收住了身心，一动不动地聆听着！

不敢看你太久，怕会沦陷。

不敢靠你太近，怕会失望。

总是默默跟在身后，背影会让我安心。

属于你的想念，我的奢望。

属于你的幸福，我的祈愿。

每一次的离开，我微笑接受。

每一次的笑容，我深深收藏。

每一次的擦肩，我感谢命运。

每一次的守护，我倾心相许。

遇见你，是最美的开始！

唱完后，我才发现自己的声音还是有些抖，我有些不好意思地笑了。

可这时，却响起了一阵掌声，我回头看着他，他一边拍着手，一边走了过来。

慢慢地坐在我的旁边，轻笑着说："这首歌我怎么没听过，是你写的吗？"

"歌词是我写的，编曲是拜托嘉明哥帮我的，他请的是周艺生老师，要不是他，就没有这首歌了。不过，人家的曲子谱得那么好听，而我的歌词就差远了。"

"还不错！是你的心声吗？"

我看他心情还不错，看来没有怪我擅自进入这个房间，于是，我赶紧趁热打铁："不是的，只是随便写写的。不过，这是首男女对唱的歌，刚刚唱的是我写的女生的歌词，如果你不嫌弃的话，把男生的那部分补上吧！这样，这首歌就完整了。"

"哦？把曲谱拿给我看看。"看他还挺有兴趣的，我便把曲谱递给了他，上面有我写的歌词，空缺的地方是留给他的。

"拿支笔给我。"他的表情很认真，我一看，赶忙把笔递给了他，他开始一边思考，一边慢慢地在上面写些什么。

我静静地看着他，柔和的灯光，勾勒出他完美的轮廓，手托着下巴沉思的样子，很迷人，这一切，好像一场梦啊！

过了一会儿，他笑着递过了曲谱，我看了看："大帅哥，你不介意的话，我们一起弹吧！"

齐凡一听，脑海中一下想起了那个他不愿提起的过往，"你唱歌真的没什么天赋，以后还是别再唱歌了！"因为这个，他有多长时间没摸过钢琴了，没再重拾以前自由自在唱歌的快乐了？

我看他一言不发的，难道是想起了以前？我搡了搡他："拜托你了，陪我一起弹吧，就一次，可以吗？"

他这才慢慢地转过神来，有些犹豫地将手放在了钢琴上，我开心地说："那我先唱了！唱得不好，别笑我啊！呵呵……"

不敢看你太久，怕会沦陷。

不敢靠你太近，怕会失望。

总是默默跟在身后，背影会让我安心。

快唱完我的部分时，我有些担心，怕齐凡还是不肯唱，结果，没想到，他竟然开口了：

你的眼睛让我，找回自己。

你的靠近让我，心慌意乱。

总是默默走在前面，影子会让我安心。

齐凡的嗓音低沉有磁性，真的很好听，他不唱歌，实在是太可惜了，我又在胡思乱想了，他用胳膊轻轻地推了我一下，我连忙接着唱起来：

属于你的想念，我的奢望。

属于你的幸福，我的祈愿。

这次他没停顿，直接跟唱了起来：

属于我的快乐，你的陪伴。

属于我的眼泪，你的伤心。

然后，我们相视一笑，一起唱：

每一次的离开，我微笑接受。

每一次的笑容，我深深收藏。

每一次的擦肩，我感谢命运。

每一次的守护，我倾心相许。

遇见你，是最美的开始！

唱完后，我高兴地拍了拍齐凡的肩膀："你真是厉害，才刚学，就能唱得那么好了。而且你的声音真的很好听，不唱歌可惜了。"

齐凡放松地笑了："是吗？"

"那当然了，你看，我的手指头不长，高扬也说我没什么学琴的天分，可我为了要给你准备这个生日礼物，硬逼自己在一个月内学会了，所以，我都可以完成看似不可能的事，你这么聪明又有天赋，有什么能难倒你呢？"

他没有说话，只是认真地看着我，过了一会儿后，才静静地说："所以，你跟高扬学钢琴就是为了我的生日，是吗？"

"是啊！那次你问我时，我没有主动告诉你，也是想给你一个惊喜，呵呵……你现在开心吗？"

齐凡的眼眶有些湿润了，原来真的是我错怪了她，还以为她跟高扬学琴是为了攀附，还天天给她脸色看气她，对不起……

我看他没说话，又问了一遍："你喜欢这个礼物吗？如果喜欢的话，希望你以后也能像今天这样，无拘无束、自由自在地唱歌！"

这次，他点了点头，终于又笑了，而且笑得那么开心，我也放松了心情，笑着说："齐凡，祝你生日快乐！"

"谢谢！"他拿出了手机，"咱们再好好地唱一遍吧！我想把它录下来。"

这次，我们弹得很认真，唱得也很投入，很愉快，我想这个画面我会保存一辈子的。

唱到最后一遍合唱的时候，我偷偷地看了看他，齐凡，你只要能开心地唱歌，这就是我最大的心愿！

齐凡在唱最后一句时，心里默默地想：谢谢你，朝露！现在的我，很快乐，这是我收到过的最好的生日礼物！

录完后，他笑着说："我觉得你唱歌也挺好听的，不如哪天，我带你去录音棚把这首歌好好地录出来，好吗？"

我一听，高兴地点了点头："那谢谢你了！对了，我还没给这首歌起名字呢，要不你来起吧，里面也有你写的歌词啊。"

齐凡沉思一会儿后，说："那就叫……《遇见你》吧！取自最后一句歌词，因为世上最美妙的事情，莫过于遇见对的人！"

最后一句话，说进了我的心里，对啊，不知道，我是不是也遇见了？我悄悄地看了他一眼，不对，我只不过是他生命中的过客，他说过的，一年之后，我们会头也不回地分开，可能他已经遇见了他的那个"她"吧！

我们就这样你一言我一语地说笑着，看着他闪亮的眼神，我心想，齐凡，谢谢你，给了我这么美好的回忆！

齐凡看着那个甜笑的女孩，心想，朝露，谢谢你，让我有了这么感动的记忆！

第九章
我们的歌

正当我和奇奇在化妆间里闲聊时，小洁来了，她说赵露找我，在附近的一家咖啡厅里等我。去了之后，她竟然直接问了一个让我有些吃惊的问题："你和齐凡是真的吗？希望你能跟我说实话。"

赵露回想起今天早上小洁跟她说的话……

想到这儿，赵露信心十足地看着我："你们从一开始就是假的，对吗？"

我一下呆住了，她是怎么知道的？还是瞎猜的？我要不要承认呢？

"是齐凡告诉我的，他说不想让我难受，就把你们之间的故事告诉我了。"

"所以说，故事只能是故事，而且还是个一开始就注定了没有结局的故事，呵呵……你明白我的意思吗？"

"我什么都不明白，我只知道，是他喜欢的，我会祝福的，仅从一个朋友的角度来做这件事，以前是这样，以后也会是这样。"我斩钉截铁地说，我不能让自己再犹豫不定了。

"是吗？那我就没什么可担心的了。"她微微地笑了。

我看着她，也问出了一句埋在心里很久的话："那你呢，是真的喜欢他吗？"

她突然被我反问了一句，表情顿时有些不自然，"这不需要你管吧！"

"难道，他并不在你的心里？"我有些着急了。

"好了，今天的谈话就到此结束吧！我的想法不是你可以揣测的，你不是说会祝福吗？那就祝福吧！"她又若无其事地喝了一口咖啡，然后，站起身就走了。我有些懊恼地捶了一下头，怎么现在一遇到他的事，就这么不镇定呢，唉！

我在电话里得知高扬病了，连忙赶去看他。

“还记得上次你脚受伤，我给你擦药吗，这次互换了角色，咱俩还真是同病相怜，呵呵……”高扬打趣道。

“呵呵，因为你在我难受的时候，帮助了我，现在，你生病了，照顾你是应该的，你就安心等着喝粥吧！”

高扬突然感觉像被一缕阳光照进了心里，久违的温暖，虽然仍然在咳嗽，头也有些晕，可好像不那么难受了，笑容在慢慢地绽放。

喝了我熬的营养粥，吃了药，我便扶他回了房间，让他睡下了，一直等到他烧退了，我才离开。这几天路灯还没修好，有些黑，看那儿好像有个人，可太远了，看不清楚，要不要给齐凡打电话，让他来接我呢？迟疑了一阵后，我还是迈开了脚步，算了，还是不要麻烦他了。

越走近就发现那个身影越眼熟，好像是他吧？我有些疑惑地开口问道：“是齐凡吗？”

原来真是齐凡，问他是不是专门来接我的，他却说在找东西。外面很冷，我急着拉他回家，无意中碰到了他的手，好凉，“你的手怎么这么凉，快回去喝点热水。”我有些着急了。

没想到，他什么都没说，一把拉起了我的手。

“你干吗啊？”我有些吃惊地看着他。

“别多想啊，让你帮我暖暖手，对我而言，这不是手！”他举起了我的手，“这是热水袋！明白吗？”

“哦。”我只好任由他牵着手。

傻瓜，不知道你的手也很凉吗？齐凡边走，边偷偷地用余光瞟了一眼紧握着的手，这样，再黑的路，你也不会害怕了吧！

回到家后，我们各喝了一杯热水，顿时感觉好多了。

“太晚了，赶紧去休息吧！”齐凡催促着。

“嗯，你也是。”说完后，我先上楼了。

咦，我的门口怎么会有个袋子，好像是衣服，我有些好奇地拿了起来。哇，好漂亮的披肩，我开心地把它披在了身上，该不会是他买的吧？我有些痴痴地想着。

这时，耳边传来了他的声音：“还挺适合你的，喜欢吗？”

“我很喜欢，谢谢你！”我鼓足勇气对着他说。

齐凡一听，默默地弯起了嘴角，喜欢就好……

第二天早上，他让我披上他给我买的披肩，说带我去一个地方。

我先给高扬打了个电话，知道他好多了，我才放心些了。

没想到这一天，齐凡给了我太多的惊喜，他竟然带我去录了我们的歌，还专门请了个团队帮我们拍 MV，虽然我知道，他是想补偿我，可我只想把这天当成是他送给我的专属礼物，好好地珍藏在心中！

几天后在片场，齐凡听了小洁的话后，往赵露的休息室走去。

“我来了，你怎么了？”齐凡一进门就着急地问道。

“你自己看吧！”赵露推了一下桌上的电脑。

齐凡一看，这不是我和蒋朝露拍的 MV 吗？怎么会在网上？

“我们唱的歌是先发的，她又把这个发到网上，是在羞辱我吗？”赵露的眼里涌出了泪水。

齐凡也有些懵了，真的是她发到网上的吗？“露露，朝露应该不会的，我嘱咐过她只能自己看的。”

“这么说，你承认是你带她去拍的 MV 了。”

“嗯，因为她送我这首歌的时候，我就答应带她去录歌的，后来为了本剧的宣传效应，由咱俩先唱了这首歌，所以，这些只是想补偿她一下，你别想太多了。”

“只是想补偿她一下，我看她可不是这么认为的，不然也不会把它传到网上，我看她是想报复我先唱了她的歌，还是和她男朋友一起唱的。”赵露的泪水滴了下来。

看着赵露的泪水，齐凡有些不忍心：“那你呢，你希望我是她的男朋友吗？”

赵露一听，短暂地愣了几秒钟：“如果我希望的话，就不会在看到这个 MV 时，这么难受了。”

“我知道了，希望是你的真心话，这件事，是我考虑得不够周全，对不起，我会去问清楚到底是怎么回事的，你也早点回去休息吧！”齐凡的脚步有些沉重。

赵露轻轻擦了擦眼泪，收起了伤心的表情，换了身衣服后，带着笑容离开了……

看到 MV 已经删了，我也放下心来，到底是谁把 MV 传上去的呢？我坐在椅子上思考着，难道是我那会儿忘记拔掉拷着 MV 的 U 盘了？突然，我看到了齐凡上午送给我的抱枕，我记得走的时候好像把它放在椅子上的，现在怎么会在桌子上？看来是有人在我们走后进来过了，这是化妆间，毕竟不是齐凡的休息室，来往的人肯定不少，唉，也是我太不小心了，只能自认倒霉了。

我有些担心一会儿该怎么跟齐凡解释呢，只能抱着兔子抱枕，静静地等着，看到奇奇回来了，才知道他已经走了。

没办法，我只好自己坐公交车回去了，一会儿该怎么跟他解释呢，唉……

回到家后，他一个劲儿地责备我，还说我这么做是在报复赵露，虽然我的心已经开始颤抖了，可我还是忍着，平静地对他说我没有，可他就是不相信，因为，只有我俩知道有这个 MV，我脑子一片空白地听着他的推论，竟然词穷到了只剩三个字的程度——“我没有！”

“是你故意疏忽让人有机可乘！”这句话更是说得我哑口无言，是我疏忽没有保管好，可绝不是故意的。

他继续冷冷地说着：“看来是我让你误会了，带你录歌，去拍 MV，只是因为单纯地想补偿你一下，对他们说你是我的女朋友，你就更应该知道是为什么了。”

“就这么不愿意相信我吗？”一滴泪水不受控制地滴了下来，我赶紧转过头去擦了擦。

他没有说话，静了一会儿后，看着我说：“我和你只是简单到‘把钱打到卡里’的关系，我为什么要费心思去想应不应该相信你？”看着我不断滴下的泪水，他转过了头，继续说道，“我只相信我应该相信的，而不是我想相信的，这难道不是更明智的选择吗？”

最后几句话，彻底击垮了我，心好痛，眼前也模糊不清了。呵呵，也好，什么都不想看，什么都不想听了，我握紧了手，只说了最后一句话：“是我疏忽了，对不起，可我真的没有把它传到网上。”如果你知道它对我来说有多重要的话，你就不会这么说了。

好难受，我拎着我的抱枕，一步一步往楼上走去，眼泪止不住地流下，好像永远也擦不完似的……

回到房间，一步也没力气再走了，我坐在地上，靠着门，手里紧紧地抱着抱枕，任眼泪不停地流下，或许哭到睡着就不会那么难受了吧！那就哭吧……

齐凡在客厅里又待了一会儿后，才上楼去，路过那个房间时，他好像听到了哭声，是不是我说得太过分了？怎么看到她的眼泪的时候，我也会这么心痛，难道是我强逼着你不去相信她，所以你抗议了吗？他边想着，边用手指点了点心口，其实，我一直都相信我想相信的才会这么难受吧，呵呵，他自嘲地笑了笑。

齐凡，别再继续下去了，你没听到赵露说不希望你当蒋朝露的男朋友吗？你不是应该开心吗？忘掉这一切吧，只相信你应该相信的，你会开心的！想到这儿，他迈开了步伐……

之后几天里，我们又回到了从前，只是这次我也有些生气，不想跟他说话。

奇奇看到我们这样，劝我不要和他打冷战，说有什么问题还是及时沟通比较好。

这天，老爸给我打来了电话，让我快去青岛，说爷爷脑溢血，住院了，情况不太好。

挂断电话后，眼泪一下就流了下来，我边收拾东西，边着急地说："奇奇姐，我爷爷脑溢血，住院了，情况不太好，我要赶紧去青岛一趟。齐凡还在拍戏，我来不及跟他请假了，你帮我跟他说一声吧，我会再给杨玲姐打个电话，跟她请假的，麻烦你了。"

"嗯，好的，知道了，你爷爷会没事的，你也别太着急了，路上小心啊！"奇奇安慰地拍了拍我的背。

第十章
爷爷的故乡

齐凡拍完戏后，回到了休息室，这时，奇奇进来了："齐凡哥，喝点热水吧，今天天冷。"

"嗯。"齐凡接过了杯子，"对了，蒋朝露呢，怎么都没看见她?"

"哦，对了，我正要跟你说呢，中午的时候，她爸爸打电话来说，她爷爷住院了，情况不太好，让她赶紧去青岛，她让我先给你请个假，说具体的她会再跟杨玲姐说的。"奇奇边说边注意着齐凡的表情。

看他有些出神，便轻声地问："齐凡哥，你和朝露吵架了吗？看你们这几天都不怎么说话，是关于你们拍的那个 MV 吗?"

"我说过只能自己看的，她还传到网上，我能不生气吗?"齐凡的神情不太好。

什么，奇奇有些吃惊，想起那天朝露的表现，绝对不可能是她的。"齐凡哥，我觉得你好像误会她了，我敢肯定不是她传的，因为那天还是我告诉她 MV 被传到了网上，她才知道的，而且尽管看到了大家的好评，她还是求我，让我帮她给那个网站打电话，让他们把 MV 撤下来，她说你不想让别人看到。"

齐凡听后，整个人都陷入了沉默中，这么说是我错怪她了，心情一下子变得复杂起来。想起那天她的泪水，心也隐隐作痛起来，看来还是应该继续相信我想相信的，你才会真的开心吧，他边想边摸了摸心口。

正在这时，他的手机响了，是杨玲："明天你的戏份就杀青了，拍写真的计划也该提上日程了，还去上次说的那个地方吗?"

他想了一会儿后，说："去青岛拍吧!"

……

爷爷的追悼会按时开始了，看着躺在水晶棺里一动不动的他，眼泪就没有停止过，总感觉一切都不是真的，一切都太快了，快得让人来不及去接受。

追悼会开完了，我们一起跪在爷爷的遗体前，磕了3个头，是最后的送别了。我静静地看着他的脸，可我知道怀念是不会停歇的，爷爷，去一个能让你真正快乐的地方吧，虽然说了很多次，可最后再看你一眼，我一定要说，不然就没有机会了：“爷爷，我爱你，谢谢你！”

自从来到这儿，就没好好地睡过觉，送走爷爷后，自己也一下虚脱了，不用再硬撑了，我一下躺在床上，不知睡了多久，我是被敲门声唤醒的。

是奶奶：“婉云，你爷爷生前有个东西，说一定要送给你，结果他没来得及看到你。现在，就由我来帮他完成心愿吧！”奶奶说着，递给我一个很漂亮的首饰盒。

我好奇地接了过来，打开了它，是一条钻石项链，“好漂亮！”

“这是你爷爷为你准备的生日礼物，他说他的孙女很优秀，也该有一条配得上你的项链了，所以，那天我和他去挑了半天，挑了这条，可花了不少钱呢。你爷爷为你，就不心疼钱了……”奶奶边说着，边摸了摸它。

我的眼里顿时变得雾气蒙蒙的：“谢谢爷爷奶奶，我很喜欢，会好好保存的！”

我轻轻地摸了摸它，爷爷，我一定会好好地戴着它，带着你的关爱，继续勇敢地、快乐地走我的路！

晚上，健安也打来了电话，只是电话刚一接通，我们什么都没有说，就都哽咽了，我轻声地说：“健安，别太伤心了，我把你想说的话都告诉爷爷了，他一定听到了。我们都很想你，好好照顾自己，等你学成归来的那天，姐姐再陪你一起来看爷爷，好吗？”

“嗯。”电话那头只传来简短的一声，之后，再没有了声音，我知道此时的他，一定在默默地哭泣，就让姐姐静静地陪着你吧！

临睡前，手机又响了起来，是小雪，她拿着电话静静地陪着我，她一定知道，此时的我，流泪了……

……

已经3天没见到她了，打电话也关机，到底跑哪儿去了，齐凡心神不定地坐在沙发上。在青岛拍摄写真的工作也结束了，工作人员都陆续返回了，可他并不想离开，他看着手机，又拨通了那个号码，可传来的还是关机的提示音，他有些懊恼地靠在了沙发上。

杨玲打来电话问他什么时候回去，商量一下下部电影的事，他说再等几天。

“哦，对了，还有件事，蒋朝露给我打电话请假了，让我跟你说一声，她说她想去趟乡下，去看看她爷爷和她以前经常去看望的小朋友，说要晚几天回来，她怕打扰你工作，就打电话给我了。”知道她在哪儿，终于可以放心了，他边想着，边露出了舒心的微笑。

……

来到了这个熟悉的小村庄，感觉空气都变得不一样了，新鲜、舒适，真的很喜欢这种宁静快乐的感觉。刚走到村口，就看到了玩耍的孩子们，我开心地冲他们招了招手，他们一看到我，一窝蜂地跑了过来：“姐姐，你终于来了，我们都想你了，还等着你给我们上课呢。”

“嗯，对不起，姐姐最近有点忙，让你们久等了。”我微笑着摸了摸那个小不点儿的头。

“对了，姐姐，爷爷呢，爷爷来了吗?”她一说话，周围的小孩也都向我身后张望着。

听到这句话，悲伤的感觉又由心而生，我深吸了一口气，希望自己能勇敢地去面对，“孩子们，爷爷以后都不能来了。”

“为什么啊?”孩子们的表情都很急切，“我们可喜欢爷爷了，总是带着我们做游戏，还给我们做小玩具呢，我们要爷爷也来，好不好，姐姐!”

“爷爷去了一个很远很远的地方，不会再回来了。可是他跟我说了，要我连他的那份关爱和快乐一起带给你们。只要你们没有忘记他，他就一直在你们的身边。”

孩子们短暂地沉默了，看着我变得雾气蒙蒙的眼睛，他们像是明白了什么。

过了一会儿后，都不约而同地点了点头，一个小女孩抱住了我，“姐姐，爷爷永远在我的心里！你还有我们啊!”

“对，我们永远不会忘记爷爷的！姐姐你不是一个人!”孩子们一个一个地围了过来。

我的心也微微颤抖着，我何德何能能拥有最纯真的爱？爷爷，托你的福，我很感激，会好好珍惜的！我也伸手抱住了他们。

正在这时，传来一个声音：“她当然不是一个人了，还有我!”

我和孩子们都愣了，我慢慢地转过身，衬着太阳的余晖，一个挺拔的身影映入眼帘，他静静地靠在汽车旁，双手抱在胸前，正微笑地看着我。那一瞬间，好像时间静止了一样，周围都不存在了，只有我们俩，我看着他，他看着我。

孩子们一看，都兴奋地问：“姐姐，这个帅帅的大哥哥是谁啊？是不是你的男朋友啊?”

我还在震惊中，没回过神来，只是傻傻地看着他，他一看，走了过来：“我来替她回答吧，如小天使们所愿，我是姐姐的男朋友!”

“哇，姐姐有男朋友了，还是这么帅的大哥哥!”孩子们开心地跳起来。

他看着还在愣神的我，拉了我一把，轻轻地在我的耳边说：“为什么不告诉我?”

“我不想打扰你。”我也轻声地说。

“这次就让我替爷爷陪陪孩子们吧，好吗?”他摸了摸我的头发。

眼泪一下忍不住掉了下来，我没有说话，只是小小地点了一下头，他感觉到了后，松开了手，转身看着可爱的孩子们，“小天使们，给哥哥带路吧！哥哥这次是替爷爷来的哦，呵呵……”

“嗯，哥哥跟我们走吧!”两个小孩高兴地拉住了他的手，大家簇拥着他往村子里走去，看着微笑的他，真的很耀眼，比太阳还要光亮，所到之处都能温暖人，就像那时的爷爷一样，在这样的光芒下，我也开心地笑了。

“你可来了，孩子们天天问我呢，说姐姐和爷爷怎么还不来。”村长马叔叔边说边向我的旁边看了一眼，看到齐凡时，他有些愣神了，“怎么，老爷子没来吗?”

我正准备说话时，齐凡先替我说了：“你好，我是她的男朋友，这次，由我陪她来。”他边说边伸出了手。

村长一看，齐凡的言谈举止，不像一般的人，不由自主地伸出手，齐凡把他拉到一边，说了半天，回来后，马叔叔眼睛里含着泪水小声地说：“小蒋，节哀啊！老爷子对我们的情意，我们是一定不会忘的。他也是我的知己，我敬重的人，没能前去吊唁，很抱歉，一会儿你告诉我老爷子葬的地方，我一定要去拜祭一下。”

“嗯，好的，马叔叔，我也代爷爷谢谢你对我们的关心。”

“好了，我先带你们去找住的地方，再给你们安排接下来的事。”

“小蒋啊，这次安排你们到陈叔叔家住，你陈叔叔自己做点小生意，挣了点钱，自己盖的房子，有电视、有电脑，还可以上网，这样，你们会住得舒服点、方便点!”

我们见过了陈叔叔和他妻子，还认识了最近休假在家的陈伟，他是陈叔叔的二儿子，现在在北京当医生。

“你好，一直在想会是怎样的人，今天终于见到了，没想到是这么美丽的女孩。”他伸出了手。

我开心地笑了，也伸出手来，跟他握了握。

陈伟感觉有道视线一直盯着他，便转过头看了看齐凡："这位是？"

我正准备开口时，齐凡一把搂过了我，紧紧地握着我的胳膊，他带着微笑，声音清晰地说："我是她的男朋友，齐……齐磊！"该死，不能说真名，万一给她带来麻烦怎么办，我一定要保护好她，楚晓磊，哥先借用一下你的名字啊！齐凡边说边想着。

我心下有点小小的失落，是啊，我是假的，他也是假的，他怎么会为了我，说他是齐凡呢？

陈伟的表情有些复杂，他冲我们点头示意了一下，便进房间去了。村长跟陈叔叔说了我爷爷的事，陈叔叔向我表达了对爷爷去世的惋惜之情，可能是怕我难过，他没再继续说下去。

"好了，小蒋，今晚你们就先休息吧！我明天再来跟你们商量给孩子们上课的事。"村长走了。

"小蒋，小齐，实在是不好意思，刚刚村长在的时候，没敢说，怕一说他就不让你们住在我家了，我可是好不容易才把你们盼来了。"陈叔叔有些抱歉地看着我们。

"最近因为陈伟也回来了，所以房间不够了，只……剩下一间房了，你们看，要不小齐跟陈伟挤挤……"他有些不好意思地看着我们。

我一听，顿时脸有些微红了，虽说一直在齐凡家住着，可还从没在一个房间里待过，我正准备开口时，齐凡拉了我一把："没事的，我睡地上就行了，不麻烦了。"

我有些不高兴地回头瞪了他一眼，他立刻把眼神转向了别处，陈叔叔一听，高兴地拎起我的行李，就往那个房间走去，我一看，只好跟了上去，齐凡也带着笑容跟了上来。

第十一章

世外桃源

打开灯后，陈叔叔带我们看了一下房间，整洁干净，真的很好，“这里面有独立的卫生间，有电视，有电脑，还有网线，这样你们住起来会方便一点。另外，我再给你们搬两床厚被子来，垫到地上，否则会把小齐冻坏的。”

陈叔叔把被子抱了过来，还帮忙铺在床旁边的地上，铺了厚厚的两层后，才满意地点了点头，他还给了我一条毛毯，让我冷的话，就盖在被子上。

“好了，大功告成，晚饭也准备得差不多了，你们收拾一下，赶紧过来吃吧!”陈叔叔冲我们和蔼地笑了笑，然后先离开了。

我坐在床上，看着地铺，有些过意不去，高高在上的齐凡，他住的是什么样的房间，现在居然让他睡在地上，真的有点对不起他，我抱歉地说：“齐凡，对不起啊，让你睡在地上。”

他一听，放下了手中的东西，也坐在了床上，“谁说我要睡地上了，我是谁，我是齐凡啊，蒋朝露，我来给你当免费男友已经很够意思了，我毕竟还是你的老板，你该不会真想让我睡地板吧?”

“你！我可没让你来。”我有点生气地说。

“可我已经来了，呵呵……”他坏笑地看着我，“要不一起睡?”

我一听，一下从床上蹦了起来：“那我更愿意睡地上，哼!”

本来一直被悲伤的情绪萦绕着的我，现在已经被他气得一点悲伤都不剩了，真想一脚把他踢出去。可惜，想象只能是想象，我只好整理起地铺来。

随后，我们和陈叔叔一家人一起吃了晚饭，边吃边聊，其乐融融。齐凡一直没怎么说话，只是偶尔附和两句。我在想，不管是为了什么，在我最需要的时候，他能够出现，我已经很感激了，不能再要求他更多了。

第一次觉得，她的身上好像散发着柔和的光芒，所在之处能令大家都那么开心，好像跟她在一起就没烦恼了似的。

齐凡侧着头，看了我一眼，不对，不对，应该是幻觉……

齐凡先回屋的，我回到房间时，他正在看手机，我拿上洗漱用具进了洗手间。

出来后，他还在看手机，我准备躺进地铺里，“你为什么关机了？”他带着质问的语气。

“好不容易来到一个世外桃源，我想清静清静。”

“哦？这个主意不错。”他也按下了关机键。

“老学我。大明星，今天真的很累了，您不介意的话，就赶紧洗洗睡吧！”我躺进了地铺里，有些不满地看了他一眼。

“我早都洗漱好了，可以睡了。”他也躺在了床上。

奇怪，我明明看到陈叔叔铺了两层的，怎么还会感觉硬，感觉冷呢？看着躺在温暖的床上的他，我气得闭上了眼睛。

早晨齐凡慢慢地睁开了眼睛，整整一个晚上啊，冻死我了，他回忆起昨天晚上的事来……

都是你，要不是你过意不去，我能受这种罪吗？齐凡生气地打了两下心口，算了，还是抓紧时间睡一会儿吧，他边想边闭上了眼。

是不是还在睡啊，还是不要叫醒他了，让他多睡一会儿吧。我轻轻地坐了起来，披上外套，走进了洗手间，收拾整理好之后，我悄悄地走出了房间，慢慢地关上了门，生怕会吵醒他。

吃过早饭后，村长马叔叔来了，安排我教语文和英语，还跟以前一样。

“那齐……磊呢？”我差点叫错了。

正有点不安时，一件披肩落在了身上，我有些吃惊地低下头看了一眼，是齐凡送给我的那件，它怎么会在这儿？我明明把它留在衣柜里了。

“给你买的东西也不带着，还要我大老远跑来给你披上！”他的手放在我的肩膀上，语气中带着些许埋怨。

分不清是不是在演戏，可我切实感受到了披肩的温暖，心一下子像被什么填满了一样，我感动地抬起了手，轻轻地放在了他的手上，“谢谢！真的很暖和。”

齐凡也愣了，看着那个放在他手上的手，一时间不知道该说什么，只有阵阵暖意涌向心田，他也在旁边坐了下来。

“好了，接着说刚刚的事啊，齐磊，你想教什么呢？陈伟已经负责教数学了。”

“他的音乐学得很好，就教音乐吧，音乐最能带给孩子们快乐，好吗？”齐凡没有说话，而是瞪了我一眼。

“行，那就这么定了。你和齐磊明天开始上课，今天，你就先带他去转转吧，我们这里的风景可是很不错的啊，呵呵……”

我和齐凡回了房间，他一进门，就坐在沙发上，开始看东西，我小心翼翼地坐在了另一边，问他是不是生气了。他说他不想在那么多人面前唱歌，还没有准备好，他是不会去的！

虽然有些失望，可我知道，齐凡的心，其实很柔软，很善良，他只是需要些时间，所以，我轻快地说：“那我带你去转转吧，这儿的风景真的很美，好不容易来了，你难道不想散散心，暂时逃离繁忙的工作吗？”

他没有回答我，“你确定不去吗？那我去了哦，以后可别后悔。”

他依旧无动于衷，我轻轻地叹了口气，拿起包，装了些吃的和水，出了门。

走在村子不太平整的小路上，呼吸着新鲜的空气，心情也变得格外舒适，走了许久，我走出了村子，来到村子附近的小山底下，看到上面郁郁葱葱的，一片绿色，感觉真的像来到了世外桃源，我兴奋地开始顺着一条小路往上走去。

我走走停停，不时拿出相机，拍几张照片，还准备自拍一张。我退了两步，没想到后面有一块石头，一下失去了重心，身体往后倒去，“啊——”伴随着身体的下落，我害怕地喊出了声，看来今天免不了摔跤的命运了。

紧要关头，我的胳膊被人紧紧握住了，身体也靠在了一个人的怀里，我有些不可置信地回过头去看，“你怎么在这儿？”

“我要是不来，是不是该用担架来抬你了？”他有些不情愿地说。

“哪有那么夸张，最多狠狠摔一跤而已。”我也有些生气地挣开了他的手，脱离了他的怀抱，继续往上走去。

“不行，就乖乖待着。”他一把拉住了我的手，牵着我往上走去。其实，刚刚还真的被吓到了，于是，我没有挣开他的手，跟着他的脚步，一起走了上去。

走了一段时间后，路还不是很平坦，可宽了一些，我们可以并排走着了。我想挣开他的手，可他却不允许：“你是不是想连带着我一起滚下山去？然后用你这个月的工资给我看病？”

我一听，虽然很想把手抽出来，可我现在还有一个身份，大明星齐凡的保姆，我怎么敢让他跟我一起滚下山呢？

我们就这样牵着手，走在树林里，我忍不住偷偷地看了他一眼，曾经幻想过的画面，今天终于实现了。两个人牵着手，漫步在飘洒着落叶的树林里，阳光透过树叶的缝隙，时隐时现，一切都那么安静，都那么美好，好像此时，什么也不说，也能感觉幸福，温暖!

这样拉着她的手，静静地走着，还真的有一种安心的感觉，好像什么都不用想了似的，现在我好像第一次体会到了一个词，齐凡笑了笑，是“幸福”吗?

走出了树林，又走了一会儿，来到了一个视野宽阔的地方，我拿出了早就准备好的报纸，铺了两层，拉他坐下，我搡了搡他:“快看，多美的风景啊!”

他这才注意到展现在眼前的美丽风景，不由得看呆了，看着他的表情，我也向远处望去。静谧的小村庄在阳光的照射下，仿佛发出了神秘的光，好像带人远离了尘世间一样，我不由地伸出手去，挡在额头前，让阳光透过指尖的缝隙照在脸上，闭上眼睛，深吸了一口气，好舒服……

齐凡不经意地转过头来，那一幕深深地刻在了他的脑海里。伴随着微风轻轻飘扬的发丝，透着阳光的手，闭着眼睛微笑的表情，他不由自主地说了一句:“真的很美!”

我听到了他的话，睁开了眼睛，刚好对上了他的目光，我们都有些不自然地扭开了头。“我就说这儿的风景很美吧!”

“那……那当然了。”齐凡赶紧整理了自己有些慌乱的内心。

“这么好的风光!”我忍不住哼唱起我们的歌，唱着，唱着，好像听到了一个微弱的声音，我有些吃惊地回过头，没想到，齐凡也跟着唱了起来，虽然声音不大，可他终于开口了。我的心情顿时明朗起来，歌声中也带着愉快的情绪。

他像是被我感染了一般，声音也渐渐大了起来，还慢慢地露出了笑容，随着最后一个音符的落下，我看了看他，“怎么样，在这样美丽的地方唱歌，快乐吗?”

他没有说话，只是微微地点了下头。“音乐可以使你放松、使你温暖、使你快乐，为什么不愿意把这种美妙的感受也带给孩子们呢?”

他久久没有说话，过了半天后，才传来他低沉的嗓音:“可我不知道……教什么?”

听到他的话，我顿时笑逐颜开，我就知道，无论是否带着明星的光环，齐凡只是齐凡，善良、温暖的齐凡!

“你可以教孩子们一些乐理知识，教他们识谱，还可以教他们唱一些儿歌或者适合他们的歌曲。孩子们一定会很开心的，一定会很喜欢你的，拜托你给个让他们崇拜你的机会吧！哈哈……”我边说边笑起来。

他看了我一眼：“可我不太会唱儿歌。”

“没事，不是还有我呢吗，我小时候最喜欢唱儿歌了，有好多现在还记得，我来教你，呵呵……”

“你能行吗，让我教孩子们跑调版的吗？”

“我唱歌从来不跑调的好不好？”我有些不高兴地看了他一眼，“不学就算了。”我作势要站起来，他一看，迟疑了一下：“学就学吧，老师不行，我可以自学成才啊，开始吧！”他带着坏笑看了我一眼。

看着他认真学习的样子，心里觉得又好笑又很佩服他。齐凡一旦答应的事，一定会全力以赴地去做，这也是他能获得成功的原因之一吧！还有一件事不得不说，就是允许我小小地独享一下，认真起来的齐凡，真的很帅！我用手托着脸，趁他不注意的时候，就这样静静地看着他，又一个美好的回忆，谢谢你，齐凡！

第十二章
和孩子们在一起

晚饭后，我在院子里看星星时，高扬打来了电话，对我表示了慰问和关心。

我在备课时，齐凡在洗衣服，他说怕我洗不干净，衣服又贵，还是他亲自上阵比较放心，然后自己坐在一个小板凳上，真的开始洗衣服了。我有些吃惊地看着这一幕，半天没缓过神来，这还是齐凡吗？什么时候看见他亲自洗过衣服了？不会在跟我开玩笑呢吧！我忍不住偷偷地看了他一眼，看他始终带着微笑，好像没有不高兴。

“喂，你看够了没有？说了不许偷看我。”他的语气中带着得意。

“我是怕你不会洗。”我反驳道。

“我可是齐凡啊，我有什么是不会的吗？不要以为我不做，就是不会，做饭我做得比你好吃吧，洗衣服也肯定比你洗得好，所以，你就乖乖地给我把头转过去！”

这家伙不是王子病，就是自恋狂，不过，想想也是，他过的是众星捧月的生活，谁敢说他的不好呢？算了，不管他了，让他去折腾吧！

第二天，要出发了，他还在赖床，说太困了。我不停地催他，他被我弄得不耐烦了，终于坐了起来，看他的样子，不像在撒谎，可他明明 10 点多就睡了啊，难道是失眠了？是不是住得不习惯？不行，今天晚上我一定要好好观察一下。

吃完早饭后，我们三人一起来到了村里的学校，说是学校，可是却有些简陋，但孩子们还是很开心地坐在教室里面上课。课顺利地上完了，尤其是齐凡的课，能够看到他勇敢地迈出这一步，我真的为他感到高兴。听着他愉快的歌声，我知道，他不害怕了，而且还乐在其中，面对着最纯真、最可爱的孩子们，他是真的在快乐地歌唱！

太好了，齐凡，眼泪居然不知不觉地流了下来，因为，我知道他的不容易，也深深地感激他的努力。看着孩子们开心的样子，我想，此时的齐凡，代替爷爷站在那个位置上，他也能明白爷爷的心意了吧！爷爷一定会很欣慰的！谢谢你，齐凡！

下课后，看到我，他走了过来，他的手指突然在我的脸颊上滑了一下："为什么哭了?"

"没什么。"我想挣开他的手，可他却拉得更紧了："是不是想你爷爷了?"他放低了声音。

我没有说话，只是微微地点了点头。

他也没有说话，拿出了纸巾，轻轻地在我的脸上擦了擦："你爷爷一定会很欣慰的!"

听到这句话，我猛地抬起头来，他怎么会知道我想的是什么?

他看着我的表情，笑了笑："怎么这么看着我，是说出了你想说的话吗？呵呵……好了，孩子们让我们陪他们玩呢，快走!"他松开了我的手，先去陪孩子们了。

我看着他，难道我们已经有心电感应了？怎么可能？是偶然吧！算了，不想那么多了，还是先去陪孩子们玩吧，我也笑着跑了过去。

学校附近都被孩子们快乐的笑声萦绕着。我们在玩老鹰抓小鸡，齐凡破天荒地当起了鸡妈妈，看着他奔跑大笑的样子，突然有一种感觉，原来这才是齐凡！想着他刚来时的不适应，到现在的"鸡妈妈"，可以说他找回了自己，真实的自己，真好……

在北京的某家报社里，冯超正准备删除一封邮件时，背后响起了一个声音："这不是齐凡吗？他旁边的那个女孩是谁？是赵露吗?"

"是相亲牵手的女孩呀。"

"这很有价值啊，不管什么时候，女孩子们最喜欢看的就是王子和灰姑娘的故事，用这个照片做个系列报道，那结果……可想而知，我赶紧去跟主编说一声，安排明天的头版头条，你可又立了一大功啊!"

冯超叹了口气，泄气地坐在电脑前，傻丫头，对不起了，我已经尽力了……

累了一天，晚上回到房间后，我和齐凡就各自睡下了，只是，这次我并没有那么快就睡着，等了许久，都没有什么动静，看来是我多想了吧！正在我困得闭上眼睛的时候，齐凡那边传来了声音，我没敢睁开眼睛，只能用耳朵仔细地听着。

好像是下床的声音，难道他要去上厕所？我刚想睁开眼睛确认一下时，一下感到了凉意，接着，是身体的腾空，然后在短短的几秒钟内落在了一个更暖和的被窝里，能感觉到他为我掖好了被角，盖上了毯子，“好冷！”我听到了他小声的嘟囔。

等一切都重归平静以后，我才慢慢地睁开了眼睛，原来是这样，我悄悄地侧过身去，看着睡在地上的那个身影，联想到了第一天吃晚饭时他的提前离席，以及每天叫不起来的他，不得不说，心里感觉好温暖，不是来自厚厚的被子，而是来自那份感动。这次的出行好像让我重新认识了他，那个远离聚光灯，真实温暖的齐凡！我落泪了。

至于为什么早上起来时我还是睡在地上，应该是他的王子病发作了，不想让我知道吧！应该想个什么办法，怎么才能让他不那么累，好好地睡觉呢？

左思右想后，我轻轻地坐起身，慢慢地移动到床边，拿了被子上的毯子，动作轻柔地盖在了他的被子上，这下好了，你可以睡个好觉了，呵呵……

天刚微微亮，齐凡就条件反射似的睁开了眼睛，现在都不用闹铃，就能自己醒来了，唉……当他正准备起来时，发现了被子上还盖了一层毯子，他有些诧异地瞪大了眼睛，然后又摸了摸毯子，接着，他一下反应过来了，赶忙往床上看去，真的是我昨天给她盖上的毯子！

这么说，她已经知道了，看来好像没有误会什么。不得不说，有的时候，你真的很聪明，既然你愿意帮我摘下面具，我又为什么还要带上呢？呵呵……终于可以好好睡觉了，他边想边闭上了眼睛。

吃过早饭后，我们又一起来到了学校，从早上起床后到吃早饭再到来学校的路上，我们和往常一样，谁也没有因为换位的事而尴尬。看来我们不是太熟悉彼此了，就是已经习惯到不会去误会这些事了，因为我知道他应该只是单纯的出于好心，不想让一个女孩子睡在地上而已，除了感动和感激，我并没有其他的想法。不过他刚开始有点不自然，到后来，可能是忘了，又恢复到了从前，看着走在前面的他步伐那么轻快，能感觉到他挺开心的。

早上上课时，我发现一名学生没有来，打听到地址后，便准备去一趟她家。看到齐凡还在上课，我便自己去了，刚走到校门口时，碰到了陈伟，就一起来到了这个学生家里，可家里没人。

等了一会儿后，我们看到了一个熟悉的身影，我着急地喊道：“张淑芬！”

听到我的喊声，她先愣了一下，接着转身往相反的方向跑了，我马上追了上去，陈伟也赶紧追了上来。

她的手上还拿着做农活的工具，所以并没有跑得太快，我一把拉住了她：“老师叫你呢，为什么逃跑?”我有些生气地看着她。

她没有说话，委屈地看着我，眼泪噙在眼眶里，我一看，便放轻了语气：“你愿意跟老师谈谈吗？不……跟姐姐谈谈吧!”

我拉着她找了个地方坐下来，陈伟看我们在说话，便没有过来，只是站在不远处听着。

她没来上学的原因是因为家里条件不好，她还有一个弟弟，父母希望她能去帮他们做农活，然后让弟弟去上学，说女孩子读再多书也没用，等她长大了，嫁个人就行了，她读书，就是白花钱。

看着她瘦弱的肩膀，我心疼地握住了她的手，语气低缓地说：“淑芬，女孩子也有受教育的权利，而且你学得很好啊，你告诉姐姐，你也认为只要长大嫁个人，这一辈子都靠着他生活就可以了吗?”

她有些迷茫地摇了摇头：“说实话，我也不知道。”

“你现在已经不是小孩子了，所以，有些事情，姐姐要告诉你，你愿意听吗?”

“嗯，姐姐，你说。”听着她换了称呼，我知道我开始走进她的内心世界了。

“女孩子无论在什么时候，都不可以失去自己的理想，自己的事业。如果你无法在经济上独立，那么不管是在感情还是在未来的家庭生活中，你都处于被动的地位。或许一开始，他会觉得你因为感情依附着他是应该的，可时间长了，你也会渐渐地在这种生活中迷失自我，慢慢地磨去你的自信，失去了自信也就失去了魅力，你希望变成那样吗?”

“不，我不要变成那样。”她语气坚决地说。

“好，学习可以开阔你的视野，提升你的智慧和气质，使你无论在什么时候都能充满了信心，充满了光彩。时刻不要忘记了，爱护好自己，塑造好自己，你才会拥有更好的未来!”

“嗯，姐姐，我记住了。”

陈伟有些诧异地看着走近了的齐凡，齐凡正准备开口时，陈伟赶紧用食指比了一个“嘘”的手势，接着，指了指坐在那边聊天的我们，齐凡一看，轻轻点了下头。

“那我再问你最后一个问题，你想拥有更好的未来吗?”

“我想，特别想。”

“嗯，那从现在开始，你今后的学费、生活费就交给姐姐吧！你只需要努力学习就可以了。”

她有些不可置信地看着我：“姐姐，你说的是真的吗?”

“当然了，姐姐还能骗你吗?”

她终于破涕为笑：“姐姐，谢谢你，谢谢你，等我长大了，我一定会报答你的!”

“傻瓜，姐姐还没到需要一个小姑娘来报答的地步，呵呵……开玩笑的，姐姐只希望你记住此时此刻这份感恩的心，希望你以后也能带着这份美好的心愿去帮助更多的人，这就是最好的回报了，能答应我吗?”

“我答应你，姐姐，我不想说什么空话，就请你看我的表现吧！我有信心做得到!”

“嗯，我相信你!”我轻轻地摸了摸她的头，“好了，起来吧，你该回家了，回去后就把姐姐说的话告诉爸爸妈妈，我会再找村长去正式跟他们说的，放心吧!”

陈伟看我们要起来了，轻声地对齐凡说：“我还有课，先回去了。她真的是个很好的女孩，善良、聪慧、美丽，好好珍惜吧！希望你永远不会给我机会!”听完他的话，齐凡的表情也变得复杂了，他不知道该怎么形容此刻的心情。

我们刚一转身，都吓了一跳，那不是齐凡吗？他怎么也来了？我拉着淑芬走了过去：“齐老师好!”淑芬很有礼貌地先打了招呼。

“嗯，你好，以后不可以再翘课了哦，你看，学校出动了我们三个老师来找你，你多有面子啊，呵呵……”齐凡笑着说。

“嗯，呵呵……”淑芬也被逗得笑了起来。

“陈伟呢?”

“他一会儿有课，先回去了。”

“那我们赶紧把淑芬送回去，然后也赶紧回学校吧!”

在回去的路上，他问我：“原来，你那么在乎你的工资，是为了他们，对吗?”

“我只是想做些力所能及的事。”看着他若有所思的表情，我继续说道，“你可别想着多给我一点啊！你多给我一点，我就要多劳动一点，天哪，饶了我吧……不过，如果你愿意的话，我也是可以接受的，哈哈……”我边笑着边往前走去，而他则停住了脚步。

他怎么不走了，我回过头，微笑着对他说：“走啊!”

看着那个温暖的微笑，齐凡突然愣住了，他的心像被什么东西抓住了，然后深深地坠了下去，怎么回事，呼吸怎么有点困难了，他赶紧缓了一口气：“你……你先走吧！我马上来。”

他就在我的后面，一直跟着我，却不靠近，我们就这样一前一后地回到了学校。

第十三章

齐凡的决定

下午下课后，我和齐凡在操场上陪着孩子们玩打沙包游戏，我带一组，他带一组，我把游戏规则给他讲清楚之后，我们就开战了。

我对齐凡使了一个挑衅的眼神，他也不甘示弱地看着我笑了一下。

“好了，分好组了，齐老师不太会玩，所以第一把我们就让他们组躲，我们来打，好吗?”我大声地对着孩子们喊道。

“嗯，好。”齐凡一看，只好乖乖地进了我们的包围圈。

“对你，我可不会手下留情哦，害怕的话就求饶吧!”他一听，挺直了腰杆，“赶紧开始吧!”

“好啊!”比赛一开始，我就只打他一个人，不过，这家伙到底是经常锻炼的人，身手十分灵活，虽然我的进攻很迅速，可他基本上都躲过了，没办法，我只好使出撒手锏了。

我装作认真地看着他的后面，然后很恭敬地打了声招呼：“村长好!”

他看着我的举动，竟信以为真地转过了身，我趁着这个空隙，使出了全身力气，丢向了他，“啊!”接着，传来他的惨叫声。

“哈哈，孩子们，看老师厉害吧！哈哈……”我高兴地大笑起来。

齐凡一脸不满地瞪着我：“你居然使诈!”

“兵不厌诈嘛，呵呵……你输了，到一边去!”我得意地命令着他，看着他无奈的表情，实在是太开心了，我翻身了，哈哈……

“蒋朝露，你给我等着!”他一边走还一边不忘威胁我。

“好啊，我等着呢。”我冲他做了个鬼脸。

可事实证明，我确实高兴得太早了，等到我们组躲的时候，他可一点都没有怜香惜玉的打算，只听着那个沙包非常有力地从我的身边“嗖嗖”地飞过，我一刻也不敢掉以轻心，要是被这个打到了，一定很痛！

正思忖着，我的手机非常合乎时宜地响了起来，哇……太好了，得救了，我赶忙冲齐凡比了个“停”的手势，“你们先玩吧！我去接个电话。”然后，带着偷笑的表情，走到了另一边，他有些生气地嘟囔着：“谁这么会挑时间！哎，什么时候开机的？”

我掏出了手机，竟然是她的电话，我看了一眼齐凡，默默地退到了更远的地方，才接起了电话：“喂，许总。”

“你看昨天的报道了吗，我说你最近怎么不给我齐凡和赵露的信息了，原来是想自己当女主角啊！哼哼……”她冷笑了几声。

“我没有，最近他们确实没有来往，再说我现在在青岛，真的什么也不知道。”我的语气也强硬了几分。

她意识到自己可能说得有些过分了，缓和了语气：“我知道你爷爷刚刚去世，你肯定没心思关心这些事，可我想提醒你，不要忘了我们的约定，你一定要认清楚自己的身份，你跟他……是不可能的，我说这话，也是为了你好，为了避免以后你受到更大的伤害，所以，好好地履行我们的合约，还有半年，你就自由了！”

我还是没有说话，“像这次齐凡和赵露合唱电视剧的主题曲这么好的料，你怎么没提前告诉我呢？好了，过去的就算了，已经错过了第一个料，不能再错过更多了，你听到了没？”

我呆呆地看着在奔跑欢笑的他，那么开心，那么幸福，我真的不想再继续了，可电话那头又传来了：“你听到了吗？别忘了你答应过我的。”

好想闭上眼睛，是不是不再看他了，就不会这么难受了，心真的好痛，眼泪不停地在眼眶里打转，我真的好累，齐凡……我又要说对不起了，怎么办……谁来帮帮我，我好难受，真的好难受……

我慢慢地闭上了眼睛，眼泪流了下来，伴随着这个瞬间，我说了最后一句话：“我知道了。”拿着手机的手一下滑落了，眼泪还在不停地流，我没有睁开眼睛，因为，看着他，不仅心会痛，连眼睛都会痛！

齐凡看着远处那个一动不动的身影，觉得有些不太对劲，他喊道：“蒋朝露，你打完电话了吗？怎么还不过来！”

听到他的声音，我更想逃跑了，此时此刻真的不想面对他，可如果我逃跑了，谁来保护他呢？想到这儿，我转过了身，睁开了眼睛，擦掉了眼泪……

“你再不过来，我就过去了。”齐凡没心情再玩了，他继续喊道。

害怕他看到，我赶紧回过了身，大声地喊道：“马上就过来！”

从学校回来到吃完晚饭，齐凡看出我的心情不太好，便没有来跟我说话。

回到房间后，我本能地往地铺走去，他却一把拉住了我：“你睡那儿！”他看了一眼床。

我这才有了些精神，微微地点了点头，然后趁着他出去的时候，我抽出了他为我铺的一层被子，给他铺在了地上，这样他也可以睡得舒服一点了，然后，我拿过毯子，盖在了他的被子上，都弄好后，我就先躺进了被窝里，好累，是不是睡着了就不用想那么多了？

齐凡进屋后，看到已经躺在床上的那个身影，他轻轻地关了大灯，打开了台灯，然后也睡进了地铺里，感到地铺好像软了一点。他坐了起来，看了一下，居然是两床被子，还有被子上盖着的毯子，他立马抬起头，看着床上的那个人，过了许久后，轻轻地说了一句：“谢谢！”接着，他带着开心的笑容，闭上了眼睛。

本来以为能很快睡着，可反而越来越精神了，我转过身，看着地上的他，心里一面觉得难过，一面又觉得温暖，这些都是因为这个人吗？我就这样一直望着他……

从早上起来到吃早饭时，齐凡一直盯着我看，“今天早上你的课，我帮你上了，你赶紧回去睡觉，免得吓到孩子们。”他表情认真地说。

“哦，知道了。”我也懒得理他，赶紧吃了饭，回去睡觉了，因为我实在是太困了，一晚上都没怎么睡觉。

下午，我来到了学校，可教室里却空无一人，我感到奇怪地找到了值周老师，问了他才知道，原来今天是老师们家访的日子，齐凡也跟着一起去了。没办法，我只好坐在办公室里等着，等到了夕阳西下的时候，老师们才陆续回来。我看了半天，怎么没有齐凡的身影啊？难道他没去？

刚进来的陆老师告诉我，齐凡直接回去了。

回到家，果然看到了他，只不过状态好像不太对，他坐在我们房间门口的台阶上，我大概猜到了是为什么，所以我慢慢地坐在了他的身边。

他没有抬头看我，也没有说话，静静地坐了一会后，才语气低沉地说：“你认识李莉吗？”

“认识。”

“我去她家的时候，只有她的爷爷奶奶在家，她的父母亲都相继因病去世，爷爷卧病在床，奶奶是半瘫痪，她还有一个弟弟，她每天回到家以后，就要做饭、干活、洗衣服……做完很多的事情以后，才能有那么一点点时间看书做作业。为了省钱，她告诉我，她点着蜡烛学习，可即便这样，她也十分珍惜，她说能坐在教室里上课是她的梦想，激励着她不倒下、不放弃!”齐凡说到这里时，声音已经有一些哽咽了，我看到了他湿润的眼眶。

等到他平静了一些，我才开口说道：“齐凡，如果现在这是你的命运，你会不会很希望有人对你伸出援助之手，哪怕只是一点希望，你也会觉得充满力量。”

看到他慢慢地抬起了头，我才接着说：“我想，此时，你会不会觉得你所拥有的是上天对你的恩赐，因为你拥有了帮助他们的能力，你能带给他们希望、带给他们继续追求梦想的勇气，其实，这是我最羡慕你的地方!”

他的眼睛慢慢恢复了神采：“我知道该怎么做了，谢谢!”

“你等我一下，有东西给你。”他边说边站了起来。

正在我抬头仰望星空的时候，怀里被塞了一个东西。什么啊，我赶紧低头去看，居然是他给我买的抱枕，一瞬间，一种开心甜蜜的感觉涌上心头，他也在我的旁边坐了下来。

我转过头看着他，带着微笑。“不过，现在，我想要……我‘最好的抱枕’!”

他一听，有些不乐意了：“我大老远地把它给你带来，你还要最好的，是谁送给你的?”

“他送的。”说完后，我把头靠在了他的肩膀上，用手挽着他的胳膊，他错愕地看着我，我轻轻地说：“这就是我‘最好的抱枕’，呵呵……”

他听后，半天没动静，我用余光看到他举起了食指，惨了，肯定会一把推开我的头的，不要啊，想到这，我害怕地闭上了眼睛，皱紧了眉头，等待着那一瞬间。

齐凡看着我的表情，露出了笑容，已经停在我的头一侧的手指，没有再继续用力了，而是轻轻地抬了起来。

能感觉到他的手指在我的额头上轻轻地点了一下，我赶忙睁开了眼睛，他慢慢地收回了手，“看在你又帮了我一次的份上，今天就给你当回‘最好的抱枕’吧!”说完后，他不自觉地弯起了好看的嘴角。

我长出了一口气，还好，就这样静静地靠着他，慢慢地闭上了眼睛。齐凡也没有动，他一直抬头望着星空，过了一会儿后，他悄悄地低下头看了一眼那个靠在他肩膀上的小脑袋，好像是睡着了，还真成抱枕了，呵呵……睡吧！他也把头轻轻地挨着我的头，其实，蒋朝露，咱们一直这样待着，也挺好的！

下午课间休息时，我们正在陪孩子们一起玩，杨玲打来电话，他示意了我一下，去接电话了。

杨玲说已经约好了明天要跟新电影的导演见面，明天之前一定要赶回去。

看着那个开心的身影，齐凡心里居然有些舍不得，怎么办，我们要回去了，早知不开机了。

听到了这个消息，虽然很舍不得，可我还是笑着说："那就回去吧！可是，齐凡，我有一个请求，能答应我吗？"

"你说吧！"

"我想再在这儿多待几天，可以吗？"因为我现在真的不想回到那个让我窒息的空间，我想在这儿再呼吸一下自由的空气。

他看我的神情不是太好，便点了点头："那要早点回来，你不想要工资了吗？"

"嗯。"我微微点了下头。

"好了，那我去找村长谈谈，一会儿我直接回去收拾一下就……走了。"他的眼神始终都没有再看我，我也低着头不敢看他，怕看着他，会想拉住他的手，让他停下离开的脚步。犹豫了一阵后，他还是什么都没说的转身走了，我也才敢抬起头，注视着他越来越远的背影……

齐凡来到了村长的办公室。"哦，是齐磊啊，快坐下。你找我有什么事吗？"

齐凡坐在了椅子上，"我想跟您谈谈捐助这所小学的事情。"

"真的吗？我没听错吧！"村长难掩激动之情，孩子们终于可以有个好的学习环境了吗？

"嗯，还有，我想资助几个贫困孩子的学费以及生活费，这些都麻烦您帮忙确认一下吧！"

"嗯，好的，我代表孩子们以及他们的父母谢谢你了，小蒋真的没有看错人。"村长边说边站起来要向齐凡鞠躬表示感谢。

齐凡赶忙拦住了他："您别这样！要谢就谢谢那个也带给我希望和温暖的人吧！"

"哦？是……"

齐凡没有说话，只是笑着点了点头："您猜得没错！呵呵……那我明天还有重要的事情要办，今天就要赶回北京了，谢谢您在这期间对我的照顾。"

"好好，以后也要常来啊，让她带你来，我们等着啊！"村长和蔼地说。

"嗯，那后续的事情我会派人跟您联系的，我先告辞了，再见！"齐凡伸出手来，跟村长握手告别，村长看着他的背影，欣慰地笑了，小蒋啊，你遇到了对的人哪……

齐凡收拾完东西之后，看了一眼放在床上的抱枕，他慢慢地拿起了它，“你帮我继续陪着她吧！不过，记得要帮我把她带回来，否则，我就要代替你的位置了。”

走之前，齐凡又回头看了一眼那个他睡了几天的地铺，虽然睡地上的滋味不怎么好受，可是，却是他一生中一个很有趣的回忆，唉……他轻轻地叹了口气后，关上了房门。

第十四章

回到了他的世界

放学后，我回到了房间，看着空空的屋子，心里突然又难受起来，又剩下我一个人了吗？我坐在床上，拿过了我的抱枕，咦，怎么有一张纸条？我把它拿了下来，上面写着："让它继续陪着你吧！不过，你要是敢不按时回来的话，我就要开除它了，听到了没?!"

不知怎的，眼泪一下充满了眼眶，我紧紧地抱住了我的抱枕，"傻瓜，我最想要的，还是我'最好的抱枕'!"

齐凡已经快开到青岛了，可心里却始终惴惴不安的，让她一个人留在那里，到底对不对？可是这是她的要求，我怎么能拒绝呢？

哎，不对啊，我可是齐凡啊，什么时候乖乖听过别人的话了，蒋朝露，你现在居然敢对我提要求了啊，不行，得好好管教一下了，想到这儿，齐凡调转了车头……

吃完晚饭后，不想一个人待在空荡荡的房间里，我便搬了一个小板凳，坐在院子里。这时，陈伟也搬了个凳子，坐在了旁边。

"我有个问题，一直想问你，你和齐……磊真的是男女朋友吗?"他着重强调了那个"磊"字。

听了他的问题后，我感到吃惊地看向他，他是发现什么了吗？他看着我的表情，低声地说："算了，你不想回答的话，就不要回答了。"

"我只能告诉你一件事情，就是，我现在……真的很想他!"说着，眼泪不自觉地就掉了下来，没想到，看不见他会是一件让我这么难受的事，看来越告诫自己不能再陷进去了，越证明了自己已经陷得很深了！

眼泪越来越多，好像憋了很久了似的，他看我的样子，也没忍心再问下去，只是给我递来了纸巾。

沉默了许久后，他轻轻地说道：“我再陪你待几天，然后，我陪你一起回北京，好吗?”

我平复了一下情绪，不知道该怎样回答地看着他，正发懵时，我被人一把拉了起来，那个人握着我的手，那熟悉的温暖，怎么可能?!

我有些不敢转过头去看，怕会失望，直到耳边传来了他的声音：“谢谢你的好意，不过，我想，我的女朋友还是由我来陪最好，你觉得呢?”

齐凡低头看向我，最后一个问题是在问我吗？我还有些没回过神来，他怎么又突然出现了？

“呵呵，看来她因为我先走生气了，看来我要哄一哄了。”话音刚落，他的吻就落在了我的脸颊上，我震惊地瞪大了眼睛，他刚刚做了什么？我的脸一下变得通红，心跳也变得急促起来，实在不知道此时此刻该说什么，该做什么了。

齐凡满意地看着我的反应，“不好意思啊，当着你的面晒幸福，不过，这几天还是要谢谢你的帮忙，我们先去跟陈叔叔和阿姨道别了，再见!”说完后，他搂着还在发呆的我，转身就走。

没走出几步，就听到身后传来陈伟的声音：“你是齐……凡吗?”

糟糕，还是被他发现了，我抬头看了看齐凡，他却没有任何表情，只是微微地侧过头，说了一句：“知道了还问什么!”

然后，又继续搂着我，迈开了脚步，“好好照顾她!”陈伟喊道。

齐凡没有再回头，只是搂着我回到了房间。

刚进房间，我就挣脱了他的怀抱，疑惑地看着他：“你怎么又回来了?”

“我是来接你的，你跟我一起回去!”他语气沉重地说。

“你不是答应让我再多待几天吗?”

他的表情突然变得有些不自然了，“那个……杨玲打电话，说咱俩的照片上报道了，难道你不应该一起回去处理一下吗?”

本来见到他时的开心和激动，此时被他几句话，冲得无影无踪，我收起了笑容，默默地拉出了行李箱，开始收拾起来。他看我一言不发的样子，意识到可能说错话了，急忙说道：“我不是那个意思，你听我……”

“不用说了，我明白，合约上写得很清楚，现在是你需要我扮演女朋友角色的时候了，我清楚自己的身份，你等我一下，我马上就弄好了。”

他无语地坐在了沙发上，我一边收拾，一边回想着刚刚的那个吻，此时的心情跟那会儿不太一样了。我抬头看了他一眼，低声地说："齐凡，以后能不能不要再演这个戏了。"我边说边用食指敲了一下脸颊，没有注意到齐凡的脸也有些微红了，我接着说，"你说过扮演女朋友也只是在对外有需要的时候，可是我不希望在我的家人朋友面前也这样，因为我不想伤害他们。还有，你是演员，入戏出戏都很快，可我不是，我可以入戏，却不知道该怎么出戏，为了避免给你增加不必要的麻烦，还请你以后不要再这样了。"

他并没有马上回答我，等东西都收拾好了后，他拎着我的行李箱往外走去，走到门口的时候，我听到了他低沉的声音："对不起！以后不会了。"

心一下又难过起来，果然是在演戏，可就算是演戏，我还是会傻傻地脸红心跳，看来我真的不是一个好演员……

跟陈叔叔一家人道别后，我又去了村长家，跟他道别。没来得及和孩子们道别，只好请他代劳了，他还专门到村口来送我们。坐在车上，我不停地向后望去，心里很舍不得，虽然只有短短的几天，可不管是村长还是陈叔叔，还有朴实的村民们以及可爱的孩子们，都带给了我们太多的欢笑和感动。跟他们在一起的时候，我真的很快乐，什么都不用去想，好像真的来到了一个世外桃源，一切都那么宁静、那么美好！

其实，我也知道是该回去的时候了，可脚步却一直后退，一直在逃避，现在，也是该面对的时候了。我看了一眼正在专心开车的齐凡，想到了这几天他的陪伴，心里面又觉得温暖起来，至少我们一起制造了那么多的回忆，难道这些还不能给我勇气吗？于是，我暗暗下定了决心，在剩下的时间里，我要好好地保护他！

想到这儿，我拿出了手机，给陈伟发了一个短信："你好，陈伟，还请你不要把他的真实身份说出去，拜托了！"

发出去后，我的心里一直很忐忑不安，不知道他会不会答应，过了一会儿，短信来了，我迫不及待地打开了："我答应你，我不会说的，要是以后有需要我的地方，就告诉我吧！真心地希望你们幸福，其实，他也很在乎你！"

他真的会在乎我吗？不是在演戏吗？我转头默默地看着他，有些恍惚。

坐在飞机上，我在心里默默地跟大家道别，默默地跟爷爷道别。不过，这次还好齐凡在，帮我一起完成了和爷爷的约定，我真的很开心，很感激，想到这儿，我看了看齐凡，不想再说对不起了，还好还有可以让我说谢谢的机会！

"齐凡！"我轻轻地喊了他一声。

“嗯？”他放下杂志，转过头看着我，“怎么了？”

“谢谢你！”我带着感谢他给我的所有温暖的心情说出了这句一直很想说的话。

听到我的话，他短暂地愣了几秒钟，才反应过来：“怎么突然说这个？”

“没什么，就是很想对你说这句话，呵呵……”

他没再说什么，而是盯着我的脖子看了一会儿：“这个项链，我怎么以前没见你戴过，谁送给你的？男士？”他的神情顿时有些不好了。

“胡说什么呢，这是我爷爷奶奶送给我的，是我的勇气和希望！”我从衣服里拿出项链，摸了摸。

“哦，是爷爷奶奶送的！”他边说边笑起来，心情又变好了，我看着他怪异的举止，不解地噘起了嘴，实在理解不了他一天到晚在想些什么呢。

“好累，我睡了。”他说完后，就闭上了眼睛。

听他这么一说，我也觉得有些累了，托他的福，第一次能坐在头等舱里，位置宽敞，感觉舒适多了，我也慢慢地闭上了眼睛。

到了年末，齐凡非常的忙，电影的拍摄日程也已经定好了，最近就是各种的颁奖礼，以及数不清的通告，我也跟着团队到处跑。每次回到家，看到倒在沙发上就睡的他，我心疼极了，只能轻轻地帮他盖上毯子，再去准备点好吃的，给他补补身体。

第十五章
我的生日

听到闹铃声后，我不舍地睁开了眼睛，今天是 12 月 16 号，是我的生日呢，不过看来要一个人过了，唉……我轻叹了口气，赶紧爬了起来。

不一会儿，健安打来了庆生电话，我好开心！赶紧收拾了一下，准备去给齐凡做早餐。

我来到了餐厅，桌子上居然已经摆放着早餐了，桌子上有一张便条，是齐凡留的："昨天我忘记跟你说了，今天我休息，你也休息吧，我有点事，先出去一趟，你乖乖地把早餐吃了，省得脸色那么差。"

不知怎的，心里有一丝暖意，我放下便条，吃起早餐来。我边吃边想着，虽然他给我放了一天假，可没有家人朋友的生日又有什么意思呢？真的要一个人过吗？心里小小地难过起来。

此时赵露正坐在宽敞的沙发里，神情不太好，先前文文来告诉她，蒋朝露居然住在齐凡家，本来她要给齐凡打电话的，可手机被小洁和文文不小心摔坏了。

……

为了买回我的项链，做这份兼职工作已经好长时间了，这会儿打字打累了，腰酸背痛的，我趴在了桌子上，想休息会儿，突然脑海里闪现出那天齐凡收到手链时的神情，看得出来他并不高兴，到底是为什么呢？正疑惑时，响起了敲门声，是他回来了吗？我疲惫地起身，去开了门。

"走，咱们出去一趟吧，快点！"

随后，他带我去商场买了礼服，又贴心地帮我选了双鞋跟高度适中的高跟鞋，还陪我去做了头发，化了妆。天色渐渐暗了下来，他带我来到了公司，我有些好奇地看着他："今天是在公司举办宴会吗？"

"不是宴会，只是个聚会而已。"

"啊？那我为什么要打扮得这么隆重啊？"

因为你是主角啊，齐凡在心里默默地回答着。

见他没说话，我只好静静地跟着他来到了杨玲的办公室。

"你先坐在这儿等一会儿，我出去一下，到时再来找你。"他边说边脱下了外套，披在了我的身上。

我受宠若惊地看着他："不用了，我穿着呢。"

"晚上凉，你穿的那件不够厚，披着吧！"说完后，他就出去了。

一个人被留在了空荡荡的办公室里，我看了眼他的外套，突然很想他，不知怎的，心里又不舒服了，唉……我无奈地叹了口气，"齐凡，你去哪儿了？快回来好不好？"我自言自语着。

过了一会儿，传来了敲门声，我起身去开了门，"你好，请问是蒋朝露小姐吗？"

"嗯，我是，有事吗？"

他听后，递给我一个包装得很漂亮的礼盒，"这是有人在我们店里为你订的，我是专门给你送过来的。"

"啊？给我的？"我有些不敢相信。

"嗯，请你签收一下吧！"他递过了笔，我一看单子上确实写的是我的名字。

关上门后，我百思不得其解地看着这个礼盒，心里不停地猜想着："会是谁呢？"

算了，既然说是送给我的，就先看看是什么吧，想到这儿，我慢慢地打开了礼盒，里面有一个很精致的首饰盒，我把它拿了出来，轻轻地打开了盖子。

我不可思议地瞪大了眼睛，怎么可能……是我的……项链！？看着它的边缘有一个我不小心划到的痕迹，因为很淡，所以那会儿连那个珠宝店的售货员都没有看出来，只有我能认得。

这是怎么回事？正在这时，我注意到礼盒里还有一张卡片，我赶紧把它拿了出来，随着字迹不断映入眼帘，我的眼泪也涌上了眼眶："朝露，这是你爷爷留给你的勇气和希望，你怎么能让它躺在冷冰冰的柜台里呢？谢谢你为我做的，这次，就让我帮你把它带回来吧！——齐凡"

看到那个熟悉的名字，眼泪突然控制不住地掉了下来，从来没有这么想哭过，不是难过，不是伤心，是一种深深的感动，看着那句"谢谢你为我做的，这次，就让我帮你把它带回来吧"，原来你一直都知道我为你做的，这就够了，我紧紧地握住了盒子，我的勇气和希望，你终于回来了，原谅我这么久才重新把你握在手里，谢谢你，谢谢你……齐凡！

齐凡轻轻地推开一道门缝，看着那个握着项链带着泪花微笑着的女孩，他露出了欣慰的笑容，太好了，你终于又笑了，他回想起了昨天晚上的情景……

正当他准备敲门时，听到里面传来了说话的声音，本想一会儿再来，可他无意间听到了“啊，我都忘了明天是我的生日了”这句话，他愣住了，明天是她的生日吗？

趁她下楼去了，他悄悄地走进了她的房间，心想，我倒要看看，你最近都在忙些什么？

当他看到开着的电脑，还有旁边的一大摞资料时，有些愣神了，这到底是怎么回事？

齐凡慢慢地收起了回忆，轻轻地推开门，一步一步走到了我的身后，怕会吓着我似的，温柔地说：“怎么样，我的礼物，还喜欢吗？”

听到他的声音，心里突然堆积了好多的话想跟他说，可却不知道该怎么开口，只能轻轻地“嗯”了一声。

“来，我帮你戴上吧！它肯定期待好久了，呵呵……”他边说着，边拿出了项链，慢慢地把它戴在我的脖子上，轻柔地拨开我的头发。我低着头，用手摸了摸那久违的温暖，好希望时间能停止在这一刻，就让我再拥有这幸福多几秒钟吧！

“好了，转过来我看看吧！”齐凡退了一步，我带着满足的笑容转过了身，“果然，只有你配得上它，今天的你，很美！”齐凡笑着说，看着他阳光般的笑容，好像置身在梦境一般。

“谢谢你，齐凡！不过你是怎么知道它在那儿的？”

他听后，调皮地笑了：“当然是跟踪喽。”

“我看你最近脸色不太好，所以想看看你都在忙些什么，没办法，只好跟着你喽，你是用它换来了赵露的生日礼物，是吗？”

“嗯，毕竟是我不小心把手链弄丢了。”

“为什么？你曾经告诉我，这条项链对你很重要的，你怎么舍得让它离开你的身边？”齐凡也放低了声音。

什么原因，我也是在再看见它的这一秒才完完全全地明白了，无论多么想逃避，多么不想陷进去，可其实早已身不由己，但原谅我齐凡，我不能说实话，想到这儿，我忍着心疼，微笑着说：“还能为什么，上次你不是说我赔不起你送给赵露的手链，要跟我定份新的合约吗？我害怕了，呵呵，还有，那天把手链给你的时候，我不是就说过了吗，是为了我的自由啊!”

“是吗?”齐凡想起了那天跟踪到那家首饰店，那个店员跟他说的话……

“那位蒋小姐非常看重这条项链的，当时我问她，若不是有急用，她是一定不会摘下这条项链的，她说是为了两个人的幸福，迫不得已才作了这个决定，我能看出当时她很难过！……”

齐凡边想边看着眼前微笑着的这个女孩，“不管是为了什么，谢谢你为我做的。我会给你自由的!”他默默地在心里说。

“好了，快擦擦眼泪，妆都花了，呵呵……”他边说边递了纸巾过来，“咱们该出去了哦。”

他带着我来到了公司的一个小型宴会厅，进去后，里面空无一人，我感到奇怪地看着他：“怎么没人呢?”

他拍了一下手掌，灯顿时全黑了，短暂的几秒钟后，他又拍了一下手掌，随着灯全亮的一瞬间，我看到了王嘉明、杨玲、奇奇还有我们认识的人，手里都拿着各色各样的礼盒，他们齐声对我说：“朝露，生日快乐!”

看着眼前的一幕，我还以为是在做梦，久久不能言语，这时，齐凡轻轻搡了我一下：“发什么愣啊，快说点什么吧！要让大家一直这样吗？呵呵……”

哦，对，对，“谢谢你们!”他们也都看着我露出了暖心的微笑，能有这么多好朋友一起陪我过生日，我好开心啊!

正在我傻笑时，一个意想不到的人出现了，李晶晶，她热情地把我拉到了一边：“有段时间没见了哦。”

“嗯，是呢，你怎么知道的?”我惊喜地看着她。

“是齐凡哥，他说今天是你的生日，还说你一直很喜欢我的作品，如果我能来的话，你一定会很高兴的。”是齐凡吗？我有些不敢相信自己听到的。

“其实，我也好想你啊！咱们可以好好说说话了，哈哈……”她爽朗地笑着，看着她兴奋的样子，我也开心地点了点头。

跟李晶晶聊了半天后，王嘉明也来找我了，数落我不告诉他生日的事。实际上我是觉得已经给嘉明哥添了那么多麻烦了，真的很抱歉啊，我让他放心，我会信守承诺，把工作做完的哦，他说不用做了，齐凡已经帮我安排好了，主要是看我最近的脸色不太好，所以不想让我太累了。齐凡还和他们一起商量给我过生日的事。

齐凡居然默默地为我做了这么多事，我不自觉地摸着项链，心中十分的感动，

"谢谢你为我做的!"这句话我也要送给你才对!

看着大家都在开心地玩着，我便和齐凡一起去推蛋糕了，快到宴会厅门口时，我突然听到了手机的响声，好像是齐凡的，因为还披着他的外套，于是我赶紧从兜里拿出了他的手机，递给了他："齐凡，你的手机响了。"

他接过去，过了一会儿后，他表情复杂地看着我："是小洁发来的，说赵露在家时不小心摔倒了，把脚扭伤了，让我赶紧过去看看。"

我看着他，竟不知该说什么，心里好想让他留下来，可我也知道，这样他一定会很难受的。齐凡看我没有说话，便说："等我先打个电话给赵露。"

齐凡拨了赵露的电话，可却打不通，之后，他又打给了小洁，也是同样的状况，"都联系不上，怎么办?"看着他为难的样子，我柔声地说："快去吧!"

他还是一动不动地看了我一会儿，才开口："对不起，不能陪你许愿吹蜡烛了，你和他们好好玩吧，我到时回来接你。"说完后，他就转身离开了。

我刚追出门外，他刚好开车走了，在寒风中，我手中紧紧地握着他的外套，"傻瓜，穿上外套再去啊，着凉了怎么办?"眼泪也不知不觉地流了下来……

就这样站了一会儿，直到心情稍微平复了些，我才走了回去。当我独自推着蛋糕走进去时，王嘉明、杨玲、奇奇、李晶晶他们都感到奇怪地看着我，还是杨玲先开口了："朝露，怎么就你一个人，齐凡呢?"

"他刚刚接了个电话，有点急事要去处理，没关系的，咱们吃蛋糕吧，呵呵……"我怕大家担心，赶忙挤出笑容来。

"哦，没事的，还有我们陪着你呢，快过来。"奇奇一看，一边过来帮我推蛋糕，一边笑着对我说。

感受到大家的关心，我也慢慢回温了。之后，他们帮我插上了蜡烛，调暗了灯光，让我许愿。我静静地闭上了眼睛，在这短暂的时间中，也不知道怎么了，脑袋一刻也不想停歇，好多的回忆涌进了脑海，都是关于我和齐凡的……

齐凡，当你问我怎么舍得让它离开我时，我想，什么原因，我也是在再看见它的这一秒才完完全全地明白了，可那时我却不能说出来，现在既然要许愿了，我应该可以悄悄地说出我的秘密了吧！这个原因就是……齐凡……我喜欢你！真的很喜欢你！眼泪也突然毫无预兆地滴了下来，一滴一滴划破我的梦，心好痛，痛到不想睁开眼睛，想象你就在我的眼前。可刚刚看着你离去的身影，我也懂了，所以……我的愿望是……希望你能够得到幸福!

第十六章
离开"家"

齐凡回到了家，看着开着的小灯，他的心莫名地紧了一下，他慢慢地走上了二楼，停在了一个房间的门口，不知道她睡了吗？对不起，我没有按时去接你，我还欠你一句话呢！他在门外站了许久，最后低声说了一句："生日快乐！"

再过几天，齐凡的新电影才开拍，准备工作都做得差不多了，所以，接下来的几天，我可以暂时休息一下了，趁他这会儿不在家，我想打扫一下屋子，好久都没有好好地整理一下了。

手机响了，我有些迟疑地接了起来，是赵露，她约我在上次那家咖啡厅见面。

"听说昨天是你的生日，是吗?"

"可我还听说，齐凡走后，你好像还哭了，为什么哭呢？难道你……喜欢上他了?!"她特意加重了语气。

她看着我震惊的表情，接着说："看来是真的，你忘了上次我们的谈话了吗？你们从一开始就是假的，你也说了，你会认清楚自己的位置，仅以一个朋友的角度去祝福齐凡，我也是因为这句话，才没有告诉你更多的，可看样子，你食言了!"她顿了一下，"因此，我有必要告诉你一件事……齐凡喜欢的人……是我!"

虽然早已知道了，可听着她亲口说了出来，我的心突然紧了一下，"那你呢，你喜欢他吗?"

"嗯。"

只有一个字，可却彻底将我敲醒了，看来我的愿望成真了呢！齐凡，好想为你高兴啊，可我的心不知道怎么了，好痛，好痛，我只有努力克制，才能不让泪水涌上眼眶。

“既然你已经清楚了，那么，你是不是也该从齐凡家搬出去了呢？”

我依旧没有说话，她看了看我，从包里拿出了一把钥匙和几张纸：“房子我已经帮你找好了，环境还不错，最重要的是，你负担得起，这是钥匙和合同，怎么样？”

“齐凡知道吗？”我只问了这一句。

她听后，笑了笑：“你觉得没有他的同意，我能这么做吗？不信的话，你也可以自己去问他。”

事到如今，还有什么可问的呢，一切不是很清楚吗？

等我回到家时，客厅里空无一人，难道他还没回来吗？我来到了餐厅，打开了灯，结果又被吓了一跳：“啊！你怎么在这儿？”

“这么长时间了，你一点都没变，那次也是这样的反应吧，现在还是这样，我还是那句话，大晚上的你鬼叫什么，呵呵……”相同的话语好像不能带着一样的心情了，齐凡，你怎么了？他边想着边带着柔和的笑容。

我一听，也笑了：“光说我，你还不是一样，一点都没变，还是那么爱欺负我，呵呵……”我边说着边在他的对面坐了下来。

傻瓜，我都快变得连自己都不认识自己了，你还没发现吗？看来是我隐藏得太好了，是吗？虽然脸上还带着笑容，可他的心已经开始慢慢地拧起来了。

我们就这样静静地坐了一小会儿，他才开口说道：“对了，昨天是你的生日，很抱歉没能陪你到最后，你许愿了吗？”

“嗯。”我轻轻点了点头。

“什么愿望，我能知道吗？”

“这是秘密，呵呵……”我用食指在嘴上比了一下，“不过，看起来，它好像快要实现了呢。”齐凡，放心吧，等我离开了，你就能得到幸福了，你可以和你喜欢的人在一起了，这样，我也能安心了，虽然这样想着，可心又莫名地疼痛起来。

是吗？你肯定许的是想要回你的自由吧，看起来确实快要实现了呢，齐凡边想着，边任由心痛侵蚀着他。

“对了，我明天就会搬出去了，赵露已经告诉你了吧！我还要收拾行李，先上去了。以后没有我烦着你，你可以开心一点了……晚安，齐凡！”

说完后，我便立马逃开了，实在是不能再继续看着他了，因为眼睛也开始痛了，好怕会在他的面前流泪，怕他知道我想隐藏的心意！

看着那个瘦弱的身影，齐凡也慢慢地闭上了眼睛，怎么回事，不仅心痛，现在连眼睛都开始痛了吗？一滴眼泪无声地滑落了，就算我再怎么不舍，好像现在唯一能做的事，只剩下……放你离开我的身边，边想着，又一滴眼泪滑落了！

回到房间，拿出行李箱，打开衣柜，我摸着他送给我的那件披肩，看着床上放着的兔子抱枕，上次去青岛的时候，没有带你们一起去，是因为我知道，我还会回来的，可是这次，你们要跟着我一起走了，因为我们好像……不会再回来了呢……呵呵，虽然想笑，可眼泪却一下决堤了，我无力地坐在床上，从心里传来阵阵冷意，我不禁把自己蜷缩起来……

一大早吃了齐凡做的离别早餐后，他执意要送我，说以后有什么事的话，也好知道去哪里找我。坐上了车，我最后看了一眼这半年多来，变得越来越像“家”的地方。不过，它从一开始就不属于我，是通过这么长时间的相处，让我慢慢地忘记了这一点吗？“我走了，我温暖的‘家’！”我小声地说着，在心里轻轻地冲它挥了挥手。

开了一会儿后，我们来到了一个小区里。

“这儿离你家还挺近的。”我边说，边不解地想着，按理说，赵露应该不希望我住得离齐凡家近才对啊。

“嗯。”齐凡没有多说，只是应了一声，这是他提出的要求。

来到一栋楼前，齐凡停下了车，我先打开了车门，准备去拿行李，可他比我还快了一步，先跳下了车，取出了我的行李，我一看，也赶紧下来了。

“送到这儿行了，你回去吧！”我边说着，边想拉过我的行李。

可他却不允许，“你现在的任务就是……在前面带路！”

来到了三楼，我拿出了赵露给我的资料，看了一会儿，“应该是这间。”我边说着，边掏出了钥匙，打开了门。

走进去一看，房子是装修过的，还有一些家具，虽然不大，可看起来还不错，“挺好的，我再打扫一下就行了。”我冲他笑了笑，他则提议我们分工合作，看谁先做完。我们开始了大扫除，我们就这样边打扫边玩闹着，好像都忘记了要分开的事实，只顾享受着此时，没有大明星，没有假女友，没有赵露，没有许宁，只属于我们两个人的快乐时光！

呼——终于都弄好了，我们俩都瘫坐在沙发上，“好累啊！”我捶打着酸痛的肩膀。

齐凡看到后，坐到了我的身旁，握着我的胳膊，让我侧过身去，“你干吗啊？”我好奇地问。

“别动哦，看在你为我做了这么长时间的辛苦活的份上，我送给你一个礼物，呵呵……”他带着温柔的微笑。

“啊?”正当我疑惑不解时，他居然开始为我捏肩膀了，我有些受宠若惊地想回过头去，他却轻轻地挡了一下，制止了我的动作，“乖乖的!”

按了一阵后，齐凡停下了手上的动作，正当我想回头时，他却突然从后面抱住了我的肩膀，我整个人都惊呆了，不知道该做些什么。这时，他开口了：“朝露，从今天起，你就获得了一半的自由了，再坚持半年，你就可以展翅飞翔了，去任何你想去的地方。”齐凡的心又开始不听使唤地抽痛起来，他连忙深吸了一口气，“现在最想跟你说这句话……对不起！同时，也要跟你说声，谢谢！谢谢你的理解，你的包容，你的笑容。”

一字一句地听着他的话语，眼泪也慢慢积聚在眼眶，我努力克制着。说完后，他松开了我，“这几天你就休息吧，电影开拍的时候，别忘了来上班，不然我可不保证会付给你薪水哦。以后，你就只做个称职的助理、称职的……假女友吧!”他顿了一下，站起了身，“我走了，有什么需要的话就告诉我，好好照顾自己!”再见，朝露！齐凡默默地在心里说着最后一句话。

直到传来了关门声，我才敢让眼泪留了下来，我环抱着双腿，把脸埋了起来，放声地哭起来，这次，真的……只剩我一个人了!

第十七章

齐凡的噩梦

平静地过了几天，明天要跟着齐凡和他的团队一起去横店，这次的电影是一部古装武侠片，我不禁回想了一下，好像很少看到齐凡拍动作片，不知道是为什么。

一大早，我们在机场会合，坐上了飞往义乌的飞机。到了义乌后，又乘专车来到了横店。之后我们先去了酒店，我和奇奇住一间，文文和 kiki 住一间，齐凡单独住一间。

第二天，刚走进化妆间，就有一个人挡在了我的面前，“早上好!”他轻快地说。

“早上好!”我微笑地看着高扬。

正在这时，齐凡也来到了化妆间，他看我们俩正在说话，便面无表情地搡了一下我的胳膊：“别挡路!”

我一看，只好往旁边退了一步，不知道他怎么了，一大早就没好气的，本来还想给他一张我们的合影呢。可正在这时，赵露也进来了，我便咽下了刚到嘴边的话。

“高扬，我先去忙了。”看着他们三个人都在，突然觉得有些不自在。

“嗯，好的，一会儿见，呵呵……”他始终带着笑容。

我没有回答，默默地出去了，齐凡也悄悄地转过头看了一眼。

此时，齐凡、赵露、高扬都在化妆间化妆，赵露首先开口了：“这好像还是我们三个第一次一起拍戏吧!”

“嗯，我可是听了你俩都会出演，才答应的。”高扬调皮地笑了。

“我才不相信呢，不过，这次在戏里，我们可是三角恋的关系，戏外，再加上某人的女朋友，有意思!”赵露似笑非笑地说着。

齐凡只是一言不发地听着，什么也没说……

我来到了拍摄场地，刚好碰到了杨玲，她知道我已经从齐凡家搬出来了，很关心我，嘱咐我要照顾好自己，她说也不知道今天齐凡有没有吊威亚的戏，有点担心。看着我不解的神情，她给我讲起了过去发生的事。

“对齐凡来说，那天是他永远忘不掉的噩梦，他亲眼看见了意外的发生。”杨玲顿了一下，接着说道，“齐凡的哥哥比他大 6 岁，也很喜欢表演，齐凡小时候出镜或者参演电视剧，其实都是跟着哥哥去的，在他的心里，非常崇拜他的哥哥。在他 16 岁那年，跟着哥哥一起参演了一部大制作的武侠片，他的哥哥并不像齐凡那么有表演天赋，所以在当时并不是很出名，但是他哥哥的梦想就是成为一名好演员，所以任何角色他都十分珍惜，都很认真地去对待。

而那次的角色有很重的武打戏份，齐凡的哥哥也练得很辛苦，齐凡跟我说，那天下着大雨，他哥哥要拍一场在水上打斗的戏。齐凡虽然休息，但还是跟着哥哥一起来到了拍摄场地，并站在岸边观看，为哥哥加油打气。开拍后，齐凡的哥哥先是站在船头上，结果不一会儿，就从水里跳出许多黑衣人来，他们兵刃相接了起来。后来，他哥哥有一个镜头，是要吊着威亚飞向高空，做几个动作，再下来。结果，武行不小心使大了劲儿，拉的比原定高度高出了许多，他又准备拔剑，可这个时候，威亚绳搅住了，突然，发生了一幕让在场人都惊呼的事情，威亚绳断了，他从那么高直接掉了下来，瞬间，一个声响过后，他就消失了。”

我听得心都揪了起来，杨玲又停了停，“齐凡说他当时像疯了一样往水里跳，他只有一个信念，他要救他的哥哥，幸好旁边的工作人员死死地抱住了他。在附近的工作人员，都赶紧跳下水去找他哥哥，好不容易才把他捞出来，赶紧送上了岸，可那时他就已经没有呼吸了！齐凡眼睁睁地看着最敬爱的哥哥消失在眼前，永远地离开了他。他说他不知道自己是怎么度过那段日子的，虽然那是个意外，可他厌恶了，他想放弃了，不想再当演员了。可后来在他收拾哥哥遗物时，看到了一封信，是他哥哥写给他的，那是他哥哥本来要送给他的生日礼物。他告诉了齐凡他的梦想，并且鼓励齐凡将来要做一个好演员，演出好的作品，承担起应有的社会责任，齐凡永远是他最疼爱的弟弟，是他的骄傲！齐凡说从那天起，他觉得自己长大了，他真正地明白了演员两个字的意义和责任，这是他哥哥的梦想，从今以后，也是他的梦想。于是，他不顾父亲的强烈反对，依然选择了继续学习表演，结果却也导致了他们父子关系紧张得很，这也是他这么多年不经常回家的原因。”

原来齐凡的心里竟埋藏着这样的伤痛，我的心也跟着难受起来，平静了好一会儿，我才开口：“那杨玲姐，齐凡这么多年很少拍动作片，也是因为这个原因吗？”

“嗯，其实他并不是害怕吊威亚，而是不想再回想起那个触目惊心的噩梦，虽然他一直带着哥哥的梦想坚持到了现在，可我知道，他还没有完全释怀，还是想起就会心如刀绞的！”

“那他这次为什么要接拍这个电影呢？”

杨玲听了我的问题后，并没有马上回答，而是想起了那天齐凡的话：“因为有她看着，只要有她在身边，我想鼓起勇气尝试一次！”

不知道齐凡说的“她”到底是谁啊？是赵露吗？那前几次也有类似的合作，他怎么都没接呢？难道说的是她？杨玲边想着，边突然抬起头看着我。

“怎么了，杨玲姐，你还没回答我的问题呢。”我有些不明白地看着她。

正在这时，奇奇跑了过来：“玲姐，我刚刚确认了，齐凡哥今天就有吊威亚的戏。”

“那他人呢？”

“我刚刚去化妆间找了，没找着，手机也打不通。”

“什么？”杨玲有些慌了。

“没事的，杨玲姐，我了解齐凡，他应该只是去调整一下状态，我马上去找。”我边说边站了起来。

“那好吧！找到了，打个电话。”

“嗯，好的，奇奇姐你也先休息会儿吧！”说完后，我便赶紧离开了。

找了好几个地方，都没看见他的身影，我也变得着急起来。不行，我得好好想想，此时，他会在哪儿？哦，对了，只能去试试了，我顺着一条山路走了半天，终于在河岸边看见了一个身影，坐在一块石头上，映在美丽的山水间，可那个身影却显得那么孤寂，看着，鼻子竟有些发酸了。我赶紧调整了一下情绪，先给杨玲打了个电话，让她们放心，然后才慢慢地走了下去。

快走到他跟前时，他似是听到了脚步声，转过了头，“你怎么来了？”他有些吃惊地看着我。

“这么美的风景，就只许你一个人欣赏吗？呵呵……”我微笑地看着他。

他没有再说话，我看到了他身旁还放着一块石头，便准备坐下去，没想到，他微微皱起了眉头：“这块不行，我是留给他的，我再去帮你搬一块！”

我一下明白了他说的是谁，为了让他能直面过去，我赶紧坐在了那块石头上，他一看，好像有些生气了，可我还是没有起来的意思，看着他说：“是你哥哥让我坐的！”

他听到了“哥哥”两个字，有了片刻的愣神，可能这么长时间了，这个称呼已经沉淀到他内心最深处的角落了，他害怕去提起，沉默了一会儿后，他并没有说我，而是也坐了下来。

我们静静地看了一会儿流动不息的河水，他才开口说道：“你是怎么知道的?”

“是杨玲姐告诉我的。”我边说边看着他略微沉重的表情，“她们找不到你，都很担心。”

“那你呢，是怎么找到我的?”他转过头来看着我。

“我想此时，你应该有些话想跟他说吧，所以便想起了这个有些相似的地方，没想到，你真的在这儿!”

“因为小时候，有一次跟哥哥一起来这儿拍戏，我们俩还在这个河边打水漂，一起聊了很多。今天，我要迈出新的一步了，所以想来告诉他。”

“那我想，他一定会为你竖起大拇指的，因为你是他的骄傲!”我说着，也竖起了大拇指，他看了一眼，表情缓和了许多。

“还记得那次在青岛，你跟我说的话吗，你说你明白这种感受，当时我还不完全相信。想高高在上的你，一定从小被宠爱着长大，亲人朋友都陪在你的身边，你怎么会有这种失去亲人的痛心经历呢，现在我终于知道了，为什么一个人的时候，你会变得冷冰冰的，因为你一直封闭着自己，是吗?”

他听后，突然又看向我，表情复杂，过了一会儿后，才回过头去，感觉到他细微的变化，我又说道：“那天，你还跟我说过，我的爷爷一定希望，不论他们在哪儿，我都要珍惜自己，照顾好自己，照顾好家人，这样，我才是他的好孙女，当时真的给了我很大的鼓励。现在，我也想把这番话送给你，因为我想你的哥哥也一定是这样期望的，不论他在哪儿，他曾经给你的关心和爱护是永远不会改变的。所以，带着他的祝福，勇敢、快乐地走下去吧！齐凡!”

说完后，我轻轻地握住了他的手，希望能给他温暖和力量，过了一阵后，他深吸了一口气，表情也渐渐变得明朗起来，能感觉他好像如释重负了，我也松了口气，提着的心也慢慢放了下来。

正当我想收回手时，他却用另一只手握住了我的手，“你的手太凉了，想把我的手冻坏吗?”看着以往那个意气风发的齐凡又回来了，我慢慢地提起了嘴角。

“等我拍吊威亚那场戏的时候，你会在旁边看着吗?”他说这话的时候，没有看着我，可我能感觉到他的手收紧了一点。

“嗯，当然会了，我还要在那儿给你加油打气呢，呵呵……”我边笑着，边用另一只手放在了他的手上，“小手叠大手。”

他看了一眼，别过了头，悄悄地露出了舒心的微笑……

之后，我陪着齐凡回到了片场，他换了戏服，化好了妆，准备开始拍摄。当他经过我的身边时，我带着灿烂的笑容看着他，并对他说：“好英俊的大将军!”

他听后，有些不好意思地别过了头，“要加油哦!”我靠近他的耳边，小声地说道。

他没有说话，只是微微地点了一下头，接着转身离开了。回想着刚刚的话，齐凡不自觉地笑了起来，怎么会突然觉得这么开心呢？呵呵……

后来，齐凡开始拍摄吊威亚的武打戏份了，我看着他上下翻飞的，紧张得手心都冒汗了，好怕他还没有做好心理准备，接着，我双手合十，心里不停地默念，一定要顺利啊!

随着最后一遍的“咔”声传来，这场戏终于拍完了，导演对齐凡的表现赞不绝口。看着大家都围了上去，本来我也想过去帮忙的，可好像没有我站的地方了，没办法，我只好远远地看着他。

正在这时，一道目光也映进了我的眼眸里，是他，虽然中间隔着那么多人，可他还是找到了我，我们的视线就这样相遇了，他慢慢地翘起了嘴角，对着我笑了。不知怎的，心中竟有一丝小小的感动，好像什么都不用说，他也知道我在想什么似的，于是，我也冲着他笑了……

第十八章

齐凡的真心话

进入了新的一年，大家又忙碌起来，这天小洁把赵露的戏服让我帮忙照看一下。我收拾时，看到戏服破了个大洞，后来小洁来取衣服时冤枉我，不过恰好齐凡回来了，他说不可能是我干的。正在僵持，服装组负责人来了，说小洁拿错了戏服，批评了小洁，这事才算了结了。当时高扬、赵露都在，高扬当然是为我鸣不平的，看事情解决了，赵露就带着小洁走了。

齐凡一看，追上了赵露："晚上有时间吗？一起吃个饭吧，我有件事想告诉你。"

他终于肯诚实地面对自己了，赵露笑了一下。

晚上的风有些凉，此时，齐凡和赵露正在一家饭店里。

赵露点了几道菜。"对了，你不是有话跟我说吗？"

齐凡沉默了一阵，才开口说道："本来那次去你家看你时，我就想跟你说了，可你脚受伤了，我就没说了。"

"那你现在说吧！"

"我遇到了一个女孩，她很平凡却也很特别，她善良可爱，她的一举一动都牵动着我的心。"齐凡边说着，脸上边浮现着隐隐的笑容。

赵露听后，静静地问道："是蒋朝露吗？"

"嗯。"齐凡郑重地点了点头。

"其实我早就感觉到了，你果然没让我等太久。可是既然如此，你为什么答应让她搬出你家呢？"

"因为她曾经跟我说过，她想要自由。"齐凡的表情慢慢地暗沉下来。

"哦？"看来齐凡并不知道蒋朝露的真正心意，赵露边想边不可置信地说："没想到堂堂的齐凡会如此尊重一个女孩的意愿！”

齐凡像在回想什么，他嗓音低沉地说：“因为她用她的真心，靠近了我的真心，她是我的珍宝，比什么都重要！”

赵露有些震惊了，她不敢相信这话竟然是从齐凡的嘴里说出来的，“那你告诉她了吗？”

齐凡摇了摇头，表情变得有点苦涩，“我不想让她为难，只要她能快乐，失去她的痛苦……就让我一个人承受吧！”

“我好像真的不认识你了。”

“我也快不认识自己了，可我知道，这才是真实的我，有血有肉的我，会哭会笑的我，这些，都是她带给我的，虽然曾经想要否认，可离开她的那段时间，心痛的折磨……让我明确地知道了答案！”

齐凡顿了一下，接着说道：“露露，我了解你，我们俩太像了，都封闭着自己，隐藏着真心。我能感觉到你的心里住着一个人，无论是我，还是高扬，抑或是其他人，你从未认真过，你一直在玩这种游戏，对吗？”

赵露像是被他说中了心事，表情变得复杂起来。

“所以，我想告诉你，不要再这样了，给他一个机会，让他为你打开你的心门，他一直住在那里，不是吗？”齐凡指了指心口的位置。

“我的事不需要你管，我倒想看看你所谓的真爱会是什么结局，呵呵，我拭目以待！”赵露说完后，便先行离开了。

齐凡如释重负地松了口气，太好了，小呆瓜，你不会再受到伤害了……

第二天，小洁来找赵露了，她正坐在沙发里闭目养神，她慢慢地睁开了眼睛：“以后有关于齐凡和蒋朝露的事不用再给我汇报了。”

“为什么啊？”小洁想不通地瞪大了眼睛。

“没什么，爱情游戏我还从来没输过，唯独这一次输了……输给了真心，呵呵。”赵露像是想起了什么，笑了一下，不知道我的真心是否也能找回来呢？

“你啊，以后少跟那个文文接触，听到了吗？”

“哦，知道了。”小洁点了点头。

天气越来越冷了，时而阳光明媚，时而阴云密布地过了半个多月。最近齐凡都忙着工作，也没时间跟我多说什么，不过让我奇怪的是，比起上次拍戏来，这次我的生活工作都平静了不少，我也乐得自在。

这天下午，高扬刚换好了戏服，正独自在化妆间里休息时，一个意想不到的人出现了，高扬有些吃惊地看着他："你怎么来了，可别说是来探我的班的啊，打死我也不信。"

"哈哈，被你猜中了，就是来探班的，我是来看女神赵露的。"

"当然了，也不全是来看她的，我还要顺道看一下齐某某，以及很神秘的一个美少女。"

"神秘的美少女？你又抽什么疯呢？"

"实话跟你说吧，我是来客串的，看的可是你、齐凡和赵露的面子啊！"

"行了吧，上次我跟你说，你还说没时间，这次怎么就答应了，我看是有别的原因吧，我要是猜得没错的话，是不是跟你那神秘的美少女有关啊！"

"你果然是个神算子，呵呵，其实上个月的时候，我碰见齐凡了，关键不是他一个人，他和那个神秘的美少女一起来的。"林佳华小声地说着。

难道他说的是……高扬正想着时，我正一直低头边看东西边走进化妆间，突然，一个喊声传来："哎，就是她！"林佳华兴奋地站了起来。

我被吓了一跳，赶紧抬起了头："怎么是你？"

"我就是专门来找你的啊！果然让我猜对了，你真的待在齐凡的身边。"

"找我干什么啊？"听着他的话，我有些慌了。

"我就是想看看你和齐凡是什么关系。我们都是好哥们儿，只不过最近我一直忙着拍戏，很少有时间回北京，这帮人就很不厚道地不带着我一起玩了，这么重大的新闻也不告诉我，我很生气；所以只能自己一探究竟了，你知不知道为了你，我还得来这儿工作呢！好了，快说，你们是什么关系？"

天哪，只不过是和齐凡出去时碰到他，找他要了个签名，合了个影，不至于吧！我欲哭无泪地想着，这林佳华怎么跟电视上看的不一样啊，荧幕里的他沉稳、冷静，可现实生活中，也太开朗了吧，这简直就是活宝的节奏嘛！这样想着，我以求助的眼神看向了他身后的……高扬！快救救我吧！

他看着我俩的样子，忍不住笑了起来："好了，别闹了。"

"我还有事，先去忙了啊！"我赶紧附和了几句，就撒腿逃跑了，呼，还好，得救了……

今天天气温和舒适，正在我忙着写东西时，有人打断了我："你是不是忘了什么东西了？"

"什么啊？"我抬起头，迷茫地看着他。

"小笨蛋。"高扬边说边从包里拿出一顶帽子来，放在了我的手里。

“哦，上次借给你的啊，我还真给忘了。其实，你戴着就行了呗，不然显得我好像很小气似的，一顶帽子还要追着你要，呵呵。”

“这么说，是你送给我的礼物了？”他挑着眉笑着说道。

“嗯，是我送给你的，因为你戴着实在是……太酷了！”我和他开起玩笑来。

“我还是第一次听你夸我。既然如此，你就送到底，帮我戴上吧！”

“好，是该让你再享受享受麻烦别人的感觉了，呵呵。”

他微微地弯下身子，我轻轻地把帽子戴在了他的头上，然后笑着拍了拍他：“大功告成。”

“谢谢啦。”他也露出了灿烂的笑容。

可这一幕却被刚好来取东西的文文看到了，哼哼，她冷笑了一下，悄悄地离开了……

此时，在另一组内，赵露正坐在椅子上看剧本，过了一会儿，齐凡也来了，他在旁边坐了下来。

赵露头也不抬地说：“你不是下午才有戏吗？”

“是啊，过来看看不行吗？”

“我劝你能休息的时候赶紧休息，否则要是让林某人碰上了，你可就别想了。”赵露边说边笑了一下。

“我这不就是为了躲他，才跑这儿来了吗？”齐凡有些无奈地说道。

正在这时，文文刚好来找小洁，她看到齐凡也在，便故意拉着小洁靠近了他们之后，才开口说道：“哎，你猜我刚刚看见什么了？”

“看见什么了？”小洁一头雾水地看着她。

“我看见蒋朝露给高扬送了一顶帽子，并且还亲手帮他戴上了呢。”

齐凡一听到这两个名字，便下意识地竖起了耳朵。“而且你都没看见，他俩笑得有多开心。”

齐凡什么也没说，只是一下站了起来，转身离开了。赵露看着他的背影，笑着摇了摇头，接着，她回头瞪了文文和小洁一眼：“你们俩，还不赶快去工作，杵在这儿干吗？”

齐凡也不知道自己是怎么了，心里酸酸的，还有些怒气，可正在此时，一个添乱的又出现了，他一把拉住了齐凡，“你这是怎么了？来，跟我到那边坐坐，我有话跟你说。”林佳华硬拉着齐凡坐了下来。

“我先警告你啊，我今天心情不好，你再敢胡说八道的话……”齐凡先发话了。

“知道了，知道了，我可不是胡说八道啊，我从来都是只讲事实的。”林佳华慢悠悠地说着，“通过这几天和高扬的对戏，我对他又有了更深层次的认识，他不仅人长得好，性格更是没话说，温柔体贴，善解人意，实在是世间不可多得的好男人！哎，你说，我以前怎么没发现呢？”

齐凡越听越不是滋味，不高兴地瞪了他一眼：“你要是没什么正事的话，我先走了。”

“马上就进入正题了，你着什么急啊？”林佳华按了按他的肩膀，“后来，经过我的侦察，我总算是知道原因了，据我推测，他的改变全是因为一个神秘的美少女！”他刚说完这话，齐凡便转过了头。

“哎，你别激动啊，反正你不是说，你跟那神秘的美少女没什么关系嘛，我看他俩好像互相喜欢，要不咱们……帮帮忙？”他边说边注意着齐凡的表情。

“我……我现在……真的不想看见你！”齐凡被气得有些语无伦次了，他一下站了起来，甩手离开了，不行，我要去找她问个清楚！

“哈哈，有意思，我还从来没见过这样的齐凡呢。”林佳华大笑起来……

第十九章

突如其来的吻

正在我低头忙着整理资料时，一个身影挡住了光线，我不得不抬起了头。

“我有些事想问你。”齐凡的脸上没有半点笑容。

“我现在正忙着呢，等有时间再说吧!”

“不行，现在就跟我走!”他拿过我手中的东西，一把拉起了我，把它们放在了椅子上，便拉着我要走。

“我不是说了我现在没时间吗?”因为他的举动，我的口气也硬了起来。

可他没有说话，只是使劲拉着我离开了，任凭我怎么挣扎，他就是不松手，到了一处空地，他才放开了我。

“有什么话，赶紧说吧!”我摸了摸有些疼痛的手腕。

他沉默地看了我一会儿，才缓缓地开口说道:“你这么想离开我的身边，到底是为了你的自由，还是为了……高扬?”

我感到莫名其妙地看着他，“你胡说什么呢?”

“我胡说，哼哼，高扬回来，第一个要见的人，是你!”他看我不说话，便接着说道，“你就这么迫不及待地想到他的身边去吗?”

听着他的话，突然想到了那次赵露约我见面时，曾说过，“因此，我有必要告诉你一件事……齐凡喜欢的人……是我!”心痛的感觉再度袭来，既然你已经有喜欢的人了，又何必来管我呢，想到这儿，我定定地看着他说:“我想到谁的身边去，跟你有关系吗? 你不过只是个假男友而已!”

说完后，我便想转身离开了，可手臂却突然被拉了一下，整个人都跌进了他的怀抱里，更让我意想不到的事情发生了，他霸道的吻落在了我的唇上，我整个人都木了，像被电击了一样，动弹不得，大脑一片空白，短暂的几秒钟后，他松开了我。

我呆呆地看着他，手不自觉地抚上了嘴唇，他刚刚做了什么？慢慢地恢复了知觉，一股怒气从心而起，眼泪也委屈地跃上了眼眶。

他看着我不可思议的表情，冷笑了一下："怎么这个表情，因为面对的人不是高扬吗？"

听着他的话，我更生气了，泪眼婆娑地瞪着他。他看着，看着，逐渐失去了理智，又一把搂过我，再次吻上了我的唇，可这次的我很清醒，愤怒地一把推开了他，眼泪也一下流了下来。

手下意识地向他的脸扇去，他明知道，却一动不动地看着我，在距离他的脸只有几公分的时候，手却本能地停住了。没想到，在这个时候，还会心疼他，还会下不去手，突然感觉，好讨厌这样的自己，面对着他，竟然什么都做不了，我颓然地放下了手，带着冰冷的泪水转身离开了。

齐凡望着那个低头哭泣越走越远的身影，一种后悔的感觉传遍了全身，齐凡啊，你到底在做什么，你疯了吗？他一拳打在了旁边的墙上，仿佛手上滴落的鲜血才能缓解这种懊恼的感觉，怎么办？我居然伤害了她！

不知道我在哪儿，也不知道我在干什么，只想赶紧找一个没人的地方，实在是不想再走了，我跌坐在路边，双手环抱着膝盖，把脸深深地埋了下去，放声痛哭起来。

齐凡背靠在墙上，垂在身旁的手，不时有血滴下来，他闭着眼睛，这时，有个人拍了拍他："我可算找到你了。"

他这才慢慢地睁开了眼睛，面无血色地说："找我干什么？"

"你怎么了，我那会儿只是说说而已，别吓我啊，我胆子小。"林佳华看出了他的不对劲，想帮他。

齐凡没有说话，只是无谓地笑了一下，接着，他一步一步地走了出去，林佳华这才注意到了地上的血迹，便赶紧朝他的手望去，"你手怎么流血了？"林佳华有些着急了。

齐凡像没听见一样，只顾走着。林佳华赶上前，拉了他一把，"走，跟我去包扎一下。"这还是林佳华来到这儿，第一次露出了认真严肃的表情。

可齐凡却一把甩开了他的手，"走开！"望着他寂寥的身影，林佳华愣住了，到底发生什么事了？

回到了那会儿我整理资料的地方，一个人突然朝我走来，"你怎么了？"高扬担心地问道。

“没怎么啊。”虽然还有些恍惚，可我还是带着微笑。

“你眼睛怎么了，你哭了?”他看了我一会儿，关切地问。

“谁哭了，我一天哪有那么多眼泪，可能是太累了，没睡好，呵呵。”怕他怀疑，我笑了起来，“好了，快去准备吧!”

说完后，我便从他的身边擦肩而过，可他却拉住了我：“要是谁欺负你了，你就告诉我，我不能让你的眼泪白白地流，听到了吗?”

看着他认真的表情，我笑着点了点头，他这才松开了手。回过了身，不知怎么了，脑海中总是闪过刚刚的一幕，我的心又难受起来。

迷迷糊糊地度过了一天，晚上，我躺在温暖的被窝里，可心却觉得有些冰冷，想起今天发生的事，眼泪又不自觉地流了下来……

夜已深，齐凡依然站在酒店的窗前，他木然地望着窗外，想起那些泪水，心也揪了起来……

一大早，我顶着一对熊猫眼出现了，高扬看了，笑着说：“我觉得你现在应该是重点保护对象，国宝嘛!”

我不服地瞪了他一眼，他一看，低声地说：“好好休息，知道吗?”

“嗯。”我笑了，他看我恢复了些精神，才放心地走开了。

林佳华来到了酒店里找齐凡，进门后，他先看了看那只缠着纱布的手，又看了看面无表情的齐凡，“你非要把自己弄成这样吗？昨天要不是我跟着你，硬拉着你去包扎，你是不是还想一直滴着血去拍戏!”

齐凡没有看他，依旧低着头，沉默了一阵，他才开口说道：“如果你伤害了一个对你来说很重要的人，你要怎么办?”

“你啊，真是封闭得太久了，连这个都不懂吗？没有什么比真心实意的道歉更管用了。”

齐凡这才慢慢地抬起了头：“那……她能原谅吗?”

“只要你足够诚心，我想，她会原谅的。”林佳华看着仍然有些游离的齐凡，叹了口气，“我客串的戏份已经全部结束了，今天我就要离开横店了，所以过来跟你道个别。”

“其实，有你在身边叽叽喳喳的也挺好的，呵呵。”齐凡终于露出了笑容。

林佳华这才松了口气：“也不知道是谁昨天发那么大火，让我走开。现在我真要走开，又舍不得我了不是?”

“那你还是走开吧，呵呵。”

“好了，看到你还会笑，我就放心了。我还要去跟他们道别，先走了，等回北京再聚吧!”林佳华站了起来，齐凡送他来到了门口，离开之前，林佳华拍了拍他的肩膀：“我不知道到底发生了什么事，但我还是很高兴，那个有血有肉的齐凡回来了，你这个家伙，别再封闭着自己的心了，知道吗?”

说完后，他带着欣慰的笑容，潇洒地迈开了脚步。齐凡看着他离去的身影，也微微翘起了嘴角……

齐凡还没来，我实在是太困了，便找了个没人的地方眯了一会儿，突然，耳边传来了一阵笑声，“看看我发现什么了，一只贪睡的大熊猫!”

我不满地揉了揉眼睛，“一听声音就知道，一只讨厌的麻雀来了，呵呵。”

“其实，齐凡昨天受伤了。”林佳华故作严肃地说。

“他怎么了?”我一下着急了。

“他的手受伤了，不过看样子，是他自己虐待自己的下场。不知道，这是不是跟某人的眼泪有关系呢?”

“你说什么呢？我怎么都听不懂啊?”

“听不懂就算了，唉，我本来还想好心地当当月老，帮帮你们，结果，弄得一团乱，是我的错，我向你道歉。”他的表情很真挚。

“没事的。”我冲他笑了笑，顿了一下，才说道，“其实，你真的误会了，齐凡喜欢的人……不是我!”

他听后，有些诧异地看着我：“什么？怎么可能?”

“说来话长，不过我也有难言之隐，还请你体谅一下。”

他叹了口气：“算了，我是管不动了。不过，我给你当朋友，还可以吧?”

“那是大大的可以，其实，告诉你一个秘密，我现在还是你的粉丝呢，哈哈。”

“呼，这我就放心了，呵呵，对了，我今天就要离开横店了，特地来跟你道个别，好好照顾自己，笨丫头。”

“够了，够了，快飞走吧！小麻雀，呵呵。”

天气有些阴沉，忙碌了一天，晚上，齐凡躺在床上辗转反侧，他想了很多很多：“为什么，为什么我只会让你哭!”他一下从床上坐了起来，痛苦地低吟着。

又在窗前站了好久，有些发酸的双腿提醒他，你该清醒了，齐凡！他拿出了手机，手有些微抖地写了起来，眼睛也不自觉地湿润了……

奇奇已经睡着了，可我回想着这几天发生的事，思绪又变得清晰起来。过了一会儿，我的手机响了，怕会影响到奇奇，我便悄悄地起来，来到了洗手间，一看，居然是齐凡发来的短信！

我怀着忐忑不安的心情，点开了它："朝露，那天的事，是我不对，原谅我现在才跟你说这句话，对不起，真的真的很对不起！我无意伤害你，你说得很对，你想去哪里，你想待在谁的身边，都是你的自由，原谅我越权了，以后，我不会再干涉你了，希望你能一如既往地快乐！"

不知怎的，眼泪一下就掉了下来，是我不该让你迟迟地徘徊在我的心里，不肯放你走，是我太傻了。我滑坐在冰冷的地上，忍不住放声哭了起来……

奇奇迷迷糊糊地听到了哭声，她睡眼惺忪地抬起头来，看了看，人怎么不见了。她掀起被子，打开了灯，披上外套来到了洗手间，看到一个坐在地上泪流满面的女孩，她先是吓了一跳："你怎么了？"

我没有抬头，还是在流着眼泪，她心疼地把外套披在了我的身上，把我搂在了怀里："好了，好了，不哭了。"

过了许久，我才慢慢地平静了下来，她什么都没说，扶起了我，带我回到了床前，让我躺了进去。盖上被子后，她又一直坐在床边，轻轻地拍着我："没事了，睡一觉就好了，明天一定是个好天气。"

真的好累，我渐渐闭上了酸涩的眼睛，就这样吧，这样以后就再也不会伤心了……

第二十章

被发现的心意

我看了看日历，已经是 2 月中旬了，距离我们的合约到期，还有不到 4 个月了。这段时间以来，齐凡看见我就跟没看见一样，除了偶尔几句工作上的话，我们快跟陌生人差不多了，唉，难道剩下的时间都要这样度过吗？

这天，奇奇跟我说，齐凡这两天有几个通告，要回北京一趟，杨玲已经回去了，她和 kiki 也会跟着去，她帮我跟齐凡申请了一下，我也可以去。

到了北京，刚下飞机，齐凡就把奇奇叫了过去，跟她说了几句话。

"那个……齐凡哥说，给你放两天假，你不用跟着我们了，可以直接回家了。"

"哦，知道了。"我的脸色顿时变得黯淡了，心情也一落千丈。

奇奇看着，赶紧搂住了我的肩膀："你别乱想啊，齐凡哥是怕你太累了，让你好好休息休息，我想休息，还没这机会呢，呵呵。"

"我没事，你快去吧！"怕她担心，我冲她笑了笑。

"那我走了啊，你赶紧回家吧！"

看着他们逐渐走远了，我无奈地叹了口气……

齐凡马不停蹄地赶了 3 个通告，人也有些疲乏了，下了今天的最后一个通告后，一上车，他就靠着椅子，闭上了眼睛。

kiki 看齐凡好像睡着了，便小声地问奇奇："对了，今天朝露去哪儿了，怎么不跟我们一起啊？"

"还不是齐凡哥嘛，说什么给朝露放两天假，让她直接回家去了。你说，人家大老远的跟着一起来了，齐凡哥居然就直接让她回家了，你是没看见朝露的表情，看得我都于心不忍的。"

"唉，他们怎么了，吵架了吗?"

"我也不知道，我只是觉得，虽然齐凡哥说过，他和朝露只是试着交往的关系，还让我们保密。可试着交往，也要用真心啊，你都不知道，前段时间，朝露哭得有多伤心。"

"她哭了?"

"嗯，光我看见的，就不止一次。那次在朝露的生日会上，齐凡哥不是提前走了嘛，朝露许愿的时候，眼泪就下来了，只不过那会儿光线太暗了，只有离得最近的我发现了。还有啊，过年前那几天，有一次晚上，我就被朝露的哭声弄醒了，等我找到她的时候，她就蹲在洗手间的地上哭呢，那种伤心的样子，我还是第一次见呢。"

"啊，那她为什么哭啊?"

"我也不太清楚，我问她，她也不说。不过，我进去的时候，看见她拿着手机，唉，我是心疼她啊……"

"你说得我都觉得挺可怜的。"

两人又小声地聊了一阵，等到了公司，她们便先下去了，之后，司机便送齐凡回家了。一路上，齐凡虽然没有睁开眼睛，可他其实并没有睡着，奇奇和kiki的对话，他一字不落地全听到了，此时，他的心绪久久不能平静，同时，又伴随着诸多的问号。

如果按奇奇所说，那她哭得很伤心的那天，应该是我发短信跟她道歉的那一天，可我说的是，以后，我不会再干涉她了，如果她喜欢的是高扬的话，不是应该感到开心才对吗？唉，头好痛，他边想边按了按太阳穴，不过，也可能不是为了我的短信吧，想到这，他睁开了眼睛，望着窗外……

回到家后，齐凡思绪纷杂地坐在沙发上，空荡荡的别墅连空气仿佛都是冷的。过了一阵，他一下站了起来，拿着车钥匙出门了。

开到了某栋楼下，他停了下来，呆呆地望着三楼的方向，你到底是为谁哭得那么伤心呢?

哇，难得睡到自然醒，我舒服地伸了个懒腰，昨天把屋子收拾干净了，今天要干吗呢？对了，要不约小雪同学出来坐坐吧！结果她因为工作走不开，来不了，我挺失望的。

此时，齐凡只剩下最后一个访问了，他正坐在化妆间里休息，奇奇走了过来："齐凡哥，这最后一个访问，采访你的人是……冯超，没关系吧?"

“没事，难得他不跟拍我，改坐下来跟我聊聊了，呵呵。”齐凡虽然在笑着，可奇奇总感觉他有些不对劲，好像笑的外表下，他正在烦恼着什么事。

这次访问进行得很顺利，冯超的态度也很和善，齐凡也放松地聊了很多，采访结束后，房间里只剩下他们俩了，齐凡开玩笑地说：“怎么，现在对拍我没兴趣了？”

“还不是冲着你女朋友的面子，呵呵。”冯超带着笑意。

“我女朋友？”齐凡不解地看着他。

“嗯，就是你在相亲节目牵手的那个女孩啊，要不是她光着脚追了我那么远，感动了我，我能那么轻易放弃吗？”

“到底是怎么回事？”齐凡一下认真起来。

“看来她没跟你说啊，唉，事到如今，我就跟你说实话吧！”冯超顿了一下，才开口说道，“你还记得去年 6 月份你们公司办的内部聚会吗？”

“嗯，记得。”

“其实那天，我也去了，而且我还拍到了你和赵露在喷泉边相拥的照片……”

齐凡听着他的话，震惊之余，心也一点一点地拧了起来，整个人顿时陷入了沉默之中……

冯超看着呆愣的齐凡，不由得拍了拍他的肩膀：“这么好的女朋友，你要好好珍惜啊！我还有事，就先走了。”

短短的几分钟内，齐凡的思绪却从没停过，他不停地在回忆，不停地在思索，我是不是误会什么了？想到这儿，他一下站了起来，穿上大衣，拿着车钥匙飞奔了出去，离开时，他撞到了奇奇，可他此刻却什么也看不到，什么也听不到了，他的心中只有一件事情要弄清楚。

“哎，齐凡哥，这又怎么了啊？”奇奇喊了声齐凡，疑惑地看着他着急奔跑的身影。

齐凡一边开着车，一边心绪难平，他想了半天后，拨通了一个手机号。

“那次在横店，你拉着我说了一堆话，你说高扬和蒋朝露互相喜欢，到底是真的还是假的？”

听着齐凡严肃的口吻，林佳华有些哭笑不得：“哎，我说你可真够笨的啊，连激将法都不懂吗？我要不是为了撮合你和朝露，我至于冒着被你揍一顿的风险，说那些有的没的的。”

“你为什么想撮合我们俩？”

“你傻啊，当然是看你俩互相有意思啊，不然我才懒得当这个月老呢。唉……不过后来，我跟朝露聊天的时候，她跟我说，你喜欢的不是她，没办法，我只好作罢了。你又抽哪门子疯啊，突然想起来问这个。”

林佳华刚说完，手机另一端便传来了挂断的嘟嘟声，哎，这家伙，越来越不像话了啊，都敢直接挂我电话了，不过，好像已经不是第一次了，唉……

齐凡此刻又想笑，又想打自己几拳，他一手握着方向盘，一手托着下巴，齐凡啊齐凡，你真是……

吃过晚饭后，我回到了家，孤单地抱着我的兔子在看电视。看了一会儿后，我关掉了电视，呆呆地坐在沙发上，手机响了，看了一眼，居然是齐凡的电话。我不禁纳闷起来，他怎么会给我打电话呢？该不会是要说，明天我连横店都不用回了吧，想到这儿，我有些忐忑地按下了接听。

“你在家吗？”手机里传来他低沉的嗓音。

“嗯，有事吗？”

“你现在下楼来，不过，别挂电话，我有几个问题想问你。”

“知道了。”穿上大衣，套上鞋，我出门了，看电梯还有一会儿才下来，我便选择走楼梯了，“我已经出来了，正在下楼，你问吧！”

“你是不是曾经光着脚追了冯超很远，又跪下来求他删掉拍到的照片？”

听着他的话，我一下停住了脚步，他是怎么知道的？见我没有回答，他继续说道：“你是不是怕我为难，所以答应把你送我的歌，让给了我和赵露唱？”

我还是没有说话，只是默默地迈开了脚步，可心却早已颤抖了起来，脚步也越发地沉重，而他还在一直说着……

“你卖掉你珍贵的项链来赔偿我送赵露的手链，是因为你怕会毁掉我的幸福，对吗？”

“你过生日那天，听说你许愿的时候哭了，是因为我不在你的身边，对吗？”

“那天我吻你，你哭得那么伤心，不是因为面对的人不是高扬，而是因为我伤害了你的心意，对吗？”

“我发短信给你的那天，你掉下的所有眼泪，都是因为我，对吗？”

一步一步挪到了门口，泪水也一点一点积聚在眼眶里，心痛到无以复加，来到了外面，看到了不远处站着一个人，那熟悉的身影，正拿着手机，电话里又传来他的声音：“我还有最后一个问题，等着我！”

放下了手机，我只能模糊地看着他不断走近的身影，好怕又会在他的面前掉眼泪了。

终于面对面地站着了，他的眼中也含着泪，嗓音有些哽咽地开口了："其实最后一个不是问题，是答案！"他顿了一下，"你喜欢的人……是我！"

听到这句话后，不知怎的，好多感觉一起涌来，可我知道，这一次，我只想……鼓起勇气，我弯起了嘴角，郑重地点了点头，第一次给出了肯定的答案："嗯！"

话音刚落，他使劲拉了我一把，整个人都投进了他温暖的怀抱，这次，我也什么都不顾地紧紧搂住了他。他一边轻柔地摸着我的头发，一边在我耳边柔声地说："对不起……是我太笨了！"

眼泪控制不住地掉了下来，带着所有的心酸和委屈，一并流了下来，我放声大哭起来，他听着，心疼极了，不停地轻轻地拍着我的背……

过了好久，他才慢慢地松开了我："对不起，是我误会了，我还以为……你喜欢的是高扬！"

"你……怎么……那么笨啊！"我边不停抽泣着，边断断续续地说着。

他一看我带着笑容，又把我搂入了怀中，"是是是，都是我的错，齐凡是天下第一大笨蛋，对不对啊？"

"本来……就是！"

"呵呵，以后再也不让你哭了，我保证！"感到他收紧了双手，我也慢慢地停止了哭泣，静静地听着他的心跳声，我这是在做梦吗？

从来都不知道，相拥会是一件让人感觉那么心动、那么幸福的事情，靠在他的怀里，听着他的心跳声，就好像拥有了全世界的温暖一样。

齐凡看我的哭声越来越小了，才放心地松开了我，"爱哭鬼。"他边说着边轻轻刮了刮我的鼻子。

我撅起嘴瞪着他："还好意思说呢，还不都是因为你。"

"我怎么感觉这么荣幸呢，呵呵。"他调皮地笑了。

我一听，捶了他一下："不理你了。"

"好好好，是我不对，你看你哭得，脸都成小花猫了。"他边说着，边用双手捧着我的脸，轻柔地为我抹去泪痕，"这会儿这么冷，别把你的脸冻坏了，赶紧回去吧！"

"嗯。明天还要早起赶飞机呢，你也早点回去休息吧！"我吸了吸鼻子，还真的感觉冷了。

"你先走吧，我看着，等你到家了，我再离开。"

“不行，你先走，我看着。”

“你又不听话了啊，还记不记得这个？”他用食指点了点嘴唇。

我一看，脸一下红了，害羞地转过了身，“你……你赶紧回去吧，外面冷。”说完后，我带着笑容跑进了楼道。

齐凡也不自觉地笑了，果然心里被填满了，什么时候都是温暖的，呵呵……

躺在床上，可我还不想闭上眼睛，使劲盯着手机，就在我迷迷糊糊快睡着的时候，手机响了，我快速接了起来，“小呆瓜，睡了吗，不会还在等我的电话吧？”他带着愉悦的嗓音。

“谁等你电话啊，大呆瓜，我早就睡了，是你把我吵醒了好不好！”

“哦，因为我……想你了！”齐凡酝酿了好久，才说出了这句话，“好了，你快睡吧，晚安！”

听着那句话，心里顿时感觉甜甜的，怕他挂断电话，我着急地喊道：“等等！”

“嗯？”

“我……我也想你了！晚安！”说完后，我赶忙挂掉了电话，摸了摸有些发烫的脸，带着开心的笑容入睡了。

齐凡拿着手机的手还不愿放下，他从来没想过，他也能拥有这样的幸福，一句话就能让他感觉像拥有了全世界一样……

第二十一章
甜蜜的吻

第二天到了机场，上了飞机，我准备跟奇奇和kiki一起坐，可他却一把握住了我的手："你跟我坐这儿。"

我有些不好意思地看着她们，可她们却以一副了然的表情看着我，奇奇更是笑着朝我眨了眨眼，没办法，我只好坐了下来。

飞机起飞后，他看着我，挑着眉笑着拍了拍自己的肩膀："需不需要最好的抱枕啊？"

我笑了一下，没说话，直接挽起了他的胳膊，把头轻轻地靠在了他的肩膀上，"本来就是我的，呵呵。"

"好，永远都是你的，你可不能不要啊。"他边说着，边把头靠向我的头。

"说不定哪天就不要了，我还有一个你送给我的小兔子抱枕呢，哼哼。"我故意逗他玩。

谁知他一下认真起来："回去就把它扔了。"

"你敢！"我抬起头，瞪着他。

"不敢，不敢，好了，快睡吧！"他动作轻缓地搂过我的脑袋，让我重新靠在他的肩膀上，心里袭来阵阵满足感，我莞尔一笑，闭上了眼睛……

回到了横店，刚走进酒店，就碰到了高扬，我正准备跟他打招呼时，齐凡却一把把我拉到身后，把我弄得莫名其妙的。高扬也有些吃惊地看着他的举动。

"你这会儿有时间吗？我想跟你聊聊。"齐凡先开口了。

"嗯。"

齐凡接着回过身，看着我说："你先上去吧！"

“哦，知道了。那高扬，我先走了。”搞不懂他到底怎么了，可高扬是我的好朋友，想到这儿，我还是微笑着跟高扬说了一声。

他也笑着冲我点了下头。看我走远了，齐凡和高扬来到了餐厅，两人面对面地坐了下来，“我们好像很久没有这样说过话了。”高扬温和地说着。

“是啊，我今天有件事想告诉你，还有件事想问问你，你想先听哪一个呢?”

“随便吧，因为两个，我都能猜到一些。”

“你还是这么聪明，其实我们俩有很多相似之处，你表面上在笑，可内心却异常冷静。我表面上冰冷，可内心却不那么坚强。无论是笑，还是冰冷，其实都只是我们的保护伞，我们害怕受伤害，所以要用这些来保护自己，可从去年到现在，因为一个人的出现，我发现你真的改变了，林佳华说的不是玩笑话，你的改变是因为一个女孩，而她就在我们的身边，对吗?”

“我发现今天的你，不笨了……也是因为她吗?”

“嗯，这就是我想告诉你的事。”

“呵呵，其实她的心意我早都感觉到了，可我想你肯定不会接受的。为了避免她受到更大的伤害，我只能一直在她的身边做个黑骑士，我希望有一天，她也能注意到我。”

“你的这份心意，为什么不告诉她?”听到了高扬的回答，齐凡出乎意料的并没有生气。

“跟你一样，不想让她为难。”高扬笑了笑，“而现在，既然她正在绽放着幸福的笑容，我就更没有理由让她为难了……当个黑骑士也不错，至少还能听她发发牢骚，呵呵。”

“我的两件事都说完了。”齐凡也解开了心结似的，放松不少。

“别放松警惕，如果我再看见她哭红的双眼，黑骑士就不存在了，记住了。”

重新回到了片场，只是现在的我们，心境都不一样了，有时候一个眼神、一个微笑都会默契十足。

这天，齐凡和赵露刚拍完一场戏，正在场边休息，赵露盯着齐凡看了一会儿，“你的魂儿找回来了?”

“呵呵。”齐凡看着不远处的那个身影，笑容不自觉地爬到了脸上。

赵露顺着他的目光看过去，也明白了，“你知道她的心意了?”

“怎么这么问，好像你也知道似的。”齐凡疑惑地看着她。

“看她对你关怀备至的，还猜不到吗?”赵露赶紧想了个托词，要是让他知道她没早告诉他，想看热闹的话，这家伙还不得发飙了，“不过我不得不说，你别高兴得太早了，想幸福……不是那么容易的，祝你好运!”赵露说完后，便先走开了。

“哎，我说你啊……”齐凡无奈地冲着赵露的背影喊道。

齐凡正在户外拍戏，望着阴沉的天空，我想起了昨天的天气预报，说不定今天会下雪呢，我期待地盼望着，好久没有玩雪了。

过了好一阵，天空开始飘洒细碎的小雪花，慢慢地雪花越来越大，地上也逐渐积起了皑皑的白雪，导演一看，只能暂停了拍摄。由于齐凡今天的戏份都是在外景拍的，他只能先休息了。

等他卸完妆出来，我悄悄地凑到了他的耳边：“我最喜欢下雪了，咱俩去玩雪吧!”

“我能说不吗?”齐凡故意说道。

“不……能!”我手叉着腰，一个字一个字地下命令。

“唉，我不太想去啊!”

我知道他是在逗我，便假装自言自语地说：“那我去找别人吧，刚刚好像看见那谁了……”说完后，我就转过了身。

他一看，急了，一把上前拉住了我的手：“敢跟别人去，你就死定了!”

跟着他一起迈开了脚步，可我却在后面偷笑起来，真是大呆瓜，哈哈……

“哇，好大的雪啊，你看，多漂亮啊!”我开心地蹦到了雪地里。

“打雪仗不?”

“好啊!”

“那次在村子里打沙包，我是让着你的，今天你可没那么幸运了啊!”他挑衅地看着我。

“哦，是吗?放马过来吧!”

就这样，我们在雪地里互相追逐闪躲着，只见一个个雪球飞来飞去的，不过齐凡到底是男的，弄雪球的速度特别快，很快，我就只有挨打的份了，想到这，我灵机一动，冲他喊道：“我累了，休息一会儿吧!”

“怎么样，是不是认输了啊?”他挑着眉看着我。

“嗯。”嘴上虽然应承着，可实际我背着的双手里早就藏了一个雪球，我慢慢地一步一步地靠近他，一边分散他的注意力，“还是你厉害!”

来到了他的跟前，趁他不注意，我一把丢出了雪球，碎开的雪球散落在他的身上，他有些吃惊地看着我。

“哈哈，再次输给了兵不厌诈，怎么样，服不服？”我大笑起来。

“好啊你，又骗我，过来。”看他追过来了，我吓得掉头就跑。

结果他长胳膊一捞，我就掉进了他的怀里，他假装皱着眉看着我，“你犯规了，我该怎么惩罚你呢？”

“我错了，齐凡最好了。”一看情势不对，还是保住小命比较重要，我抱着他，撒起娇来。

他看着，无奈地摇了摇头，“我看我终究是要败给你的，唉……”

“呵呵，咱们堆个雪人吧！好久没堆过了。”

“嗯，我的女朋友，你说什么就是什么。”齐凡带着宠溺的笑容。

“那开始吧，我的好男朋友。”

雪渐渐小了，我们俩分工合作起来，忙活了大半天后，一个可爱的雪人终于成型了。“怎么样？”齐凡满意地看着我们的作品。

“太棒了！”我边说边冲他竖起了大拇指。

“那……给个奖励呗！”他一边用手指点了点脸颊，一边低下了头。

“你先把眼睛闭上！”我有点害羞地看着别处。

见他听话地闭上了眼睛，我便想逗一逗他，用手指沾了点雪，轻轻地在他的脸上点了一下，他感觉到了凉意，一下睁开了眼睛，“怎么那么凉？”

“哈哈，太好玩了。”我跑到一边，看着他的呆样，笑得前仰后合的。

“你又耍我，这次被我逮到就真的死定了。”齐凡双手抱在胸前，冲我喊道。

“谁怕谁啊？”

可结果是，又被他逮到了，“我要想想，该怎么……”

这次还没等他说完，我便踮起脚尖，双手捧着他的脸，把他的头拉了下来，轻轻地吻上了他的脸颊，他一下呆住了！周围是一片纯白的世界，小雪人还乖乖地站在旁边，它仿佛也在偷偷地看着这一幕……

松开了他，我带着微红的脸颊，跑到了雪人跟前，齐凡的心在冰天雪地里却温暖地要融化了。他笑了，笑得那样开心，浑身也散发着耀眼的光芒……

我们又待了一会，齐凡握住了我的手，“好了，咱们回去吧！”

“等等，它一个人在这儿多可怜啊，我把我的围巾留给它做个伴吧！”说着，我便解下了围巾。

可齐凡却制止了我，他动作轻柔地帮我重新戴好围巾，“把我的给它吧！”

我知道他是怕我冷，看着他为我们的小雪人戴上围巾，我也欣慰地笑了。小雪人，你知道吗？现在的我……好幸福！

带着围巾的小雪人，被圈在一个大大的爱心里，它好像正在目送着一对渐行渐远的恋人，两排脚印留下了他们美好的回忆，纯洁的童话世界里弥漫着幸福的香气……

进入了3月份，天气还是有些阴冷，月初竟还有过雨雪天气。齐凡的戏份也渐渐接近尾声了。这天，他下午才有戏，所以待在酒店里边休息边看剧本。看着看着剧本，突然冒出了一个想法，接着，他拿出手机，按下了一个电话号码。

因为齐凡下午才去片场，我便也难得在酒店休息一会儿，正在这时，手机响了，一看是他，我慢悠悠地接了起来："喂。"

"怎么这么无精打采的，这可是你男朋友的电话，一点也不热情。"齐凡逗趣地说着。

"我好不容易能休息一下了，您能别打扰我吗？"我故意带着懒洋洋的声音。

"不行，呵呵，你过来一下，我有件事需要你帮下忙。"

"不想去。"

"你不来我就去找你了啊！"

我一听，只好答应了。来到了他的房间门前，我敲了敲门，发现门是开着的，我便推门走了进去，齐凡正坐在沙发上，手里拿着剧本。

他看我进来了，便拍拍他旁边的位置，示意我坐下来。"什么事啊？"我边坐下边疑惑地看着他。

"你来帮我对一下剧本。"他带着灿烂的笑容。

"什么意思啊？"

"就是你演一下女主角的戏，跟我对一下台词，帮我找找感觉。"

"哦，好吧！从哪儿开始？"

他给我指了一下，我便开始认真看起来。"准备好了吗？"他柔声地问道。

"嗯，好了。"

接下来，我开始念起台词来，第一句就是："你知道我喜欢你多久了吗？"念完后，齐凡立马憋不住地偷笑起来。

看着他的表情，我不禁觉得怪怪的，"你笑什么啊？"

"没笑什么啊，该我了啊。"他顿了一下，"为什么喜欢我？"他突然正经起来。

"其实，从第一眼看见你，我就知道，我遇见了，遇见了那个从此会让我心心念念一生的人！"刚念完，我的脸就有些发烫了。

而齐凡更是大笑起来，“这是你的心声吧？原来你第一眼就喜欢上我了，哈哈……”

我这才明白他的用意，假装生气地瞪着他，“好啊你，还说什么对剧本，根本就是耍我呢。”

“我哪舍得耍你啊，我只是想听你说这句话，这样我就会觉得很开心。”他的表情很认真。

“真是大呆瓜！”心下顿时有小小的感动。

“呵呵。”他边笑着边轻轻敲了下我的额头。

“对了，还有件事呢。我刚刚看剧本，你和赵露还有几场吻戏呢！”我有些不开心地撇下了嘴角。

齐凡一听，笑了：“你吃醋了？”

“要不是赵露的话，我才不会呢。”又想到赵露的那句话，我的心里顿时又有点不舒服了。

“那你知道我看见你对着高扬笑得那么开心的时候，我都快要抓狂了吗？”

“都说了，高扬是我的好朋友。”我郑重其事地看着他。

“唉……小呆瓜！”

之后，我便假装生气不说话了，他一看，慢慢地凑了过来，看着他近在咫尺的脸，我有些慌了，“你……你干吗啊？”

“记住，我真正的吻，从今以后，只属于一个人！”

随着他低沉耳语的落下，他一点一点地吻上了我的唇，心顿时狂跳起来，他的手温柔地把我揽在怀里，慢慢地，我闭上了眼睛，细细体味那份心动美妙的感觉，嘴边还带着淡淡的笑意……

第二十二章
片场遇险

齐凡趁着拍摄间隙，朝这边望了两眼，看着笑得很开心的两个人，他的心里又开始有小蚂蚁给他挠痒痒了……

一会儿，高扬走了，齐凡拍完了一场戏，故意沉着脸回来了，我不解地看着他："怎么了?"

"没怎么，看见两只蚂蚁挠痒痒呢!"他的语气也有点冲。

"啊？这你也能看见，拿放大镜看的吧!"我大概猜到了一点，忍不住想气气他。

他听后，果然瞪了我一眼，脸更黑了。看着他的表情，我忍不住伸手轻轻捏了捏他的脸颊，笑着说："我们齐凡实在是太有爱了，连小蚂蚁挠痒痒都能关注到啊，哈哈。"

可他却不领情，一把打掉了我的手，沉默地低着头。我知道他只是在跟我闹着玩，便不理他了，把视线转向了别处，看着时不时落在树上的小鸟。

齐凡一看我真的不理他了，便悄悄地抬起头，用手捏了捏我的脸，"小呆瓜，都敢欺负我了啊!"

"欺负的就是你!"我调皮地冲他嘟了嘟嘴。

他看着，徒然地垂下了手，接着，叹了口气："唉，看来我齐凡的一世英名，以后就毁在一个小呆瓜手里了。"

"怎么，你不愿意?"我挑着眉看着他。

"我敢不愿意嘛，呵呵。"他带着阳光般的笑容，轻轻摸了摸我的头。

正在这时，突然响起了咳嗽声，"咳咳。"我们俩都有些不好意思了，接着，传来了一个熟悉的声音："我这不请自来的人，是不是打扰你们了啊，呵呵。"

回过身去看，居然是王嘉明。我站了起来，高兴地看着他，“嘉明哥，你怎么来了？感觉好久都没见你了。”

“是啊，所以我来探班了，怎么样，齐凡对你好不好啊，他没欺负你吧？”

我的脸有些微红了，齐凡一看，先开口告状了：“现在只有她欺负我的份，好不好？”

王嘉明一看，笑了，“你是男孩子嘛，应该的，应该的。”

“还是嘉明哥最好了。哼！”说完，我便跳到王嘉明身边，挽起了他的胳膊。

齐凡一看，不乐意地站起来了，“蒋朝露，赶紧给我松开啊！”

“就不。”

本以为有王嘉明做庇护，结果齐凡一把把我拉了回去，我以一种“你怎么见死不救啊”的眼神看着王嘉明，可他只是以一副爱莫能助的表情看着我，唉，我怎么这么惨啊！

之后，齐凡一直紧紧握着我的手，弄得我都有些不自在了，于是，我赶紧想了个托词，“那个，嘉明哥，你坐我这儿吧，我去给你拿水啊！”

“嗯，好的，去吧！”到底还是我认的哥哥，关键时刻，还是帮我解围了，先逃跑吧，呵呵。

齐凡没办法，只好松开了我的手。

“小凡，我这次来，还要跟你商量一下发专辑的事。”王嘉明的话拉回了齐凡的视线。

“嗯，哥，你说吧！”

“那次你说你想重拾以前唱歌的快乐，想完成你的音乐梦想，我就给你联系了国内最好的音乐制作人，他们已经开始帮你筹备专辑了。等你杀青了，就赶紧回去投入练习吧！”

“哥，真的很谢谢你！”

“跟我还客气，这么多年了，你跟我亲弟弟有什么差别呢，呵呵。”王嘉明笑着拍了拍齐凡的肩膀，“对了，你好像还应该有件事要跟我说吧？”

“你说的是……朝露？”

“嗯，刚刚看你们的样子，好像跟以前不一样了，这么重要的事，都不告诉我吗？”

“怎么能不告诉你呢，她现在是我的女朋友了。不久的将来，还会是我的……”齐凡顿了一下，“妻子！”

王嘉明听了他的话，有了片刻的震惊，“你说的是真的吗?”

“嗯，我遇见的，我认定的，我想娶的……只有她!”齐凡十分认真地说着。

“看见你现在能敞开心扉，这么快乐，哥真的很高兴，祝福你们!”王嘉明看着现在似脱胎换骨般的齐凡，感触颇深。

“谢谢哥。”齐凡也笑了。

我拿了水，正在往回走的时候，碰到了赵露，她冲我笑了一下，“怎么，现在连我都不放在眼里了?”

我停下了脚步，笑着说：“你一个大活人在我眼前晃悠，我怎么会看不到呢，呵呵。”

“嘴还挺厉害的。齐凡接受了你的心意，你很开心吧?”

“是啊，好了，我还要去给他们送水，先走了。”不想再多说了，我便转身离开了。

可没走出几步，就听到了有人在喊：“快闪开，马受惊了!”

我急忙回过了头，只见一匹骏马正朝着赵露所在方向飞奔而来。赵露似是惊住了，还没回过神来。在这千钧一发的时刻，我不知道哪来了股力量和勇气，一下冲上前去，一把把赵露护在怀里，用自己的身体挡着她，她也被我的举动吓了一跳。

完了，完了，今天死定了，我的脑子里一片混乱，可抱着她的手却没有松开，听着近在咫尺的马蹄声，我吓得闭紧了眼睛，屏住了呼吸。

就在这时，一旁的马术指导和马队成员早已迅速地赶了过来。凭借着多年的经验，他们合力控制住了受惊的马，让它慢慢地平静了下来。

齐凡、王嘉明、高扬都被这边的喊声惊动了，他们赶紧赶了过来，结果就看到了这一幕。王嘉明和齐凡快速跑了过来，高扬刚迈开了脚步，可看到齐凡的身影，他又停住了。

“好了，好了，没事了。”马术指导冲已经呈石化状态的我们喊道。

“是……是吗?”虽然腿不颤抖了，可我的声音还带着抖音。

我慢慢地松开了赵露，我俩腿一软，都瘫坐在了地上。“呼……还好!”我心有余悸地看着她。

正呆愣着，我被一双温暖的手扶了起来，我转头去看，是齐凡，他的表情很凝重，像是发怒的前兆。果然，刚一站起来，他就拉着我离开了。

王嘉明也赶到了赵露身边，他脱下外套，轻轻地披在了赵露的身上，小心地把她扶了起来，柔声地安慰着：“好了，没事了，没事了啊！来，咱们去那边坐一会儿。”赵露仍还有些迷糊，便没有说话，跟着王嘉明走了。

齐凡拉着我走出了一段距离才松开了我，他转过身，生气地看着我，“你不要命了吗?”

我低着头，没看他。他一把握住了我的胳膊，“我问你话呢!”

没办法，我只好抬起头，看着他，认真地说道：“因为我知道，她受伤了……你会担心的!”

齐凡听后，整个人震了一下，他一把把我搂进了怀里，紧紧地抱着我，“傻瓜，她是我的好朋友，受伤了，我自然会担心。可是如果你受伤了……”他深吸了口气，“我会发疯的！所以，记住了，以后不许再做这么危险的事，知道吗?”

眼泪一下跃上了眼眶，我也紧紧地抱住了他，感动地点了点头……

王嘉明扶着赵露坐了下来，他看着赵露有些发白的脸，十分担心，语气轻缓地说：“你还好吧?”

“嗯。”赵露没有多说，只是微点了下头。

“拍摄……还顺利吗?”王嘉明生怕会惹她不高兴，小心翼翼地说着。

“嗯。”

王嘉明看赵露似乎不想看见他，便低声地说：“那你好好休息一下，我不打扰你了。”

他刚站了起来，便听到了赵露的声音：“再坐一会儿吧!”

王嘉明听后，有些惊讶地看着赵露。过了一会儿，他带着淡淡的笑意，重新坐了下来。虽然彼此没有更多的话，可他却很满足，只要你想让我坐在这儿，多久我都愿意……

第二十三章
永远都是

转眼到了 3 月中旬，随着最后一声“咔”的落下，齐凡的戏份杀青了，我们即将离开横店了。走之前，我俩出去走了走。

今天的天气很舒适，天空湛蓝，春意盎然，让人不由自主地想置身其中，体验与自然融为一体的美妙之感。

我和齐凡手牵着手，再次来到了这个熟悉的地方。看着岸边的树都已开始冒出了嫩绿的枝芽，我和齐凡像以前一样，找了两块石头坐了下来。

看着流淌不息的河水，我们都陷入了回忆中。过了一会儿，齐凡开口说道：“哥，我要走了，来跟你说一声。”

接着，他转头看了我一眼，带着笑意说道：“我还带了一个人一起来的。”

我也看了他一眼，然后回过了头，“哥，我会照顾好齐凡的，你放心吧！”

又坐了一会儿，他随手捡起了一块小石子，在手上掂了掂，“你会打水漂吗？”

“不会。”

“来，我教你。”他先站了起来，拉起了我，开始给我示范起来。

可我还真没这个天分，学了半天，也没能扔起来，他一看，挑着眉笑着说：“真是小呆瓜！”

“哼，你别得意，我再练练就会了，不信就看着。”我不服输的劲儿上来了，挽起袖子，认真地练习起来。

经历过好几次失败后，我找准了感觉。最后一次，我屏气凝神，抬起手腕，扔出了小石子。没想到，竟然成功了，看着它在水上像飞起来了一样，我开心地大喊起来：“齐凡，快看，我成功了。”

接着，我一下扑到了他的怀里，双手环着他的腰，高兴地跳起来，“你看见了吗，怎么样，我厉害吧!”

“厉害，厉害，小不点。”他边说边低下头，在我的脸上吻了一下。

我一下呆住了，下一秒，就害羞地跳离了他的怀抱，“你干吗啊?”

“你那么高兴地跳到我怀里，不就是想让我给你个奖励吗，呵呵。”他带着坏坏的笑容。

“谁说的，你占我便宜，大呆瓜，不对，应该是大坏蛋才对。”我愤愤不平地看着他。

没想到他二话没说，又凑了过来，吻了我另一边的脸颊，我的脸更红了，气呼呼地瞪着他，谁想到他笑得更开心了，“刚刚占了左边脸的便宜，现在要给右边脸也补偿一下，要不就不公平了，哈哈。”

“好啊你，等我抓到，你就完了。”他一看，立马拔腿开逃了。

绕了几圈后，还是没抓着他，我有些气喘吁吁地站在树下休息，正在这时，他突然从后面抱住了我，“再附送一个拥抱，呵呵。”

我故意没有说话，他一看，把我转了过来，“其实我真的挺笨的，实际上你早就已经一点一点通过了我内心的认证。”

“这么说，你也很早就喜欢我了嘛，呵呵。”我带着小得意地看着他。

“不过……肯定没你早。”他魅惑地勾了下嘴角。

看着他的表情，我踮起脚尖，在他的唇上轻啄了一下，接着，投进了他的怀抱里，紧紧地抱着他，“不管，反正无论现在，还是以后，你都只是我一个人的!”

他听着，一手抱紧了我，一手轻轻地抚摸着我的头发，“说好了……永远都是!”

春日的暖阳里，微风阵阵，一对恋人正相拥在树下，空气里仿佛都充满了甜蜜的味道……

随后，他又拉着我去了清明上河图景区。随着春天的来到，这里的风景可谓是美不胜收，河水清澈，两岸柳树初绿，亭台楼阁巍然耸立，真像是走入了一副纯净优美的画卷之中，让人流连忘返。

我兴奋地跑到了桥上，眺望远处风景，不禁感到心胸开阔，怡然自得。这时，齐凡也走了上来，“怎么样，我说得没错吧，这个景区春夏的风景是最美的。”

“嗯，空气也新鲜，好像感觉什么烦恼都没有了，心里很舒服。”

“是啊。”齐凡闭上眼睛，深呼吸了几口，脸上也露出了舒心的笑容。

“你说，咱们像不像回到了古代啊?”

“你的意思是……咱俩很久以前就认识了？”

“有可能啊，所以我又来找你了，呵呵。”我调皮地笑了。

“我怎么听得有点毛骨悚然的。”他假装搓了搓胳膊。

我一听，佯装不高兴地看着他，“这么说，你不想看见我喽。”

他一下笑了，接着，伸手刮了一下我的鼻子，“应该说，我们很久之前就认识了，所以，我一直在等着你，万幸，终于让我遇见了你！”

不知怎的，发自内心的幸福，不自觉地跃上了脸颊，我甜笑着挽上了他的胳膊，整个人都倚着他，突然有了一种感觉，只要有他陪在身边，哪里都是风景如画……

回到了酒店，我们在大堂里碰到了高扬，我想去跟他打个招呼，可齐凡却握紧了我的手，没办法，我只好喊了他一声：“高扬。”

他看着我们交握的双手，眼里闪过一抹暗色，但转瞬即逝，之后他带着微笑走到了我们跟前，“你们出去了？”

“嗯，齐凡的戏份杀青了，我们明天就要回北京了，所以出去转转。”见齐凡没说话，我便先开口了。

“哦，我还有几天，那等回北京了再见吧！”

“好的。”接着，我搡了搡齐凡，意思让他说话，这样多尴尬啊，可他却拉着我直接走了。在经过高扬身边时，他拍了拍高扬的肩膀，说了声：“回见。”

高扬看着那个笑得很开心的女孩，突然有种释然的感觉，他也笑了。

回到了北京，齐凡又投入了新的工作中，他在为他的新专辑做着全面的准备，甚至开始练习他不太擅长的舞蹈。每天他都要在录音棚和练习室来回穿梭，而我则一直默默地陪在他的身边，给他鼓励。

不管是他开始练歌、录歌之前，还是练舞之前，他都要先找到我的身影，确定我在哪儿之后，我们相视一笑，他才投入工作中。

这天，他正在练习舞蹈，我在一旁坐着。看着他越来越熟练的舞步和动作，不禁被他的另一种魅力所折服，仿佛他已经站在了耀眼的舞台之上，散发着光芒。

练了半天，终于可以休息了，他一下坐在我的旁边，挑着眉笑着说：“刚刚看你都快流口水了啊，我有那么帅吗？”

看着他小孩般的样子，我忍不住想逗逗他，便假装摸着下巴，陷入了思考状。

他一看，急了，搡了我一把，“这还用想吗？”

我这才慢悠悠地开口了：“哦，挺帅的。不过，让我想起了我们那时的校草，他也是人长得很精神，每次只要他一出现，就是一片尖叫欢呼声，那帅的程度可想而知吧!”

“什么?”他一下拔高了声调。

“那是当然的了……”

正当我准备继续忽悠他时，嘴却突然被他的嘴堵住了，他竟然用吻来结束了我的话语。这吻是那样的霸道，他的手紧紧地按着我的头，随着最初的惊诧，到慢慢的倾心，我闭上了眼睛，一点一点地回应着他，双手也不自觉地环上了他的脖子。过了许久，他才依依不舍地松开了我，离开我的唇前，他还轻轻地咬了一下。

我有些吃痛地看着他，而他却十分开心地笑了，“只属于我的印记，呵呵。”说着，他又用手指轻轻地在我的唇上点了一下。

我的脸顿时染上了一层红晕，他看着，满意极了，“以后不许在我的面前提别的男人，听到了吗?”

我一听，扑哧一下笑出了声，“嗯，谁不知道我们家齐凡是出了名的醋缸子啊，哈哈。”说完后，我便站了起来，逃跑了。

“不行，看来还得教育一下，过来。”他也站了起来……

第二十四章

终止合约

已经进入 4 月份了，虽然齐凡依然在忙着练舞、录歌，偶尔能抽出时间来陪陪我，可在一旁静静地看着他，我已觉得很满足了。

这天，我有点事去找奇奇，可老远就听见吵吵闹闹的声音，“神经病，衣服是你弄脏的，你不洗谁洗啊？我懒得跟你废话，你赶紧给我赔。”是林佳华。

奇奇看我来了，便放低了声音，镇静地说：“昨天咱们吃完饭，他根本没有把我送回家，半路就把我一个人扔在了路上，还说让我给他洗衣服，你觉得，这种变态配吗？”

看着他俩剑拔弩张的样子，我只好跟林佳华说：“奇奇是不小心的，你别生气了，这样吧，衣服我来赔，行吗？”

奇奇一听，拉了我一下。

林佳华看了我一会儿，这才稍稍平静了些，“算了，哪能让你赔呢。”

接着，他又转头看了奇奇一眼，“神经病，我告诉你，今天要不是看在朝露的面子上，这事可没那么容易就算了。”

“大变态，我也告诉你，要不是看在朝露的面子上，我早把你的破衣服扔进垃圾箱了。”奇奇也不甘示弱。

“行，别再让我看见你，再见！”林佳华说完后，就黑着脸转过了身。

“永不再见！”奇奇也生气地喊道。

之后，两个人就各自甩手离开了，只留下我还抱着衣服呆呆地站在原地。

过了一阵后，一个人轻轻地拍了拍我，“小呆瓜，你怎么了？”

“你看……我们俩本想搞个快快乐乐的答谢宴，可现在……”我可怜兮兮地撇着嘴看着他。

齐凡看了一眼我手里的衣服，默默地把我抱在了怀里，“好了，别难过了，他俩啊，一个是北极，一个是南极，碰不得面的。”他边说着，边轻轻地拍着我的背，“一切顺其自然吧，别想太多了啊！”

“嗯。”我也抱紧了他，心里慢慢感觉好受点了……

过了几天后，我翻手机的时候，看到了和许宁的短信，想了好久，我还是下定决心，拨通了她的电话，“喂，许总，是我。”

她沉默了一会儿，才开口说道：“难得啊，还知道主动打电话给我，怎么样，是不是有什么新发现？”

“我能和你见面谈吗？”

“行吧！”

“那我一会儿把地址发过去给你，咱们在那儿见，可以吗？”

“嗯。”她没多说什么，挂断了电话。

我握着手机，不禁叹了口气，虽然不知道接下来会发生什么，可这件事情我必须要做。

来到练习室的门前，我悄悄地推开了一个缝隙，看着那么专注，那么认真的齐凡，我的脸上也不自觉地浮现着笑容，心里默默地说，好好练吧，我会好好保护你的，等我回来！

“OK，你想说什么，说吧！”许宁的身子微微往后靠了靠，双手抱在胸前看着我。

我握了一下拳头，想给自己力量，接着，我看着她的眼睛，一字一句地说着：“我想终止合约！”

她的表情有些惊讶，“你知道后果是什么样的吗？”

“知道，我会按约定作出赔偿的。”我坚定地看着她，没有一丝犹豫。

“哦，是吗，这可不是个小数目。”她带着不相信的表情。

“我会凭自己的努力，一点一点还给你，直到还清为止。”

她听后，笑了一下，“能让你心甘情愿地背债，我能知道是为什么吗？”

“因为从一开始，我就不想这么做。”

“不想这么做？那你还不断地发给我一些照片和消息，要不是我看它们都没什么价值可用，你觉得你现在还能泰然自若地跟我说这些话吗？”

我一听，不禁感到奇怪，“我从未发过任何照片和消息给你！”

“什么？包括去年我们报道过的那张喷泉前的照片也不是你发的？”

“不是。”我斩钉截铁地回答道。

“这就怪了，全部是以你的名义发给我的啊，署名还是你的真名，蒋婉云。”许宁边说边微微皱起了眉头。

我也觉得想不通，“可真的不是我发的。”

“好吧，这个我相信你，因为你完全可以不说实话，只要在剩下不多的时间里，随便拍些东西给我，你就大功告成了，可是你并没有。”她顿了一下，“我还有件事，想问你，你可以这么勇敢地跟我说这些话，是不是有人帮你撑腰，比如说……齐凡？”

我笑了一下，“这个跟他没有任何关系。”

“可从我对你的观察来看，你和齐凡真的在一起了，是吗？”虽是疑问的语气，可她却十分笃定地看着我。

“是的，我不想隐瞒你什么。可跟你说这些话，跟他真的没有任何关系，无论我是否跟他在一起了，我都会终止这份合约，因为这本就不是我的初衷，而且钱我也会自己来还！”

“唉，你个小丫头，我还能拿你怎么办呢？”她边说着边无奈地抚了下额头，接着，抬起头看着我的眼睛说，“你不算违约，不用赔钱了。”

“真的吗？”我有点怀疑听到的。

“真的，知道为什么吗？”她冲我笑了一下。

我不明白地摇了摇头。

“其实当初选你，除了因为你有一点点像赵露之外，更重要的是，我在你的身上，看到了我年轻时的影子，呵呵。清澈的眼睛，单纯的内心，做事倔强，有自己的原则，无论遇到什么困难，都能带着阳光般的笑容积极面对。我还知道，你的内心有棵叫信念的大树，它很茁壮，不管外面再怎么风吹雨打，都不会打垮你，你依然会坚信美好，也依然会无畏地走下去！”

听着她的话，在这个瞬间，我突然觉得眼前的这个女人，不那么讨厌了，好像还有一点懂她了。

“怎么这个表情看着我，我还没说完呢，所以今天你来找我说这些话，说实话，我并没有感到出乎意料，相反地，都在我意料之中，呵呵。”她第一次心无芥蒂地笑了。

我也看着她，第一次真诚地笑了，“谢谢你，许宁姐。”突然感觉此时的她，卸下了全副武装，像个邻家的大姐姐，温柔美丽。

“谢我什么，我那也是没办法，谁让你现在是大名鼎鼎的齐凡的女朋友，我还敢拿你怎么样吗?”她开玩笑地说着，“对了，以后你和齐凡结婚的话，婚礼可一定要交给我们报社独家报道哦，就算是你的违约金了，呵呵。”

我听着，表情忽然变得黯淡了。

她不解地看着我，“怎么了?”

“我也想啊，可是我还没有告诉他真相呢，不知道我们是不是能走到那一步，唉……”我叹了口气。

许宁听了，握住了我放在桌子上的手，“我说你是曾经的我，可我相信，未来的你一定不是现在的我！我没有坚持下去的信念，你一定要坚持下去，一切都会好的，加油!”

我感激地看着她，笑着点了点头……

刚回到公司，推开了练习室的门，齐凡就迎了上来，他表情严肃地看着我，“你去哪儿了？手机也打不通。”

因为有心事，我的脸色也不太好，“有点事，出去了一下。”

他看着我的样子，便没再追问下去，只是把我推到一边，让我坐下，“那我给你展示一下我的齐氏舞蹈，你赏个脸呗，呵呵。”

知道他是想逗我开心，我便冲他笑了笑，“好啊!”

他这才放心地去打开了音乐，跳了起来，前面跳得都很认真帅气，后面他却故意乱舞起来，弄得我哈哈大笑。

可因为注意着我的表情，他不小心滑了一下，摔倒在地上，我一看，十分紧张地赶了过去，费劲地把他扶了起来，谁知他刚站起来，就一把把我抱在了怀里。

过了一会儿，他才低声地在我耳边说道：“以后不管你去哪儿了，都要告诉我一声，你知不知道刚刚我跑上跑下地找了你多久……能答应我吗?”

听着他的话，心里升起阵阵暖意，我的双手也慢慢地收紧了，头靠在他的心口处，伴随着他的心跳声，我使劲点了点头。

他感觉到后，才露出了舒心的笑容……

齐凡说想去拜会我父母，我怕露馅，只好推辞，说没有时间，他说那先打个电话报备一下吧，我答应了他。

第二十五章

真情表白

晚上和老妈视频时，我把一切都告诉了她，老妈很震惊，好久都没有说话。后来她鼓励我要勇敢地迈出这一步，告诉齐凡真相，无论结果如何，至少面对心爱的人，是坦诚的！

老妈说："不管将来怎样，爸爸妈妈永远是你坚强的后盾，家永远是你温馨的小窝，累了，倦了，就回家来吧！"

心弦猛的颤动着，我默默地点了点头，还好有你们，我最亲爱的家人！

今天是5月6日，齐凡新专辑的发布会，大家都早早地来到了现场做准备。看齐凡还在化妆间里做造型，我便先到会场里去帮忙了。

结果迎面就遇到一个久违了的人，他带着如沐春风般的笑容，跟我打了声招呼，高扬是来做特别助阵嘉宾的。

做完手头上的工作后，我悄悄地来到了化妆间，见里面只有齐凡一个人在，我便轻手轻脚地走了进去。

看他正靠在沙发上闭目养神，我绕到了后面，一下蒙上了他的眼睛，齐凡立马勾起了唇角，"是vivian吗？"

我一听，眉头微微皱了起来，手慢慢往下移动到了脖子处，他一下笑了，"怎么着，还想谋杀亲夫？"

"还不快快从实招来，刚刚喊的那个人是谁？"我放低了声音，质问道。

"打死不招，舍得的话，你就掐死我吧！"他慵懒的声音里带着淡淡的笑意。

我稍稍收紧了手，可他却依旧稳稳地坐着，没有任何反应，没办法，最后我还是徒然地松开了手，静静地站在他的身后。

本以为他在跟我开玩笑，可过了半天，他也没有再说一句话，只是一直闭着眼睛，仿佛我根本不存在一般。突然，心里像堵了一块大石头一样难受，我声音颤抖地问他："vivian是谁?"

"你没必要知道。"他只是轻描淡写地说了这么一句。

"你确定?"我不敢相信听到的。

"发布会马上要开始了，你先出去吧!"

不知怎的，心酸酸的，渐渐地眼睛也开始酸酸的，过了一会儿，连鼻子也变得酸酸的，我什么都没说地打开门出去了。

齐凡听到关门声，才一点点地睁开了眼睛……

就在我眼泪差点滴下来的时候，碰到了文文，她拦住了我的去路，"你这是怎么了？被齐凡哥甩啦?"

我忙着憋住眼泪，没有搭理她，可她却不让我过去，还继续说道："我就说嘛，齐凡哥怎么可能看上你呢，哼哼，原来也只是玩玩而已啊。唉，我奉劝你一句，别自作多情了，省得有你哭的时候!"

正在这时，一个人搡了她一把，"我当是谁呢，在这儿挡着路。"奇奇边说边走了过来，挽着我的胳膊。

"用不着你多管闲事吧!"文文瞪着她。

"她的事就是我的事。还有，我刚刚好像听到某人在说齐凡哥坏话啊，谁不知道齐凡哥的人品，什么时候齐凡哥的字典里也有'玩玩而已'四个字了!"奇奇也毫不示弱地回敬她。

"哦，是吗？那我倒是要问问她了，齐凡哥亲口跟你说过，他喜欢你吗?"文文得意地看着我。

我被这突如其来的问题问住了，不禁回想起来，好像是这样的，虽然我们在一起这么长时间了，可他好像真的没有说过这句话。

奇奇看我愣神的样子，着急地拉了我一把，"别理她，跟我来!"

文文望着我们的背影，默默地笑了，蒋朝露，想当齐凡的女朋友，别做梦了……

"你带我去哪儿啊?"我疑惑地看着奇奇。

"去现场啊，你不想看齐凡哥的新专辑发布会吗?"她边走边说着。

想到刚刚齐凡的样子，我有些不高兴地说："不了，我还要去工作呢。"

"那可不行，今天你得听我的，快走吧!"她无视了我的抗议，硬拉着我来到了现场。

此时，里面已经坐满了人，有媒体记者，有嘉宾，还有粉丝，灯光也已经被调暗了，一切就绪，就等着齐凡出场了。

奇奇拉着我悄悄地来到了第一排嘉宾坐着的位置。我往那边看了一眼，王嘉明、杨玲都在，还有一些不熟悉的人。另外，除了高扬之外，林佳华和赵露也来了，原来这就是高扬当时卖的关子。

王嘉明和赵露、杨玲坐在一起，再过去是林佳华、高扬。奇奇拉着我坐在了旁边的空位上。

刚坐下，高扬就回头看了我一眼，冲我笑了一下。

这时，林佳华也看到我了，弯下身子，低声地说："你老公马上就要登台了，紧张不?"

我笑而不语地白了他一眼，他一看，也笑了一下，可下一秒钟，他看到了坐在我身旁的奇奇，他马上收起笑容，直起了身子，不断地在心里对自己说，冷静，冷静，我什么都没看见。

过了一会儿，主持人宣布发布会正式开始了，"大家好，我是今天齐凡新专辑发布会的主持人刘倩，首先我谨代表齐凡对来参加这次发布会的各位媒体记者以及现场内外的粉丝们表示最诚挚的感谢。此外，还要介绍一下我们的特邀助阵嘉宾，著名影视演员高扬先生、林佳华先生，还有我们非常美丽的赵露小姐。"

随着主持人的逐一介绍，高扬、林佳华、赵露分别起身跟大家打了招呼，粉丝们也热情欢呼着。

"好了，接下来就要有请我们今天发布会的主人公了，大家一起喊出他的名字吧!"

话音刚落，粉丝们就齐声喊道："齐凡！齐凡!"

在这热烈的欢呼声中，齐凡便以一身帅气的正装登场了，那样俊逸的脸庞，挺拔的身姿，惹得现场的粉丝尖叫连连。

可此时我的心，却五味杂陈的，还在回想着刚刚他说的话和他的样子。

"齐凡，你曾经是不是就很喜欢唱歌?"刘倩开始发问了。

"嗯，以前没事的时候，还喜欢自己写写歌，自弹自唱。"齐凡边回答她的问题，边往台下扫了一眼，直到看见了一个身影，才收回了视线。

"这么说，你应该去当歌手才对。"

"我现在不正当着呢吗？呵呵。"

“既然如此，为什么出道这么多年了，现在才又想当歌手了呢？”

“一个是因为一直忙着拍戏，没有多余的时间和精力，更重要的原因是，心里对唱歌这件事有些阴影。”

刘倩听了，好奇地问道：“能透露一下吗？”

“已经过去了，呵呵。”齐凡用阳光般的笑容将往事一笔带过了。

“那好吧，不过，这个问题你肯定要回答一下，就是，你是怎么重拾再次开嗓的勇气的呢？”

“这个问题，我想留到最后再回答，可以吗？”

“可以啊，那下面我们让齐凡去换一下服装，稍后为大家带来这张专辑的主打歌。”

齐凡微笑着冲大家点了下头，便先去换衣服了。

不久，齐凡重新登场了，聚光灯打在他的身上，显得他格外耀眼夺目。随着音乐响起，他开始边跳边唱了起来。好听的嗓音加上充满了爆发力的舞蹈，瞬间点燃了现场，粉丝都高声呼喊起来。

虽然还在生气，可看着看着，我竟投入了其中，只顾着欣赏他辛苦努力的成果。随着最后一个动作的完美定格，我也和粉丝一起开心地喊了起来，“好帅！”

结果，离我最近的三个人同时转过头来看着我，奇奇的表情有些惊讶，高扬带着笑容，林佳华直接笑喷了，我一下不好意思地脸红了。

齐凡也像听到了似的，默默地弯起了嘴角。

之后，他又一口气唱了三首歌曲，连主持人采访的时候，都发自内心地赞叹他的声音干净动听，不当歌手可惜了。

齐凡又十分开心地笑了，我知道他完成了他的音乐梦想，此时的他，一定很快乐吧，看到这，我也由衷地为他感到高兴。

发布会渐渐到了尾声，主持人可没打算放过齐凡，她又想起了最开始的问题，“好了，齐凡，现在你可以告诉我们那个问题的答案了吧？”

“嗯。”齐凡郑重地点了点头，“其实，今天能重新开始唱歌，并且站在这个我梦寐以求的舞台上，实现了我多年的音乐梦想，这些与一个人的默默付出是分不开的。”

大家一听，都来了兴趣，主持人也迫不及待地问道：“能详细地跟我们说说吗？”

“大家还记得去年，我曾经参加过一档节目，并且成功牵手了一个女孩。”

主持人着急地说道：“是《遇见你》吧？”

“嗯，对。”齐凡笑着点了点头。

“怪不得你的专辑里也有一首歌叫《遇见你》，是专门送给这个女孩的吗?”

“其实，这首歌原先是她送给我的生日礼物，是一首对唱的歌，这次，我把它重新改编了一下，变成了我独唱的版本，作为我的心声送给她!”

“这么说，她对你来讲，意义非凡?”

“嗯，自从遇见的那天到现在，快一年的时间了，我非常感谢她的陪伴，她的鼓励。可以说，没有她的话，就不会有今天站在台上重新开始唱歌的齐凡，所以，她对我来说，很重要。”齐凡停顿了一下，才接着说道，“可我还有一句话一直没有跟她说过，所以，我想在今天这个正式的场合，告诉她。”

听着听着，我的眼睛就开始有些发酸了，我目不转睛地看着台上的他。

齐凡的眼里满是深情，他底气十足地开口了：“我喜欢你，真的真的很喜欢你，喜欢到一分钟看不到，就心神不宁……所以，我要牵着你的手，未来的每一分钟都不松开地一起走下去!”

伴随着全场的粉丝尖叫声、欢呼声，我的眼泪不争气地掉了下来。

记者们也兴奋地拿起相机使劲拍照，手里不停地忙着什么。嘉宾们也都有些震惊，没想到齐凡会公开承认恋情。

最初的震惊过后，熟识的人都送上了祝福的掌声和笑容，林佳华更是欢呼起来。

这时，奇奇赶紧拉了我一下，“趁现在，跟我来。”

因为坐在比较靠边的位置，我便和她悄悄地站起身，退出了发布会现场。

紧接着，她就带着我来到了齐凡的休息室，进门后，她才松了口气，“呼，还好没被记者发现。怎么样，感动吧，要不是你喜欢安静的生活，齐凡哥早就把你请到台上去了，我也就不用一路保驾护航了，呵呵。”

“你的意思是……”

“傻丫头，这是齐凡哥为你准备的惊喜，其实发布会开始之前，他还在化妆的时候，就把我叫过去了。他悄悄跟我说，一会儿发布会开始后，让我把你带进去，他有话要对你说，然后，再让我保护着你离开，知道了吧?”

听着她的话，眼泪又涌上了眼眶，她一看，轻轻拍了拍我，“好了，好了，不哭了啊，所以说，你要对齐凡哥、对你自己有信心，别理某些人，她那是闲得没事干。”

正在这时，齐凡推门进来了，奇奇一看，冲他笑了一下，又看了我一眼，便先离开了。

我们俩就这样静静地对望了几秒钟，我一下忍不住，扑进了他的怀里，紧紧地抱着他，“我还以为……”

“以为什么?”他柔声地说着。

“以为你……不要我了。”我边说边哭。

他心疼地搂紧了我，“我怎么会不要你呢，小呆瓜。”

“那……vivian是谁?”我泪眼朦胧地抬起头看着他。

他一听，一下笑出了声。我气得打了他一下，“你还笑?”

“那是我给你起的英文名字，哈哈。”他笑得前仰后合的。

“好啊你，又耍我。”我瞪着他。

“我错了，我错了。”他赶忙轻轻拍了拍我的背，“本来我已经跟奇奇都安排好了，可我正在那儿闭目养神呢，你就进来了，还蒙着我的眼睛，然后我就想捉弄你一下，给你起了个英文名字。结果，你还当真了，可不知道为什么，看着你为我吃醋的样子，我还觉得挺高兴的，反正一会儿你就会来听我的表白了，所以，我就将错就错了，呵呵。”

“你太坏了。”我跳出了他的怀抱。

可他又一下把我揽了过去，“以后没有我的允许，你不准擅自离开我的怀抱!”

听着他的话，我踮起脚尖，双手环上了他的脖子，他用力把我抱了起来，转起圈来，我开心地笑了，他也笑了……

之后，他慢慢地放下了我，温柔地挽起我耳边的头发，轻声地说:“我喜欢你，我的小呆瓜，很喜欢，很喜欢。”

看着他慢慢靠近的脸，我带着满心的感动，主动迎上了他的唇，闭上了眼睛。这幸福的吻，仿佛连时间都想停住脚步，驻足凝视……

第二十六章
初次见面

放下电话，齐凡开车，带我来到了一栋独立的别墅前，我狐疑地看着他，“这是哪儿啊?”

“这是……我家。”他有些吞吞吐吐地说着。

“什么?”我吃惊地喊道。

“刚刚我妈给我打电话，说他们在电视上看到我的报道了，知道了我们俩的事，所以想见见你。”他顿了一下，接着轻声说，“本来早就应该带你来见见他们了，可你也知道，我和我爸因为我哥的事情，一直有些不愉快，我怕你会受到影响，所以想等我和他的关系缓和一些了，再带你来的。”

“那今天……”

“今天主要是因为他们刚刚打电话催了，我了解我妈的性格，我怕她今天看不到你的话，会对你有所误解，所以就擅自作决定带你来了，对不起啊!”

看着他歉疚的表情，我有些难受起来，齐凡，你知道吗，我很想来见你的父母，可并不是以我现在的身份，我不想再伤害别人了，何况他们还是你的亲人，唉……

我们沉默了一阵，他才开口说道：“我们一起进去，好吗，你放心，一切有我在!”

那么真挚的表情，我实在是不知该怎样去拒绝了，而且我也没有拒绝的理由，没办法，我只好微微点了下头。

“那走吧!”

“可是……我什么都没准备啊，也没有好好地打扮一下。”我有些担心地看着他。

“不用打扮了，你那么可爱，不相信你男朋友的眼光吗?”

听着他的话，我一下被逗笑了。他看我笑了，才松了口气，接着，从后座拿了几个礼盒过来，“至于礼物嘛，早就给你准备好了，呵呵。”

“啊，你不会是刚刚那会儿出去的时候买的吧?”

“猜对了。”

“原来你早就预谋好了啊!”我假装生气地看着他。

“不是，不是。”他着急了。

我看着他的样子，不禁心软了，“好了，走吧!”

等他开进大门，停好了车后，我们便一起进去了，齐凡的父母居然已经等在了门口，我顿时有些紧张起来。

进门后，我和他们打了招呼。在客厅坐下后，齐凡的妈妈苏清梅就问了我几个问题。当听到齐凡说我在他身边做助理时，她的表情有些惊讶，“你们是怎么认识的?”

“我们是在一档相亲节目上认识的，怎么样，戏剧般的奇遇吧!”齐凡底气十足地说着。

苏清梅有点不高兴了，“当时我也看了报道，还以为只是些花边新闻，没想到你还真的去了，那这么说，你们认识的时间也不短了?”

“快一年了吧!”

“什么，都一年时间了，你现在才说，你先跟我过来一下。”苏清梅不悦地站起了身。

我有些担心地看了齐凡一眼，可他却笑着拍了拍我的手，低声地说：“没事的，我去去就来。”

我不知所措地望着他离去的身影，有不好的预感袭来。

齐凡的爸爸齐圣民看着我的样子，笑着说道：“没关系的，他妈妈应该是想嘱咐他些事情。这样吧，你和叔叔到阳台上坐着聊聊，年龄不饶人了，叔叔不晒晒太阳是不行了，呵呵。”

看着他慈祥的笑容，就像我的爸爸一样，我不禁放松了许多，笑着点了点头……

我陪着齐圣民来到了阳台上，我们围着一个看上去很精巧雅致的圆桌坐了下来，“秦姨。”他喊了一声。

秦姨听了，赶紧走了过来。

“帮我端杯茶来吧，对了，你喝点什么呢?”

“那我就不麻烦了，也喝茶吧，呵呵。”我微笑着说。

“唉……不知道齐凡有没有告诉你，其实他还有一个哥哥，不过……很早之前就去世了。”齐圣民说着，表情也变得凝重起来。

“他跟我说过，能看得出来他很爱他哥哥。”我慢慢地说，希望能让他放松一些。

“朝露啊，叔叔想拜托你一件事……希望你能劝劝齐凡，让他不要再从事现在这个职业了，因为每次看到他，我们总会想起他哥哥，心中实在是难以释怀啊，你能答应叔叔吗？”齐圣民很认真地看着我。

可我却变得为难起来，一时之间竟不知该如何回答他，想了一会儿后，我看着他，真诚地说道：“叔叔，您愿意听我说说心里话吗？”

“说吧！”他微微点了下头。

“其实跟着齐凡的这一年来，我从不理解他，不喜欢他，甚至有些讨厌他，到现在欣赏他，包容他，鼓励他，都是因为我慢慢了解了真实的他。齐凡很善良，看似很坚强，却有着柔软的内心，他有脆弱的时候，也有不敢触碰的伤口。他能一直坚持到现在，不仅是为了他自己，也是为了实现他哥哥未完成的梦想。请您相信，他不是不懂事，也不是不体贴。我知道在他的心里，你们是他的至亲，是他最敬爱的亲人，如果你们能多一些相互理解，我相信没有什么是过不去的。我也相信，随着年龄的增长，齐凡会更加成熟的！”

我边说边注意观察他的神情，等我说完后，齐圣民微微地叹了口气。

“看得出，你和齐凡一样，都有些倔强，都有个性，也有自己想要坚持的东西。”他说着说着，默默地弯起了嘴角。

正在这时，秦姨端了两杯茶过来，我冲她笑了一下，表示感谢，她也微笑着为我们放下了茶。

等她离开了，齐圣民端起茶杯，喝了一口，接着，他缓缓地说道：“朝露啊，你是个好孩子，叔叔大概知道齐凡为什么会选择你了。以后，我也会试着去理解他的，也希望你能一直陪伴在他的身边，让他变得更加成熟！”

“谢谢叔叔，我会和齐凡一起努力的。”听着他的话，我不禁露出了舒心的笑容。

我们又聊了一会儿，齐凡也过来了，“爸，你们说什么呢？”

“小凡，你来得刚好，爸跟你说，你要好好珍惜朝露，好好对她，知道吗？”齐圣民很郑重地说。

“那当然了，我是认真的，我也跟妈说了，我这辈子只要她一个人。”

看着他认真的表情，我不由得被感动了，同时，还有些不好意思了。

齐圣民听了，笑着点了点头，“好了，你们要是还有事，就先走吧，以后记得常回家来看看。”

“嗯，知道了。”齐凡也第一次对着他爸爸心无芥蒂地笑了。

我们又去跟苏清梅道别：“阿姨，我先走了，下次再来看您。”我大方地看着她。

可她却只是抬头看了我一眼，不情愿地“嗯”了一声。

我的心里顿时有些难受，齐凡看了，握紧了我的手，“那妈，我们走了。”

苏清梅没有再搭话，我们只好先离开了。

待两个年轻人一出门，苏清梅便来到阳台上，坐了下来，“你刚刚跟那个蒋朝露说什么呢？”

“没说什么，只是随便聊聊，我觉得这个女孩子挺不错的，我挺喜欢的。”齐圣民带着笑意看着她。

“能让你都点头同意了，这小丫头不简单啊！”苏清梅有些不满。

“你都没有好好地去了解她，又怎么知道她是什么样的人呢？清梅啊，你都活了大半辈子了，还不明白，看人要用心，而不单单只是用眼睛耳朵！”

苏清梅听了，没有再说话，只是抱着手，望着远处，不知在想些什么……

从齐凡家出来，我便有些心不在焉的，他看了，担心地问我：“你怎么了，是不是我爸跟你说什么了，还是，我妈的表现让你不开心了？”

“哦，没什么，本来就是我们不对，没有第一时间告诉他们这件事，所以，我能理解你妈妈的心情。”我冲他笑了笑，想让他放心。

“这事跟你没关系，都是我的错。好了，别想了，我带你去个地方。”

说着，他发动了车子。一路上，我的心情都很复杂，想起刚刚齐圣民的谆谆嘱托，心里又开始过意不去了，而齐凡则一直在跟我聊天。看得出刚刚齐圣民态度的转变，让他很高兴。看着他的笑容，我也感到很欣慰，心里默默地说着，齐凡，无论将来会如何，至少现在我为你说出了你的心里话，让你的父亲开始试着去理解你，这样，我也就放心了……

第二十七章
我该怎么办

“到了。”他停下了车，心情愉悦地看着我，“走吧!”

下了车，他领着我走了一阵，来到了一个大喷泉前，“好漂亮的喷泉啊!”我开心地笑了。

“小时候，经常跟我哥一起来这儿。每次来，我都要许愿。”他浅浅地笑着说。

“那你许的什么愿啊?”我好奇地冲他眨了眨眼。

“无非就是希望我爸别再让我学那么多东西了，我可以得到想要的玩具了之类的，反正每次都不一样，想要什么就许什么愿喽，哈哈。”他大笑起来。

“那你今天带我来，是又有愿望了吗?”

“是啊！咱俩一人许一个吧！可以不说，但是要做到，行吗?”他带着认真的表情。

“好啊!”我微笑着点了点头。

我俩同时闭上了眼睛，合十了双手，面对着美丽的喷泉许下了心愿……

齐凡，真的真的很对不起，希望你能原谅我……我们永远都不要分开!

朝露，你要一直陪在我的身边，我们要永远在一起!

许完愿后，我们睁开了眼睛，相视一笑。

“你许了什么愿?”他好奇地问道。

“不是说了，只做不说吗?”

“反正我一定会做到的，就是不知道你怎么样了?”他故意微微皱了皱眉。

“希望它能成真，那样的话，我一定会拼尽全力去做到的。”好想你能原谅我，我默默地在心里说着最后一句话。

“我们以后只要有心愿了，就一起来这儿许愿，然后只做不说，好不好?”

看着他期待的眼神，我使劲点了点头，齐凡，你知道吗？这就是我的期望啊，以后还能一起来这里，因为我最大的心愿，就是无论在哪儿，都能牵着你的手!

他看着我，张开了双臂，慢慢地将我揽入怀中，“小呆瓜!”

内心涌来阵阵甜蜜的感动，我紧紧地抱住了他，“大呆瓜!”

感觉这一刻，我们的心靠得那么近，像是连在了一起一般，同时都露出了幸福的笑容!

看着日历上的数字一天天地变化，我的心情也越来越沉闷。今天是 5 月 26 号，后天就是我和齐凡的合约到期的日子了，我好像已经拖得太久了，一再地退缩，一再地犹豫，可现在终于到了该说的时候了。我也知道，不能再逃避了，妈妈说得对，即使再害怕面对，我也该坦诚地告诉齐凡事情的真相，因为这是通向重新开始这扇大门唯一的路!

此时，齐凡来到了公司，敲了敲王嘉明办公室的门。

“请进。”王嘉明的声音传来。

齐凡推门走了进去，看到杨玲、奇奇、文文都在，“你们怎么都在这儿啊?”

“我准备……向朝露求婚了!”齐凡表情认真，一字一句地说着。

“是吗，那太好了。”王嘉明笑了。

奇奇一听，开心地握住了手。杨玲也笑着说：“那恭喜你们了，对了，要公布消息吗?”

“等我成功了再说吧，呵呵。”齐凡带着灿烂的笑容。

“那还能不成功吗，凡哥，加油啊!”文文也赶紧趁机附和道。

听了她的话，奇奇不禁狐疑地看了她一眼，心想，怎么突然转性了。

“嗯，我有把握，你们记得帮我保密啊，先不要告诉朝露。”

“知道了，那你还不赶快去准备。”王嘉明挑着眉笑着说。

“哦，对，那我先走了。”齐凡赶紧转身离开了。

杨玲看着，对王嘉明摇了摇头，“看，乐晕了，呵呵。”

奇奇和文文听了，都笑了起来，只是同样的笑容，文文的眼里却没有笑意……

拿着手机的我，恍惚了很久，才终于下定决心按下了那个早已印在心上的名字，过了一会儿，电话通了，他的声音传来，“喂，朝露。”

“齐凡……”我只喊了他一声，便不知该说些什么了。

“嗯，怎么了?”

听着他的声音，我突然又害怕了，不敢开口了。

“朝露!”他又柔声地喊道。

不行，我不能再逃避了，想着，想着，我努力使微微颤抖的手平稳了下来，“你过来找我好吗……我有重要的事情要跟你说!”

“哦，对不起啊，我今天一整天都要忙，明天吧，明天我一定去找你，好吗?”齐凡看着各种各样的钻戒，心想，明天你就知道了，呵呵。

我听了，心情变得复杂起来，“那好吧，你先忙，我不打扰你了。”

挂断电话后，我无奈地叹了口气，两手环抱着双腿，把头深深地埋了下去，心里好难受，身上也顿时感觉好冷好冷……

齐凡看着挂断的电话，心突然有点不舒服，奇怪，怎么回事，他微皱着眉，用手揉了揉心口。

正在这时，一个长相清秀的男人拍了拍他，“你来了!”

“嗯。”齐凡放下了手。

“你知道我是干什么的，一生只能找我设计一次啊!”他说着动了动手指，故意让齐凡看他带着的戒指。

“好了，别嘚瑟了，我保证只找你这一次，那戒指呢，做好了吗?”

“给，一个是钻戒，一个是对戒。”

齐凡接过后，分别打开看了一下，“果然厉害!”他带着满意的笑容。

“那当然了，咱俩多少年的朋友了，还信不过我吗?”

“信不过还能找你啊，你知道这个对我来说有多重要吗?”

那人听了，笑了一下，“对了，我还想问你呢，怎么没带着新娘子一起来选婚戒?”

“我想给她一个惊喜，更重要的是，我等不及一起选了。呵呵，再说，我了解她喜欢什么。”齐凡边说着，边露出了甜蜜的笑容。

那人看了，不禁冲他摆了摆手，“你要是来秀恩爱的，就趁早给我闪远点啊。”

齐凡听了，但笑不语。

“你结婚的时候，别忘了请我啊，我要亲眼看看我设计的戒指是带在怎样美丽的女孩手上的。”

“知道了，哪能忘了你呢。呵呵，那我先走了，有时间再聚吧!”

“嗯，不送了，祝你求婚成功!”

那人带着笑容，目送齐凡离去，心里不禁在想，到底是什么样的女孩，能让齐凡像变了一个人似的……

自从跟齐凡通过电话后，我做什么都心不在焉的。好不容易熬到了睡觉的时间，本想放空自己，好好地睡一觉，可不知怎的，翻来覆去的就是睡不着，过了许久之后，才有些迷迷糊糊地闭上了眼睛。

手机突然响了，我半睡半醒地拿起它，一看，是条短信，我再仔细一看，发信人居然是许宁，自从那天跟她谈过之后，她就没怎么跟我联系了，今天是怎么了？

我带着疑惑的心情点开了短信，内容竟然是："对不起，婉云，真的很对不起，希望有一天你能原谅我！"

我一下坐了起来，这是什么意思啊，看得我一头雾水的。我赶紧拨了她的号码，可传来的竟是关机的提示音，后来我又打了几次，都是一样的状况，我的内心逐渐隐隐不安起来。

我赶紧发了一条短信给她，希望她开机以后能看到："许宁姐，发生什么事了，能告诉我吗？"

过了好久，这条短信就像石沉大海了一般，我躺在床上，心情忐忑地闭上了眼睛，不知今夜是否还能安然入睡呢？

第二十八章
怎么能没有你

自从收到许宁的那条短信后，我一夜都睡得不安稳，不知道到底发生什么事了，直到早上，才睡了一会儿。

可一睁眼，不安的感觉又袭来了，我慢慢爬起来，来到窗前，拉开了窗帘，呆呆地望着阴沉沉的天空。

过了一会儿，我拿起手机，又拨了许宁的号码，可毫无意外，还是打不通。

我有些泄气地一下坐在床上，心绪不宁。正在焦虑不安时，手机响了，还以为许宁打的电话，我看都没看地接了起来，“喂。”

可下一秒就传来了让我失望的声音，“喂，是我，文文。”

“哦，是你啊，有事吗？”我无精打采地说着。

“怎么这个语气，好像不太想接我的电话啊？”

“没有，有什么事就说吧！”

“其实我也不想打给你，不过，今天可能也是最后一次了，一会儿你有时间吗，我们见一面吧！”

想到齐凡说过今天要来找我的，我便想拒绝了，“今天可能……”

正当我想说“不行”时，她截住了我的话：“很重要的事，有关于齐凡哥的未来，难道你不想知道吗？”

听着这话，我不禁有些担心，只好答应了她：“那好吧！在哪儿见？”

“就在公司附近的茶楼吧，我订好包间等你，我们就安静地好好谈谈吧！”文文边说着，边冷冷地撇起了唇角。

“知道了。”

放下手机，我深呼吸了一下，调整好状态，开始收拾起来。

等我来到茶楼的包间里时，文文已经坐在里面了，她似笑非笑地看着我，“坐吧！”

我也没什么表情地坐了下来，“你不是说有很重要的事吗，说吧！”

“不是我有话跟你说，是赵露有话跟你说。”

“那她人呢？”

“她不想见你，所以派我来跟你说。”

“为什么是你，不是小洁？”我疑惑地看着她。

“赵露说小洁不了解你，对付不了你这种人。”她边说着，边冷笑了一下。

“我不明白你的意思。”我的表情变得严肃起来。

“好啊，那我就来给你解释解释。其实赵露早就知道你和齐凡的合约关系了，你们是假情侣，这段时间她没有过问你们的事情，那是因为她知道齐凡只是逢场作戏，等你们的合约到期了，自然就会分开了。可她没想到的是，你居然这么厚脸皮，竟然想假戏真做，何况你还是一个骗子！”

听着最后两个字，我整个人都呆住了，木然的感觉传遍全身。

文文看着我的样子，从包里拿出一个文件袋，取出里面的东西扔在了桌子上，“现在明白什么意思了吧，哼哼，赵露派人调查了你，已经知道了你的真实身份，还有你接近齐凡的目的，你还有什么好说的？”

看着桌子上的一页页材料，我慢慢从最初的慌乱中镇静了下来，我定定地盯着她，“没错，我本就不想再隐瞒了，一开始我接近齐凡确实是有目的的，可如果不是事出无奈，我也绝不会这样做的。而且我可以保证这一年之内，我从未做过伤害齐凡的事，我也已经准备告诉他事情的真相了。”

“你以为告诉他真相之后，你们还能在一起吗？”

“无论如何，我都要坦诚地面对他，我也希望，他能原谅我。”

“恐怕你是没有这个机会了，你说你从未做过伤害齐凡的事情，那这是什么？”文文说着，拿出了一叠照片，甩在了我的面前。

我拿起其中一张，上面是去年那次公司宴会，齐凡和赵露在喷泉边谈话的照片，可让我震惊的是，距离他们不远处的树后，还有一个身影，正拿着手机对着他们拍照，而这个人就是我！

“怎么这个表情，自己做的事都忘了吗？照片上偷拍的那个人是你吧，你还敢说你没做过吗？如果我没记错的话，过了几天之后，他们在喷泉边的照片就上报纸头条了，而那家报纸还用我告诉你名字吗？就是你工作的地方！”

“照片上拿着手机的人是我，刊登照片的报社是我工作的地方，可我很郑重地告诉你，那天晚上我就把照片删除了，而且我绝对没有把它发给报社。”我表情认真地看着她。

“你觉得我会相信吗？”

“不管你相不相信，我确实没有做过，另外，我倒想问问你，这张照片是怎么来的？”

“赵露有个朋友是做娱乐杂志的，最近她整理收到的照片时，无意中发现了这张，就把它给赵露看了。如果不是这样，你是不是还想一直隐瞒下去？”

听着她的话，我笑了笑，“这不正说明了，当时不只我们三个在场，还有人拍下了照片。”

“你还真能狡辩，好，就算不说照片的事情，你还曾多次给你的老板汇报过齐凡和赵露的情况吧？”文文边说着，边拿出手机，调了几张图片给我看。

我拿过手机，看着上面的图片，竟然是我和许宁的短信对话：“婉云，最近怎么没齐凡和赵露的消息了？”“他们最近都没怎么来往。”“你最好不要骗我，另外，我知道这次齐凡和赵露要一起拍戏，还有高扬，这三个人凑一起，可有不少料，你要好好观察啊！千万别忘了自己的身份！再坚持坚持，你就自由了，千万别陷入不可能的感情里，这是为了你好！”

看着看着，我抬起头来，对着文文说：“这个怎么会在你那儿？”

“别人发给我的，怎么样，你还有什么话说？”

回想起昨晚许宁的短信，我的内心变得不安起来，我把手机还给了她，“我先去趟洗手间。”

说完之后，我便站起了身。来到了外面，我赶忙掏出手机，拨了许宁的号码，可还是提示关机。

怎么办呢，我着急地攥紧了手机。对了，还有一个人，想到这儿，我赶紧打给了她，“喂，小雪。”

“婉云。”她的声音中带着惊喜。

“我想问你件事？”

“嗯，说吧！”她似是听出了我焦急的语气，没多说其他的。

“许宁今天来报社了吗？”

小雪一听，用手捂着嘴，低下头，小声地说着：“我还想跟你说呢，今天早会的时候，副社长说了，从今以后，许宁不会再来了。”

“为什么？”

“我听小道消息说，她好像把报社卖给别人了，还说新任的社长马上就来了，也不知道是真的还是假的。”

听着小雪的话，我一下眼前发黑，脑袋里嗡嗡作响。

“婉云，你没事吧？”

“没……没事，那你先忙吧，我先挂了啊！”我颓然地垂下了手，整个人靠在墙上，想尽力让自己冷静下来。

看着挂断的电话，小雪有些担心起来，到底怎么了？

平静了许久，我重新走了进去，坐在了文文的对面。

“你的精神不太好啊，为了给你节省宝贵的时间，我就不再绕弯子了。赵露希望你离开齐凡！”

闻言，我坚定地看着她说：“我不会离开齐凡的，这是我们俩的事，我已经决定要告诉他真相了，在他还没作出决定之前，我就要一直陪着他！”

“没想到你到现在还搞不清楚状况，那我只能让你清醒一点了。听清了，你必须离开齐凡，否则赵露就会把所有的事情以及你和齐凡一开始是假情侣的事情全都公之于众，你忍心看着齐凡的事业、他哥哥的梦想以及你弟弟的未来，全都因为你一个人毁了吗？”文文咄咄逼人地说着。

我听着，心也一点一点地凉了，坚固的城墙也随之开始土崩瓦解，面对着齐凡的事业、他哥哥的梦想、我弟弟的未来，我怎么能说不呢？

“怎么样，答应吗？”文文以一副稳操胜券的表情看着我。

我整个人都麻木了，呆呆地点了下头，眼神游离地说：“我答应你，我会默默离开的，满意了吗？”

没想到，她竟摇了摇头，“不许默默地离开，你还想给齐凡希望，让他一直惦记着你吗？”

“那你想怎么样？”

“赵露要你亲自跟齐凡说，明天一早，你们的报纸会刊登头版头条，说你和齐凡分手了。他看到报道后，一定会去找你，到时候你亲口跟他讲明白，然后彻彻底底地分开！”

心针扎似的痛着，泪水涌上眼眶，可我不想在她的面前流泪，只能硬生生地忍着。

文文看着我，带着嘲讽的语气说："摆出这么一副样子给谁看呢，又不是死别，至于吗?"

听了她的话，我定定地看着她，"不是只有死别才会那么难受，对于两个相爱的人来说，每一次离别都会痛彻心扉！更何况以后即使他站在你的面前，你也不能再向他迈出一步，从此以后，你们只是生活在同一个天空下的陌生人，这种感觉，你能明白吗?!"我的眼泪已不受控制地流了下来。

文文听后，沉默了，过了一会儿，她说："抓紧时间吧！你还有最后一天，明天刚好是你们合约到期的日子，以约定开始的爱情，就以解约结束吧!"说完后，她收拾了桌子上的东西，起身走了。

见她走了，我一下趴在桌子上，埋头痛哭起来……

第二十九章
对不起

哭到没有力气了，手机突然响了，我拿起来一看，竟然是此时最想见到又最害怕见到的人，我的手微微地颤抖着，怕他担心，我赶紧努力让自己平静下来。

“喂。”

“怎么这么长时间才接电话啊?”齐凡柔声地问着。

“哦，刚刚手机放在包里，没听到，呵呵。”我强迫自己笑了几声。

“你在家吗，我去接你吧!”

“我在外面呢，一会儿我去找你，你就等着，好吗?”

“那好吧!”

对不起，大呆瓜，我需要时间让自己冷静一下，只剩最后一天了呢，我想和你一起开开心心地度过，边想着，眼泪又毫无预兆地流了下来……

从离开这里到坐车去齐凡家的路上，我都有些恍恍惚惚的，不知道自己到底是在做梦，还是在不断地走向那个冰冷残忍的结局。

来到那个熟悉的门前，我却连按下门铃的勇气都消失殆尽，只能傻傻地站着。过了许久，我调整了情绪，让自己的脸上能带着他喜欢的笑容，然后才敢伸出了手。

门一打开，就看到了那阳光般灿烂的笑脸，他一把把我拉了进去，“你去哪儿了，这么久才来，知不知道我都等着急了?”

我没有说话，只是看着他，努力地看着他，想记下他的每一个动作，每一个表情，每一个眼神，这样，未来的时间里，我就有支撑下去的理由了!

“小呆瓜，怎么这么看着我?”

“看你好看呗，呵呵。”

"傻样儿!"他边说着，边点了下我的额头。

他抓紧我的手，拉着我走进了客厅里，"你先等一下啊，我给你看个东西，不准转过来!"

听了他的话，我只好乖乖地待在原地，听着背后他匆忙的脚步声，我不禁弯起了嘴角。

"好了，转过来吧!"

我慢慢地转了过去，只见他的手里拿着一件白色的T恤，而上面画着的两个人，竟然像极了我上次选的那张照片上的两个人，那样开心的笑容，让人过目不忘。

看着我惊讶的表情，齐凡笑了，"我们的情侣衫，怎么样，喜欢吗?"

我欣喜地点了点头，"你什么时候弄的啊?"

"我有个朋友，专门做这个的，上次我让你选照片，就是为了让他画一个只属于我们俩的回忆!"

虽然脸上还带着笑，可我的心竟微微疼了起来，你知道吗，齐凡，我真的好喜欢，想永远都保存着它!

"还愣着干吗，咱俩都穿上吧，看看合不合适。"他说着，便把小的那件递给了我。

换好衣服后，我们俩都从房间里走了出来，看到对方，都露出了会心的笑容。

"你好，我的女朋友!"

"你好，我的男朋友!"

"哈哈，走，这么有纪念意义的时刻，怎么能不记录下来呢?"他说着，拉着我的手来到了客厅里。

让我先坐在沙发上，自己摆放好DV后，赶紧跑了过来，坐在我的身旁。

"呵呵，我的小呆瓜。"他的表情忽的认真起来，紧紧地握住了我的手，"你知道我在喷泉前许的什么愿吗？我希望你能一直陪在我的身边，我们要永远在一起!"

眼眶一下红了，我赶紧别过了头，怕他看到。

"说好只做不说的，可不知道怎么回事，那会儿心里突然很闷很不舒服，还有些隐隐不安的感觉，所以，我想告诉你我的愿望，能答应我吗?"

看着他那么真挚的表情，我只能顺随着心意点了点头。

他一看，高兴地在我的脸颊上印下了一吻，"好了，你饿了吧，我去给你做好吃的。"

"今天怎么对我这么好啊?"

"我哪天对你不好了，你最好尽快习惯起来，因为以后的每一天，我都要对你这么好，还要越来越好，越来越好……"他带着笑意，靠近我的耳边，不停地说着。

我轻推了他一把，"别闹了！"

"哈哈，我去了，你好好地休息一会儿。"他刮了下我的鼻子，起身离开了。

目光一直追随着他，大呆瓜，我也好想跟你说，我也想每天都对你好，一直一直好下去……

过了一会儿，我拿起了桌子上的DV，来到了厨房，通过镜头看着那个正在切菜的男人，笑着说："哇，好帅的厨师，好棒的刀法。"

"切，那还用说吗？"

"那你有没有想过去录一档美食类的节目，展示一下您出神入化的厨艺啊？"我瞬间化身为记者。

"可以考虑一下，不过……我现在只想做给一个人吃，就是……"他说着，抬起头来看着我。

看着那炙热的目光，我竟不知该如何去回应，只能逃避地闪躲开了，"快好好做吧，小心切到手了。"

"对了，你不是想吃我做的菜吗，要不我也加入吧！"

他一听，微微皱了下眉，"说过了，今天你要休息，一切都由我来做。再说了，想吃你做的菜，还怕以后没有机会吗？"

大呆瓜，你知道吗，以后，可能真的没有机会了。怎么办？想着想着，我放下了DV，走到了他的身后，伸出双手，一点一点地环住了他的腰，把头轻轻地靠在他的背上，感受着他的温暖……

齐凡被我这突如其来的举动弄懵了，他有些不知所措地说："怎么了？"

"没怎么……我只是想抱着你！"我收紧了双手，静静地闭上了眼睛。

"小呆瓜，你这样，我可没办法再专心做饭了，难道你想饿肚子啦？"他柔声地开着玩笑。

短暂的时间过后，我松开了手，来到一旁，微笑地看着他，"我怕你累，给你个爱的鼓励，呵呵。"

"真是拿你没办法，一会儿炒菜有油烟，你去客厅里待着吧，等做好了，我再叫你，好吗？"

"哈哈，我觉得，谁以后要是做了我的老婆，肯定特幸福，你说是吧？"他话里有话地看着我。知道他在说什么，可我却不敢看他，只能低着头说："那肯定的啊！"

“我的老婆只能是一个人——小呆瓜蒋朝露！”

什么都说不出来了，我只呆呆地望着他。他一看，佯装生气地瞪着我，“快去，听话啊！”

在他的再三催促下，我才拿着DV离开了，边走还边回头看看他，想将他的身影尽收眼底……

来到客厅后，我看了看手中的DV，又看了看那边正在忙活着的齐凡，我悄悄地上到了二楼，推开了那个我住过半年的房间，走了进去。

环视了一圈，它还是那么整洁干净，我不禁想起离开的时候，好像把很多回忆都锁在了这里，现在，它们竟都一下涌进了我的脑海里。

回想着这一年，从遇见到相知相爱，我们居然已经制造了那么多的回忆，有酸楚的，有难过的，还有开心的，甜蜜的，还好，我还有这些珍贵的只属于我们俩的回忆！

我摆好了DV，坐在了镜头前，想给他留下最后一段心里话。“齐凡，能够遇见你，了解你，爱上你，是我这一生最幸运的事情！那会儿你告诉了我你在喷泉前许下的愿望，可你知道，我多想也告诉你，我的愿望吗？”眼泪不停地在眼眶里打转，我只能握紧了拳头，克制着自己，“我的愿望就是，齐凡，真的真的很对不起，希望你能原谅我，我们永远都不要分开！可是，这个愿望好像再也不能实现了，对不起，我真的真的不想离开你，我也好想，为你实现你的愿望，永远陪在你的身边！不！是我们共同的愿望，我们永远在一起！”

眼泪突然止不住地滴了下来，“齐凡，其实我不叫蒋朝露，我的真名是蒋婉云，我也不是什么杂志社的编辑，而是一家报社的编辑。从接近你的那一刻起，我就带着目的，可请你相信，我不是故意的，而且我绝对没有做过伤害你的事。这一年以来，我都一直尽最大的努力，保护着你，因为，你是我的齐凡啊，那么那么好的齐凡！

你知道吗？我好舍不得你，连心都已经痛到麻木了呢。如果未来的某一天，你能看到这段话的话，我希望你不要再怪我，不要再生气，不要再难过了，因为……我真的真的很爱你，爱到一秒钟也不想跟你分开！如果你再也看不到这段话，那就让它永远尘封，不再被开启，因为，我希望你幸福快乐，即使你的身边，你的记忆里再也没有我！”

好难受，实在是说不下去了，我捂着嘴痛哭起来……

缓了好久，我才下楼去了。

我们一起吃了午饭，又一起唱了我们的歌，还依偎在一起看了我们都喜欢的电影。

齐凡说晚饭不在家里吃了，离开时，我又好好地看了看这个曾经以为会是我的家的地方，这次是真的要说再见了，以后，恐怕是没有机会再来了，“再见了，我们的家！”

第三十章

求婚

走进一家餐厅里，看着那些精致的装饰，我不禁疑惑地看着他，“这家餐厅怎么没有客人呢，我看装修装饰都很用心啊？”

“一会儿就知道了。”他神秘地笑了一下，牵着我找了个位置坐了下来。

“看看想吃点什么吧？”

“嗯。”我接过菜单，点了几样后，递给了他，“这桌子上怎么有四副餐具啊？还有人要来吗？”

他但笑不语，开始点东西了。

不知道他在卖什么关子呢，我无奈而又好奇地环视起这个餐厅的布置来，好像有什么活动似的，可这只有我和齐凡两个顾客啊，我不解地想着。

过了一会儿，他来到我的身边，做了个邀请的姿势，“美丽的小姐，能共舞一曲吗？”

我有些吃惊地看着他，小声地说：“可是我不太会啊！”

“没事，我带着你。”

看着他信心十足的样子，我也微笑着把手放在了他的手心里。

这个餐厅中间有一个圆形的舞台，我们来到了跟前，他见我穿着裙子，一下打横抱起了我，站了上去。

“快放我下来。”我害羞地说着。

“你不是不会吗，我有的是劲，可以抱着你跳，呵呵。”他边说着，边抱着我转了一圈。

他看着我越来越红的脸颊，带着笑意放下了我，开始认真地教我跳舞。就这样，我也慢慢学会了，跟着他的步伐，跳了起来。

“怎么样，简单吧？”

“那还不是因为我聪明，学得快，哈哈。”我开心地笑了。

“是是是，你最聪明了。”他露出了宠溺的笑容。

跳完舞后，他小心翼翼地牵着我来到了台下。此时，灯突然黑了，我下意识地“啊”了一声，靠近了他。过了一会儿，微弱的灯光亮了起来。

舞台上出现了两个小天使，一个女孩，一个男孩，他们带着天使的小翅膀，可爱极了。

“你好，姐姐，我是上天派来给你送礼物的！”小女孩甜甜地说着。

小男孩拉着她的手，来到了我们的面前，小女孩的另一只手上，还拿着一个小盒子。

她伸出稚嫩的小手，把盒子递到了齐凡的面前。

齐凡微笑着接过了盒子，突然转过身，冲着我单膝跪地。

我整个人都惊呆了，手下意识地捂住了嘴。

“一年前的今天我遇见了你，我们签下了合约，约定做一对假情侣。我还不知道，从那时起，一个善良可爱的女孩就这样走进了我的生命里，走进了我的心里！明天就是我们合约到期的日子了，我想让一切重新开始，我要我们定下一份新的合约，约定做一对牵着手从满头黑发走到满头白发的老夫妻，期限是伴随着我们的心跳声，直到它们停止！我希望你以后的人生，都有我为你遮风挡雨，我要好好地保护着你，疼爱着你，给你一个温暖的家！”

“你愿意嫁给我吗？”

眼泪一下决堤了，心里好感动，好感动，我泣不成声地点了点头，齐凡，真的真的很对不起，请你原谅我，就当这是我做的最后一个梦！

齐凡眼含热泪地取出了钻戒，牵着我的手，一点一点为我带上了他的承诺！

接着，他慢慢站起了身，轻轻地揽过了我，我们就这样深深地对望着，他的唇缓缓地靠近了我的额头，我满足地闭上了眼睛，细细体味着那充满着珍惜的吻，在心里，永远地刻下了这一幕……

随着灯光全亮了起来，他才松开了我，“从今以后，你就只是我一个人的小呆瓜了，呵呵。”

看着他孩子般的笑容，我也破涕为笑了。

正在这时，传来一阵掌声，我们回头看去，是两个小天使在鼓掌，“你看我，得了老婆忘了可爱的小天使了，来。”他边说着，边抱过了小男孩。

小女孩一看，着急地冲着齐凡伸出了双手，“舅舅。”

“这是我表姐的孩子，我的小外甥女，这个小男孩，是我好朋友的孩子，他们被我哄来助阵了，哈哈。”齐凡笑着说。

他转头看着他的小外甥女，“西西乖，让舅妈抱你啊！”

我听了，佯装不满地看了他一眼，他却弯着嘴角，先抱着小男孩回去了。

没办法，我赶紧放低了声调，温柔地看着那个小女孩，“来，西西。”

没想到，西西十分乖巧，竟真的走向了我的怀里，我高兴地抱起了她。

回到了我们的餐桌旁，服务员已经在我们的椅子旁又各加了一把椅子。抱着孩子们坐下后，我们俩才在自己的位子上坐下了。这时，看着桌子上的四副餐具，我才恍然大悟，“原来你早就准备好了。”

他一听，得意地笑了，“那当然了，求婚这么重要的事，我怎么能不提前做好准备呢？”

“哦，这么说今天一天对我这么好，都是因为刚刚的事吗？”

“小呆瓜，我说过了，以后的每一天，我都要对你这么好，还要越来越好，越来越好……”

“好了，好了，知道了，孩子们还看着呢。”我有些不好意思了。

他看着露出了灿烂的笑容，“西西，舅妈好不好看啊？”

西西可爱地扬起头，看了我一阵，“好看。”

“让她给你做舅妈好不好啊？”

西西甜笑着点了点头。

看着她的样子，我忍不住把她搂在了怀里，“西西，你想吃什么啊？舅妈给你夹。”就让我第一次也是最后一次好好地感受这个称呼吧！

齐凡听了，笑得更开心了，他摸了摸身边小男孩的头，“莫莫，你想吃什么，告诉干爹哦！”

“没想到我们家齐凡，还有这么温柔的一面啊？”

“你天天看着，还不知道啊？”

“去去去。”

之后，我们照顾着孩子们吃起饭来。吃饭间隙，我总是时不时地看着齐凡，想把他温暖的笑容，牢牢地印在心底……

吃完饭后，西西和莫莫坐不住了，手拉着手去玩了。

齐凡一看，又拿出了个盒子放在了我的面前，“打开看看吧!”

我拿起盒子，打开的瞬间，就看到了两枚一大一小的对戒静静地躺在里面。

“抱歉，我实在是等不及了，就一起买了，喜欢吗?”他小心翼翼地问道。

“嗯。”我笑着点了点头。

他长出了一口气，“太好了，那试试吧!”

我取出了那枚小的戒指，正准备戴在手上时，突然发现了内壁刻着的三个字母，wan，我猛地惊了一下，这不是“婉”字吗？难道他知道了？

他看着我的表情，认真地说：“朝露，我爱你！我想让你今后的每一天都戴着我对你的承诺!”

心一下颤抖起来，我感动地看着那枚戒指，多么美好的三个字啊，我慢慢把它戴在了手指上。

接着，我取下了他的那枚，“你也戴上好吗，这样，我们就是一对了!”

“好啊!”他说着，伸出了手，我却像在真的结婚礼堂一样，怀着十分庄严神圣的心情，为他戴上了专属于我们的那份爱!

他露出了满足而又幸福快乐的笑容，牵着我的手说：“现在，我们就是再也不会分开的一对了!”

是啊，这个时刻，我永远也不会忘记的……

过了一阵，他起身去洗手间了。我呆呆地望着手上的戒指，眼泪不知怎的，一下流了下来，心也一点一点地拧起来。

这时，西西和莫莫跑到了我的身边，“舅妈，你怎么哭了呀?”她边说边抱住了我。

我的眼泪落得更多了，莫莫一看，赶紧拿了纸巾递给了我，“别哭了嘛，这样干爹也会哭呢。”

我实在是说不出话来了，只能紧紧地把他们抱在了怀里……

此时，齐凡正在一个安静的角落里打着电话，“文文，杨玲的电话打不通，我一会儿还有事，你要是联系上她的话，让她赶紧安排人邀请媒体，告诉他们明天早上10点钟我要在公司开订婚发布会，而且我会带着未婚妻一起出席。”

“什么，齐凡哥，你要带着蒋朝露一起去吗?”文文有些诧异。

“当然了，她是我妻子，我想把她正式地介绍给大家。”

“这么说，你求婚成功啦?”

“是啊!”齐凡言语间充满着幸福的感觉，“好了，先不跟你多说了，你赶紧去办吧，拜拜!”

文文看着挂断的电话，冷笑了一下，不知道这个发布会还开得成开不成，哼哼……

第三十一章
心裂开了

等齐凡回来后，我们一起带着孩子们出来了，有车来把他们接走了。

我们牵着手在街上走着，他不知想起了什么事，突然转过头，看着我，“你说我将来会不会是个好爸爸？”

“当然是啦，刚刚看你对西西和莫莫那么温柔。”

“其实，我特别喜欢小孩子，你说，咱俩将来的孩子一定很好看，很可爱，很乖吧！”

心有些疼起来，可我还是冲着他笑了，“肯定的啊！”

“那是长得像我多一点，还是长得像你多一点呢？”

“这我哪知道啊？”

“不管是男孩，还是女孩，肯定都会有一双很漂亮的眼睛，像会说话似的。要是女孩的话，闪着大眼睛冲我撒娇，我肯定会毫不犹豫地答应她任何要求的，呵呵。”

我听了，轻轻捏了他的胳膊一下，“那可不行，会把她宠坏的。”

“那咱俩换一下，慈父严母，呵呵。”

“这么说，以后孩子的教育问题，都听我的了？”我挑着眉看着他。

“能不听你的吗，我都得听你的，唉，被压榨啊……”他边说着，边摇了摇头。

我露出了开心的笑容，“我的大呆瓜最好了，你以后一定会是一个很好很好的爸爸！”

他握紧了我的手，“我的小呆瓜以后也一定会是一个很好很好的妈妈！”

“嗯。”

“你走累了吧，在这儿等一会儿，我回去开车来接你。”

“去吧!”

他松开了我的手，匆匆离开了。

齐凡，你将来一定会是一个好爸爸，可真的真的很对不起，我不能陪着你了……

我转过了身，慢慢往前走着，忽然看见了一家婚纱店，我不禁在橱窗前停下了脚步，呆呆地看着里面那件美丽圣洁的婚纱。

就这样过了许久，突然有人从背后抱住了我，吓了我一跳。

随之，耳边传来了他温柔的话语声，“原来你在这儿呢，害我找了半天。”

“对不起。”

他抬头看了一眼，会心的微笑跃然脸上，“你喜欢这件婚纱吗？我还怕我安排得太匆忙了，要是你喜欢的话，我们就尽快来拍婚纱照，尽快结婚，好吗?”

听着他的话，眼泪一下溢满了眼眶，我忍不住，一下转过身，紧紧地抱住了他。

“怎么了?”他缓缓地拍着我的背。

怕他听出我的哽咽，不敢开口，只能抱着他，用尽力气憋住了泪水。

“我想，穿上婚纱的你，一定是最美的新娘，我真的很幸福，谢谢你，朝露!”

眼泪一下无声无息地流了下来，什么都不能说的我，只能静静地闭上了眼睛，因为我的心好疼，眼睛也好疼……

他一直抱着我，过了一阵，才轻声地开口了，“咱们走吧，我送你回去。”

我赶紧深吸了几口气，平复了心情，离开了他的怀抱，“嗯。”

“怎么眼睛红红的?”他担心地看着我。

“还不是被你给感动的，呵呵。”

“小呆瓜。”

我挽着他的胳膊，离开了，可我还是禁不住回头看了看那件婚纱，我是不可能穿着你了，希望未来穿着你的人能够幸福!

来到楼下，我依依不舍地看着他，不想松开手。

他看着我的样子，松开手点了一下我的额头，“小呆瓜，告诉你一个好消息。”

“什么啊?”

“你今天回去要好好地睡个美容觉，养得美美的，明天早上 8 点钟我来接你去公司。”

“去公司干吗啊?”

“明天 10 点钟我要在公司开订婚发布会，你说你这个女主角是不是要露个面啊，呵呵。”

“啊？”我惊讶地看着他。

“对不起啊，我知道你喜欢安静的生活，可我想把你正式地介绍给大家。不会太久的，你只需要出席打个招呼就可以了，剩下的事都交给我。”

“为什么要开呢？”

他牵住了我的双手，表情认真地看着我，“因为我想以后，我们能快乐地一起晨练。夕阳西下时，一起牵着手在湖边散步。我们可以去逛街，可以去看街头艺人的表演，可以去游乐园，可以做所有你想做的事情！”

心里涌起阵阵感动，我情不自禁地踮起脚尖，吻上了他的唇，短暂的愣神过后，齐凡也搂紧了我，闭上了眼睛，嘴角边还带着淡淡的笑意……

过了一阵，他慢慢地松开了我，“终于得到公主的吻了，呵呵。”

“好了，快上去吧，明天还要早起呢。”他先退了两步，然后像突然想到了什么似的，又靠近了我，在我的耳边柔声地说，“记得明天要在里面穿着我们的情侣衫哦，还要戴着我们爱的誓言。”

他说着，晃了晃他手上的戒指。

“嗯。”我微笑着点了点头。

他这才满意地离开了，可正在他转身之际，我不知怎的，一下克制不住地拉住了他的手，他回过头，带着宠爱的笑容看着我，“这么舍不得我啊？”

“我……只是想跟你说，今天一天我真的很幸福，很开心，很满足……谢谢你，齐凡！”

“你今天怎么怪怪的，好了，什么都别想了，好好睡一觉，晚安啦！”

说完后，他摸了摸我的头，才转身走了，这次他是真的离开了，从我的生命中离开了。看着他渐行渐远的背影，我顿时泪如雨下，说出了想说而不敢说的话：

“大呆瓜，以后，我不能再待在你的身边了，你记得不要总是忙着工作，一定要按时吃饭，好好休息。

还有，你不吃辣的，记得要告诉以后给你做饭的人。

对了，再告诉你一个小秘密，其实，我还学了很多你爱吃的菜呢，可惜没有机会再做给你吃了。

以后再有朋友找你帮忙，你不可以不穿外套，就急急忙忙地跑出去哦，那样会着凉的。

还有好多好多事情要告诉你，还有好多好多话想跟你说，可是都来不及了……

明天你一定会很伤心的，对不起，真的真的对不起，你知道的，我宁愿自己痛苦，也不会让你难过的，可是这次实在是没办法了。

本来我好希望，明天以后，你还会记得我，可我知道，那样你会有多难受，所以，我就破例允许你彻彻底底地忘了我吧！”

心突然像刀绞一样，连腿也没力气了，我不得不蹲了下来，抱着双腿，任眼泪不停地流淌，“再见了，齐凡！”

今天就是我们合约到期的日子了，一整晚都没怎么睡着，总是害怕天亮，因为天一亮，我的梦就该醒了。

恍恍惚惚地起了床，对着镜子看了看，红肿的眼睛，苍白的脸，不行，蒋婉云，你这样，齐凡要怎么相信你的话离开你呢。想到这儿，我赶紧洗了把脸，我要打扮得好好的，因为，这是我们最后一次见面了……

闹铃声还没响，齐凡就睁开了眼睛，他拿过手机看了看时间，7点了，要赶紧收拾一下了，他边想边坐起了身。

来到窗前，拉开窗帘，看着明亮的天空，心情不禁大好。他推开窗户，深吸了几口气，整个人都兴奋起来。

之后，便赶紧开始收拾了。看着镜子里穿着正装，帅气挺拔的身影，他不禁满意地弯起了嘴角。

就在他准备好一切，正要出门时，门铃却突然响起来。他有些疑惑地想着，这么一大早的，是谁啊？

开门后，竟然是杨玲神色匆忙地走了进来。

“你不在公司准备发布会，怎么跑我这儿来了？”齐凡微微皱起了眉头。

“什么发布会啊，对了，我有很重要的事，你看看这是什么？”杨玲边说着，边递了一份报纸给齐凡。

齐凡拿过一看，被上面的标题惊呆了。

杨玲看着他，着急地问道：“什么齐凡被爆已与女友分手，你不是前天才兴高采烈地跟我们说，你要跟朝露求婚了吗？我今天一早刚一出门，就看到这份报道了，这到底是怎么回事啊？”

齐凡没有答话，他表情凝重地看了一下报道内容：齐凡曾在5月初的新专辑发布会上，向女友幸福告白，引来众多好友粉丝送祝福，可没想到就在昨天，本报记者得到可靠人士的消息称，齐凡已与女友分手，具体情况本报会继续跟进。

看完后，他愤怒的表情一下跃然脸上，一把扔掉了手中的报纸，“这纯属是瞎编，我现在要先去找朝露，没空搭理它。”他拿出手机拨通了那个已经深刻在他心中的号码。

可是却无人接听，齐凡挂断了电话，头也不回地边往门口走，边对杨玲说：“你先赶紧让人通知媒体，暂时取消发布会，一定要好好地跟记者们道歉。”

齐凡说完后，急忙出门了，杨玲看着他的背影喊道：“哎，取消什么发布会啊？”

齐凡开着车，他像发疯般的不停地打着那个号码，可却怎么都打不通。来到了昨天才到过的那栋楼下，他连电梯都等不及地直接跑了上去，使劲地敲着那扇门，可却没有任何回音。

过了许久，他跑了下来，努力使自己冷静下来，她会去哪里呢？想了半天后，他慌忙地重新发动了车……

此时，小洁刚来到了赵露的家里。赵露刚起来，慵懒地在沙发上躺着，“你这么早过来干吗，离上通告的时间还早着呢。”

“姐，特大新闻，你不想知道吗？”

“什么啊？”赵露眼也不睁地问道。

“我刚看报道，齐凡哥和蒋朝露分手了！”

赵露一下睁开了眼睛，“怎么回事？”

“具体情况，这上面也没说，就说据可靠人士的消息。”

“什么可靠人士，我看一点都不靠谱才对，他俩不是一直好着呢吗？”赵露又慢悠悠地闭上了眼睛。

“我也觉得奇怪呢。”

“行了，当事人都没说话呢，就是些小道消息，不用管它。”

“哦，那我先去给你准备服装吧！”

“去吧！”

虽然不太相信报道里的话，可赵露的心里也不禁感到奇怪，毕竟这种新闻也不全是空穴来风。

静静地来到空无一人的公司会场，这里就是齐凡想召开我们订婚发布会的地方吧，我环视了一圈，可是，好像再也开不成了呢。

之后，我来到了旁边的休息室里，呆呆地望着窗外，等待着那个让我魂牵梦萦的人！

现在的他，是不是已经看到报道了呢，想着，我的手不由得按住了心口，它已经开始隐隐作痛了。

过了许久，突然，我听到了门外有动静，有急匆匆的脚步声。伴随着我的转身，门被推开了，那个身影终于出现了，有些疲惫，有些慌张，头上还带着些许汗珠，脸上的表情居然在看见我的那一刻，变得明媚了。

他气喘吁吁地走近了我，“太好了！我还以为你不见了，你吓死我了，知道吗?”

心一下一下地抽搐起来，可我却一点也不敢表现出来，只能冷冰冰地看着他，“你不想问问为什么吗?”

他听了，竟然摇了摇头，“我什么都不想问，只要你在这儿，就够了。”

“我来是因为……你想让一切在这里开始，我就让一切在这里结束!”

“这是……什么意思?”

我硬逼自己狠下心来，努力做到不带任何感情地看着他，直视着他的眼睛，“你没看报道吗？那上面写的就是我想说的话，我们……分手吧!”

他一下懵了，“为什么？昨天你不是还答应我的求婚了吗?”

“你真的认识我吗，就跟我求婚。”

“我怎么能不认识你呢，你就是那个我许下一生承诺，我一直爱着的人，蒋朝露!”

我听了，冷笑了一下，“有一个女孩，她为了钱，接受了一个任务，接近大明星齐凡，挖到他的秘密。她的真名叫蒋婉云，现在的名字叫蒋朝露!”

齐凡震惊地倒退了一步，“我不相信!”他边说着，边摇着头。

“不相信，那我就告诉你吧，还记得去年关于你和赵露在喷泉边的那篇报道吗，上面的照片，就是我拍的。”

“不可能，冯超跟我说过，你为了我，还下跪求他删掉照片!”他笃定地看着我。

“你真是太傻了，那不是为了你，是为了我自己，这可是个独家新闻，知道我费了多大劲才拍到的吗，怎么可能那么轻易地就让给他了。”

能感觉到他在努力地平复着心情，沉默了一会儿，他才再次开口了：“我还是不相信，我知道你是喜欢我的，不然，你大可一走了之，又怎么还会来见我呢?”

“哼哼，知道今天早上的新闻是怎么来的吗，是我让人向他们透露的。”我的表情越来越暗沉，“知道我为什么要通过媒体吗？就是因为我不想再和你有任何瓜葛，你是高高在上的大明星，谁能受得了你，我也一样!”

看着他的表情，我知道，他伤心了，可是尽管如此，他还是慢慢地靠近了我，伸出了手。

知道他是想拉我，我违心地退了一步，眼睁睁地看着他的手无助地滑落了。

他的眼中一下充满了泪光，语气低沉地说：“对不起，朝……婉云，我错了，你不喜欢的地方，我都可以改，只要你别松开我的手，好吗?”

听着他的话，我实在是心疼到不行了，大呆瓜，你有什么错，喜欢一个人有什么错，我好想什么都不管的扑进你的怀里，可是真的真的很对不起，为了你一切都好，我不能再向着你迈出任何一步了！

强忍着心被撕裂的感觉，我开口了：“非要逼我跟你说实话吗？其实要不是你昨天说要开什么订婚发布会，或许我还能继续陪你玩玩。可是没想到你这么难缠，实在是太烦人了，我累了，不想再继续下去了。昨天一天是我送给你最后的礼物，我们的合约也到期了，放手吧!”

齐凡只是听着，能感觉到他在强忍着泪水，那样悲伤的眼神，我从未见过。

他就那样定定地站着，仿佛已没有了气息一般，过了许久，才低声地说：“你果然知道怎么用刀子戳中我的心尖，你真的太让我失望了，不是因为你骗了我，也不是因为你说那些伤害我的话。而是在我下定决心要紧紧地握着你的手，用一生来保护你、疼爱你的时候，你却跟我说，你厌烦了，累了，想要放弃了!”

好疼，我的心好像已经开始滴血了，怎么办，头也有些发晕了，我咬紧了牙关硬撑着。

就在这时，他居然又冲着我，缓缓地伸出了手，“我最后再问你一次，我那么确定，那么珍惜，那么深爱的人，现在……真的要放开我的手了吗?”

时间仿佛静止了一般，我呆呆地看着他，近在尺咫的距离，为什么此刻却觉得那么遥不可及，那样温暖的手就在眼前，我知道，如果这一次，它再无声地垂下去，我们就真的……彻底的……分开了！

“嗯。”我只应了这一声，可就连这简单的一个字，却也已经用尽了我最后的力气。

他的手居然没有放下，我知道他在坚持，坚持到他的胳膊都开始微微地颤抖了，直到最后，无奈地垂了下去。

“呵呵。”他一下笑了，“好了……我累了……就这样吧!”

他像个木偶一样地转过了身，我却最后喊了他一声：“齐凡。”

他一听，居然一下转了过来，当看见我递过来的东西时，他的表情彻底黯淡了。

“这是你送给我的戒指，我不想欠你什么，还给你，现在，我们两清了!”我逼着自己说出这句话。

他一言不发地接过了盒子，什么都不看的转过了身，一步一步地走到了门口，突然，他停住了脚步，我木然地看着他的背影。

接着，他伸出了一只手，上面放着我刚刚给他的盒子，可我一看，下面对准的，竟然是一个垃圾桶！

“你那么轻易地就把它摘下来了，原来你早就打算放弃我们之间的感情了。呵呵，只有我，还像个傻瓜一样，傻傻地憧憬着我们的未来！”话音刚落，他的手就翻了过来。

“咚”的一声，我们爱的誓言，就那样，一下子掉进了垃圾桶里，而我居然只能，一动不动地看着。

“对了，还有一个，她都不要你们了，我怎么还有资格留着你呢？”他边说着，边摘下了我昨天亲手为他戴上的那枚刻着誓言的戒指。

他拿着戒指再次对准了垃圾桶，“果然，它最适合待着的地方是这里！”

手中的戒指，在他松开手的瞬间，迅速地消失在我的视线里。

“别再让我看见你！”最后一句话，齐凡的声音里没有一点点温度。

眼中的泪水在门完全关上的那一刹那，夺眶而出。实在是站不住了，我一下瘫坐在地上，身上的披肩也随之滑落下来，里面露出了昨天我们约定好的必穿的情侣衫，只属于我们的爱的誓言。大呆瓜，我们说好了，我怎么能忘了呢，心好痛，痛到快要窒息了，对不起，对不起……

齐凡扶着墙走了几步，头昏沉沉的，腿一下软了，他靠着墙坐了下来，眼泪无声无息地流了下来……

第三十二章
无法呼吸

王嘉明看到报道后，匆忙地赶到了会场，可现场没有一个人，他又来到了休息室外，在走廊里，他看见了一个靠墙的身影。

走到了跟前，他吃惊地瞪大了眼睛，“小凡，你怎么在这儿？昨天晚上你不是跟我说，你跟朝露求婚成功了，今天要在公司开发布会吗？那怎么报纸上说你们分手了呢?”

沉默了许久，齐凡才抬起了头，王嘉明更震惊了，这哪里还是齐凡，满脸的泪痕，憔悴的脸庞。

“哥……我走不动了……送我回家吧!”

到底发生什么事了，王嘉明虽然疑惑，却还是扶着齐凡站了起来，支撑着他离开了。

一路上，王嘉明总是担心地回头望望齐凡，那样了无生气的齐凡，他还是第一次见到，仿佛现在他的灵魂已经离开了他的身体一般。

好不容易到了齐凡家，王嘉明接过了齐凡手里的钥匙，打开了门，把他扶进了房间里。可刚进房间，齐凡一下关上了门，整个人瘫坐在地上，任凭王嘉明怎么敲门，就是没有回应。

正在这时，他的手机响了，王嘉明退开几步，才接了起来：“喂，高扬。”

“嘉明哥，我看到今天的报道了，齐凡和朝露的电话都打不通，他们到底怎么了，报纸上说的是真的吗?”

“我也不知道到底发生什么事了，我这不刚刚才把齐凡送回家，他现在把自己关在房间里，我怎么都叫不开。”

高扬一听，着急了，“那朝露呢？”

“我是在公司会场休息室旁边的走廊里发现齐凡的，没看到朝露啊！”

“嗯，我知道了，那我去公司找找，你好好照顾齐凡吧。”

“嗯，快去吧，找到了的话，记得告诉我。”

找了半天，高扬推开了休息室的门，里面的帘子都是拉着的，好像没人，正当他要关门时，突然发现了一个瘦小的身影，躲在角落里。

听到了门口的动静，我泪眼朦胧地抬起了头，看着不断走近的这个人。

“你还好吗？”高扬夹杂着心疼，小心翼翼地问道。

眼泪断了线般地簌簌落下，我呆呆地看着他。

他就这样望了我一会儿，脱下了外套，轻轻地披在了我的身上，然后在我的身旁坐了下来。

“我现在是个透明人，你想哭的话，就好好地哭吧，哭出来，心痛的感觉或许就会少一点了。”

我依旧没有说话，只是任眼泪不停地流着，心也一滴滴地滴着血……齐凡，我好想你！

不知道过了多久，高扬慢慢地扶起了我，可刚一站起来，我就突然眼前一黑，接着就什么都不知道了……

等我睁开眼时，发现自己躺在医院的病床上，看着坐在一旁闭着眼睛的高扬，我有气无力地喊道：“高扬……高扬。”

他有些迷糊地睁开了眼睛，看到我醒了后，立马露出了笑脸，“你醒了，好点了吗？”

“我怎么……会在这里？”

“你晕倒了，你现在感觉怎么样？”他担心地看着我。

“我想喝水。”

“好，你等着啊，我给你倒。”

他扶着我坐了起来，喝了几口水后，我才感觉有点精神了，“我感觉好多了，我想回家，可以吗？”

“那可不行，这不是我能说了算的。”

“我没事了，不信的话，你可以叫医生来看……我真的想回家了，拜托了。”我带着哀求的眼神望着他。

高扬想了半天，无奈地叹了口气，“唉……你啊，那走吧，我送你回去。”

此时，王嘉明再次来到了齐凡的门外，他轻轻敲了敲门，“小凡，出来吃点东西吧！”

可过了许久，也没有任何回音，王嘉明只好说道：“公司里还有事等着哥去处理，你要是有什么事，就给哥打电话啊！”

王嘉明又等了一会儿，才脚步缓缓地离开了。

齐凡面如死灰地躺在床上，睁着眼睛，如木头人一般，不知在想些什么，只有眼角不时滑落的泪滴才能证明，他依然呼吸着……

“齐凡，别走……别走……对不起，齐凡！”我一下坐了起来。

直到睁开眼睛，我才有些清醒，原来是在做梦。此时此刻，我突然好希望发生的一切都只不过是一场梦，从遇见齐凡开始到现在都是一场梦，这样的话，我就不会伤害他了，他是不是就可以做回原来那个他了？想到这，心更痛了，眼泪又充满了眼眶……

3天过去了，王嘉明正在办公室里坐立不安地看着手机，怎么都不接电话呢？忽然，他的电脑响起了邮件提醒音，打开邮件后，才看了几行，他就露出了惊讶的表情。

这时，高扬和杨玲刚好都来询问齐凡的事情，王嘉明让他们看了邮件。

“我问你，这上面说的是真的吗，朝露的真名叫蒋婉云，原是一家报社的编辑，她是带着目的接近齐凡的。”王嘉明表情严肃地看着杨玲。

“这我也不清楚啊，当初她参加节目的时候，用的就是现在的这个身份了。”

杨玲正说着时，文文有些着急地推门进来了，“怎么不敲门呢？”王嘉明看了她一眼。

“抱歉啊，王总，实在是有急事。”

“行了，说吧！”

“好多家媒体打电话来问齐凡哥的事呢，我们要怎么跟他们说啊？”

“这不我们正研究呢吗，先等等吧！”杨玲表情不悦地说。

“那他俩到底是怎么回事啊？”

“算了，你也不是外人，自己看吧！”杨玲冲她招了下手。

文文看到邮件后，假装吃惊地捂住了嘴，“天哪，怎么会是这样的啊，怪不得齐凡哥要跟她分手呢。”

高扬听着，瞪了她一眼。王嘉明也不快地说：“事情没弄清楚之前，谁也不许乱说，现在，最主要的是联系上他们。”

“嘉明哥，我想咱们先去找朝露吧，她应该有办法能让齐凡开门，行吗？”高扬微皱着眉头。

“行，那咱们现在就走吧！对了，杨玲，先不要透露任何的消息给媒体，具体的情况等我回来再说。”

“知道了。”

来到了那扇熟悉的门前，高扬抬起手敲了敲，“其实，这3天我都有来过，可是每次都是无功而返，也不知道她在不在家。”

“要不让我来试试吧！”

王嘉明说着，走到了门前，边敲边说：“朝露啊，我是王嘉明，你在家吗？你还好吗？你知不知道我们已经3天没有你和齐凡的消息了，大家都很担心你们。”

听着屋外的喊声，我又想捂住耳朵，可却突然听见了那个名字，那个让我日夜难安的名字，身体不由自主地来到了门前。

想了半天，我还是打开了门，随着门打开的刹那，王嘉明和高扬都以一种怜惜的表情看着我。

“你还好吗？”高扬先开口了。

我木然地看着他们。

“傻丫头，你怎么变成这样了，你吓死哥了，知道吗？”王嘉明有些生气了。

我仿佛什么都没听见一般，只是问：“你们刚刚说……齐凡，他怎么了？”

“他跟你一样，怎么都联系不上，你有什么办法吗？”

我一下着急起来，想了一会儿，对了，我有钥匙，想到这儿，我转身走了回去，边走边说：“等我一下，我有备用钥匙。”

来到柜子前，我拿出钥匙，紧紧地把它握在了手里，过了一会儿，我穿戴整齐地出来了，“走吧！”

他们有些担心地看着我，“你能行吗？”

“我可以的，快走吧！”我一刻也不想耽误地出了门，他们一看，只好跟了上来。

坐在车上，高扬和王嘉明都是一副欲言又止的表情。

我无暇顾及其他，只想快点到齐凡家。

当车子终于停下时，我赶紧打开了车门。王嘉明看了一眼坐在驾驶位上的高扬，“你不去吗？”

“别再生出不必要的误会了，我在这儿等你们，快去吧！”

王嘉明叹了口气，也下了车，跟着我一起来到了门前。可不知怎的，我拿着钥匙的手开始微微颤抖起来，怎么也对不准钥匙孔。

王嘉明一看，握了一下我的肩膀，从我手中接过了钥匙，“我来开吧！”

门打开的一瞬间，看着王嘉明先走了进去，我的脚步有些迟疑了，他回头看了看我，“你怎么不进来？”

“你先去吧，千万别提起我来了，好吗？嘉明哥。”

王嘉明只好先上楼去了。来到齐凡的房间门口，房门居然没锁，王嘉明的表情顿时放松了不少，他轻轻推门走了进去。

环视了一周，由于帘子是拉着的，他不得不移动到了窗边。当他刚拉开帘子时，被帘子后的人吓了一跳，不禁惊呼出声：“小凡！”

齐凡整个人都消瘦了，面无血色地靠在墙上，王嘉明心痛地拧起了眉头，他蹲了下来，慢慢握住了齐凡的肩膀，“小凡，我是哥。”

齐凡只是呆呆地抬起头来看了他一眼。

“到底出什么事了，能告诉我吗？你这样，大家都很担心，尤其是你的爸妈，你知不知道你妈妈已经快把我的手机打爆了。”王嘉明刻意放低了声音。

沉默了一会儿，齐凡才慢慢有了动静，“她离开我了，她不要我了，你能明白吗？”沙哑的声音响起。

王嘉明缓缓地拍着他的背，“既然这么痛苦，就……全忘了吧！”

齐凡的眼里逐渐恢复了生气，声音也变得冰冷起来，“她值得我专门去忘记吗？”

王嘉明愣了，齐凡像是活过来了，可为什么原来那样温暖的感觉却在慢慢淡去呢？

早已悄悄躲在门外的我，清楚地听到了他们的对话。当听到齐凡的声音再次响起时，我的眼泪抑制不住地流了下来，最后的那句话，也深深刺中了我的心，痛到不行，我只能沿着墙面蹲了下来，怕他听见我的抽泣声，我紧紧地捂住了嘴，任眼泪不停地滴落，好难受，像要窒息了一般……

当我重新回到车里时，高扬转头看着我，“你哭了？”

我没有说话。他接着说：“本来这些话，我不应该在这个时候问你，可为了你好，我还是想知道。”他停顿了一下“你的真名叫……蒋婉云，对吗？”

现在的我已经没有力气再去想更多的了，我也不想再隐瞒了，“对，你还想知道什么，就一起问了吧！”

他一听，却摇了摇头，“可以了，无论你和齐凡之间发生了什么事，我知道，你就是你，不管是蒋朝露，还是蒋婉云，你都只是那个爱笑、可爱的女孩，我只需要知道这个，就够了。好了，我先送你回去，再来接嘉明哥。”

“谢谢你了，高扬。”

“没关系的，我们是好朋友啊。对了，我还有一件事想跟你说，如果你累了，就回家吧，我想你的爸爸妈妈一定比任何人都担心你！”说完这句话后，他发动了车。

一路上，他都没有再多说一句话，我也一点点地闭上了眼睛，恍惚之间，好像看到了爸爸妈妈正张开了怀抱……

几天之后，当门打开的一刹那，那个始终带着微笑的人，眼眶里也逐渐闪现着泪光，她一把抱住了我，“我的宝贝，你知道你把我们都急死了吗？”

在那个舒服的怀抱里，我的鼻子也开始发酸了，“对不起，老妈，我错了。”

当我们一起在沙发上坐下来时，老妈紧紧地握住了我的手，低声地问道：“婉云，那些报道都是真的吗？你和齐凡……”

不想多说，我只是无声地点了点头，老妈看着我憔悴的样子，带着心疼的表情把我搂入了怀中，“妈不问了，不问了啊，回来就好，回来就好。”

“爸爸，我让你失望了，对不起，真的很对不起！”

老爸慢慢地走到了我们的身边，他张开宽厚的臂膀，抱住了我和老妈，声音哽咽地开口了：“傻孩子，永远不要忘了，还有爸爸在呢！”

我一下放声大哭起来，压抑了好久的情绪，终于在这一刻完全释放了出来，我终于回到了那个始终会包容我，给我温暖的家！

在痛苦和内疚的折磨中，度过了3个多月。今天是健安学成归来的日子，老爸老妈去机场接他了，小雪也接到了我的电话，赶去了机场，他们因为担心我，就让我待在家里等着。

我无意识地按着遥控器，突然，我停下了动作，是他，那个我这辈子可能也不会忘记的人。

新闻上说着，齐凡经历了分手的消沉后，现在已逐渐恢复了工作状态，看着他的嘴角又重新挂起了笑容，虽然只是淡淡的，我的心也一下放了下来。我们竟就这样，随着时间的脚步，慢慢地变成了生活在同一个天空下的陌生人，心还是不自觉地疼起来。

过了一会儿，王嘉明打来了电话，约我出去坐坐。

来到了约定地点，我刚坐下，他就微笑着说：“你的气色看起来比那会儿好多了。”

“嗯，谢谢嘉明哥的关心，你今天找我来是……”

“婉云，我现在手边有一个很好的机会，我想送你出国深造3年。那边有我一个合作伙伴，她也经营着一家大型的演艺公司，你可以去那边边学习边工作，拓宽视野，我也会交代她好好地照顾你的，怎么样，你愿意考虑一下吗？”

“嘉明哥，这么好的机会，为什么……”

王嘉明看着我欲言又止的样子，认真地说：“不管你和齐凡现在是什么关系，对我来说，你都是我的妹妹，更重要的是，我觉得你有才华，有这个实力，你应该拥有更大的平台，有更好的发展。没关系，你可以先回去好好地想一想，然后给我答复，好吗？”

“好吧！谢谢你，嘉明哥。”

回到家，我把这件事告诉了老爸老妈，还有健安，他们每个人的意见都不一样。不过最后，老爸老妈还是希望我自己作决定，并且他们也说会支持我的选择。

我又不能克制地想起了跟齐凡在一起时的种种美好回忆，如果长此以往，我不知道什么时候才能走出来，或许换个环境，会好一些吧！

经过一夜的深思熟虑，我告诉了王嘉明我的决定，我想去尝试一下，他很欣然地答应了。

在候机室，登机的广播响起来了，我拎着包站了起来。可突然，我听到了电视里传来了那熟悉的声音，我猛地回头看去，是他，那个我倾尽了所有的爱，也给了我所有的爱的人！

原来电视上正在转播着他的演唱会，还是那么英俊帅气，看着他终于实现了自己的夙愿，我禁不住泪满眼眶。

听着他低沉有磁性的嗓音，我一下回想起分开前一天，我们曾一起拉着手唱我们的那首歌，眼泪不自觉地流了下来，因为，他现在唱着的，正是我们的——《遇见你》！

尽管早已泪眼模糊，可我还是努力地盯着屏幕，忽然，我听到他的声音哽咽了，接着，他的眼睛变得泪光闪闪的。我知道，他一定是难过了，虽然看得出他在尽力地克制着，可唱到最后一句“遇见你，是最美的开始”时，我注意到了那颗悄悄地从他的眼角滑落的泪滴，它正在一点一点打湿着我的心。

我就那样望着他，忘了时间，直到催促登机的声音再次响起，不管有多么的不舍，多么的不愿意，可我好像只能跟你说：“不再见了，齐凡……珍重！”

……

第三十三章
华丽归来

3 年后。

当我坐在窗边时，看着外面飘落的雪花，好想问问你："齐凡，你好些了吗？我……想你了！"

就这样静静地待了一会儿，直到手机铃声响起，才唤回了我的思绪。

原来是嘉明哥，让我回国后去公司找他，我答应了。

挂断了电话，我拿起了放在一旁的兔子抱枕，把它紧紧地抱在了怀里，我们要回家了，好开心啊！

……

坐上了回国的班机，心情抑制不住地兴奋起来，睡意全无的我，不禁开始盼望时间能够过快点。

"呼，终于到了。"拎着行李走了出来，感到了回家的真实感，整个人也顿时放松了下来。

还没走出几步，就有人拍了我一下，我摘下墨镜，回头看去，竟然是高扬。他把我送回了家，我感谢他 3 年里经常飞过来看我，他笑着说那是顺便的事。

送走了高扬，我环视了一圈周围，还是熟悉的街道，熟悉的楼，熟悉的花草树木，这感觉真的很好。

看着站在眼前那时常牵挂的 4 个人，我禁不住咧开了嘴角，一下扑了过去，"爸，妈，健安，小雪，我好想你们啊！"

他们也搂住了我，"终于回来了，我的宝贝女儿啊！"老妈声音颤抖地说。

"好了，好了，别站着了，大餐都给你准备好了，呵呵。"老爸笑着拍了拍我。

一家人又坐在了一起，似乎有永远也说不完的话一般，我先看着健安，“我走这3年，你都干吗了？”

“我现在在一家公司做造型师呢，满意了吧！”

“嗯，不错，我们家蒋健安就是有本事。那这位美女呢，不会只为了迎接我，才出现在这儿吧？”

小雪被我说得脸有些微红了，害羞地瞪了我一眼，“我本来就是只为了迎接你才来的，不然……我可走了啊！”健安一听，紧紧地握住了她的手，嗔怪地瞄了我一眼，“哟，哟，现在就护上了啊。”

“你啊，还和以前一样，快吃饭吧！”老妈发话了，我只好乖乖地闭上了嘴……

休息了两天，我想起了答应嘉明哥的事，便去了公司，只是进去之前，我有些担心害怕起来，怕会遇到那个人。

犹豫了半天，我还是走了进去。一路上，都没有碰到以前认识的人，推开了办公室的门，王嘉明正带着微笑等着我。

他亲自倒了杯水给我，“看你刚进来时候的表情，好像不是太高兴啊，是因为没有看到熟悉的人吗？”

我没有说话，只是笑了笑。

“真拿你没办法，想什么也不说出来，那就当我自言自语吧。齐凡3年前就离开公司了，现在他已经有自己的演艺公司了，杨玲，奇奇，文文她们都去帮他了。”

“那你……”我欲言又止地看着他。

“傻丫头，他以前不仅是我们公司的艺人，也像我的弟弟一样，他做什么，我怎么会不全力支持呢？呵呵，再说，现在我们还是很好的合作伙伴呢。不过，我现在的确很需要人来帮我，怎么样，蒋婉云副总裁，你愿意吗？”

看着王嘉明认真的表情，我有些惊讶地说：“你要让我当副总裁？”

“是啊，原来这个位置是杨玲做的，不过她走了以后，我就没有再找到合适的人选。前段时间，Linda给我打电话了，她使劲夸你，说你非常有才华，又聪慧，都舍不得放你走了，你说我这从她手里抢过来的人才，怎么能白白流失呢。”

“呵呵，谢谢嘉明哥，我会努力工作的。”

“那你是答应了？”

“嗯。”我郑重地点了点头。

“太好了，对了，你也可以像杨玲以前一样，兼任经纪人，这不，我手上现在就有一个特好但是又有点烫手的山芋，你想挑战一下吗？”

“原来在这儿等着我呢，呵呵，不过，是谁啊？”

“楚晓磊你认识吗，最近很红的新晋男神，原先是以歌手身份出道的。不过因性情脾气的原因，有点难伺候，我也是费尽力气才说服他来了我们公司。不过，他把我给他介绍的那几个经纪人都气走了，唉……”王嘉明无奈地叹了口气。

想到王嘉明帮了我那么多，出国学习也是他给我提供的机会，我笑着安慰了他：“嘉明哥，那让我试试吧！”

“就等你这句话了，我相信你肯定可以的，加油！”王嘉明终于露出了舒心的微笑。

得知楚晓磊现在就在公司的休息室里，我便去找他了，敲了半天门都没反应，我只好自己推开了门，“我进来了啊！”

刚一进去，一个沙发抱枕飞了过来，我本能地闪开了。

“谁让你进来的？”

清澈磁性的嗓音传来，我不禁站定了，细细地打量了一下这个此刻正慵懒地靠在沙发上的男孩。

俊秀精致的五官，修长的手指，两条大长腿正放在桌子上，一副什么都不在意的表情。

“你聋了吗？我问你话呢？”淡漠的声音继续传来。

我没有生气，反而轻快地说：“我是你的新经纪人。”

他一听，这才慢慢地睁开了眼睛，上下看了我几眼，“就你，我同意了吗？”

“你多大了？”我无视了他的话，开门见山地问他。

“连我多大了都不知道，还好意思来给我当经纪人，哼哼，反正目测，我绝对比你年轻，是吧，阿姨。”他继续挑衅着。

“我逗你呢，你都相信，看来你也不聪明嘛，22 岁的小弟弟。还有一点，我要给你纠正一下，我 27 岁，以后不用那么麻烦了，叫姐姐就行了。因为我长了个娃娃脸，可能别人看了，还觉得你是我哥哥呢，呵呵。”

他一下收起了腿，坐直了身体，“你说什么？”

“我这个人很喜欢有挑战性的事情，可看来你好像没我想象中的胆子大，敢不敢比比，我们谁先退出这场比赛。”

他没有说话，只是瞪着我。

“好了，姐姐还有重要的事要去处理，就不跟你在这儿浪费时间了，想好了再告诉我，拜拜。”

我低头捡起地上的抱枕，扔给了他，头也不回地推门离开了。

楚晓磊脸色铁青地一把把抱枕扔在了地上……

几天后，我跟王嘉明请了个假，来到了青岛，在去陵园的路上，看着窗外的风景，我有些鼻酸了，好久没来看爷爷了，我好想他啊！

此时，楚晓磊来到了齐凡的公司，可是齐凡却不在，杨玲告诉他说，齐凡出差了，楚晓磊百无聊赖地坐在齐凡的办公室里。

“姐，你都不知道，嘉明哥给我找的什么经纪人啊，简直了都……”

“谁能让你发这么大的火啊？”

楚晓磊撅起了嘴，“还不就那个叫什么蒋婉云的嘛，也不知道嘉明哥从哪儿找来的人。”

杨玲的表情有了一瞬间的僵硬，“你说她叫什么？”

“蒋婉云啊，怎么，你认识她吗？”

话音刚落，另一个声音就随着门关上的声音一起传了过来，“认识？哼哼，应该说是忘不掉才对。”

楚晓磊回头看了一眼文文，“什么意思啊？”

文文一看，拉开椅子坐了下来，“你想不想知道，你齐凡哥 3 年前为什么会那么痛苦，像要死了一样？”

楚晓磊听了，皱着眉点了点头。

文文心里默默地笑了，脸上却表现得很认真，她开始给楚晓磊讲起了 3 年前的事……

刚一听完，楚晓磊就拍着桌子站了起来，“太气人了，不行，我得给他打个电话。”

虽然有温暖的阳光做伴，可走进陵园的一个人，脚步却显得很沉重。3 年过去了，他变得更加成熟，更加有魅力了，无论在哪儿，俊逸的身影都还是散发着耀眼的光芒。

齐凡慢慢地走近了一个地方，正在这时，他的手机却突然响了。

看了名字后，他无奈地接了起来，“喂，哥，你在哪儿呢？”

“我在青岛，怎么了？”

“哥，你放心，以前伤害过你的人，我会让她付出代价的。”楚晓磊大声地说着，说完后，就挂断了电话。

齐凡莫名其妙地看着手机，这家伙，又发什么疯呢？

齐凡调整了心情，在一块墓碑前，放下了手里的鲜花，接着，又鞠了三躬，“爷爷，我又来看你了。”

齐凡又说了一些话后，才慢慢地离开了，当他开着车出门时没有注意到，刚好有一辆出租车开了进来，与他擦肩而过……

拿上东西，下了车，我一步步走向了那个3年没来的地方。可刚到跟前，我就有些吃惊了，看着早已放在墓前的鲜花，心里不禁犯起嘀咕来，会是谁呢，比我还早一步……

轻轻地把手里的鲜花放在了旁边，“爷爷，我回来了，抱歉这么久了才来看你，大家都很好，你放心吧！”

……

祭拜了爷爷之后，我又去看了看奶奶和姑姑们。走之前，我还去了那个我想了很久的地方。

重新来到这个小村庄里，心情也变得不一样了。不过，那种纯净的感觉却从未改变过，孩子们都长大了不少，还是那样可爱，热爱学习，村长跟我聊了许多。

“婉云，能再见到你，叔叔心里很高兴。”

“我也是。”我冲着他笑了。

“还有一件事，我觉得要告诉你。”

“什么事，您说吧！”

“其实这3年以来，齐凡每年都来，他还继续帮助着孩子们。还有，我也把你这3年虽然在国外，可还是委托人按时给孩子们汇钱的事告诉了他。虽然他没有多说什么，可我能感觉得出来，你们表面上虽然跟以前不一样了，可心里啊，其实还都牵挂着对方。”

听着他的话，我心里很不是滋味，“对了，村长，你是怎么知道他是齐凡的?”

“你真当我与世隔绝了啊，大名鼎鼎的齐凡都不知道了。他后来又来的时候，我问了他，他才承认了他的真实身份，但是他希望我为他保密，我也就答应了。婉云啊，在我们这个小山村里，我可不管什么明星不明星的，我只知道，他是个不可多得的好孩子，不要错过了。叔叔希望你们能回到那年来的时候一样，那么简单地快乐着！”

朴实的话语，也触动着我的心。临行前，我来到了那个我们曾一起坐着的小山坡，回忆忍不住倾泻而出。

一起拉着手在树林里漫步，坐在山头唱着我们的《遇见你》，给孩子们上课，陪他们一起打沙包，好多好多快乐的回忆啊！

齐凡，那最美好的时光，不知道是否还能回得去呢?

第三十四章
再见齐凡

回到了公司，王嘉明高兴地把我叫到了办公室里，“婉云，我就知道你肯定能行，楚晓磊答应让你做他的经纪人了，你可以去跟他签约了。”

我听后，淡淡地笑了一下，“等等，在合约里加一条，重要的演艺工作，要听从公司的安排，否则按违约处理。”

王嘉明不明白地看着我。

“不加上这一条的话，怎么去改变他呢，我只是想让他在沟通的过程中学会互相尊重，如果他改变了，这条自然也就自动作废了。”

王嘉明听着，竖起了大拇指，“还是你有办法。”

再次见到了楚晓磊，这次他的态度倒还挺客气的，能好好地坐着跟我说话了。

我把合约递给了他，结果他连看都没看直接翻到了最后一页，并拿起了笔，准备在上面签名了。

我注视着他的举动，忍不住提醒了他一声，“你不好好地看看里面的内容吗?”

没想到，他置若罔闻地提笔签下了字，之后，他一把把合同甩给了我，“好了，没什么事的话，我就先走了。”

“OK!”既然是他自己不想看，那我就管不着了，我默默地带着笑容看着他离去的身影……

这天，王嘉明通知我，有个晚宴，让我陪着楚晓磊一起去参加，这次楚晓磊倒很听话，跟着我一起去了。

可我们刚到门口的时候，我突然在熙熙攘攘的人群中，注意到了那个久违了的身影。无论有再多的人，他还那么与众不同，总是能第一时间吸引着人们的目光，我的心情顿时复杂起来。接着，我在他的身旁看到了赵露和高扬，后面还有一个熟悉的身影。

我还以为看错了，又盯着看了一会儿，才确定了，竟然是我们家的那个臭小子——蒋健安，我不禁瞪大了眼睛，他怎么会跟齐凡在一起？

想到这儿，我低声地对楚晓磊说："你先进去吧，我一会儿再去找你。"

他就像没听见一样，径自走了。我则悄悄地赶到了他们的后面，趁人不注意的时候，一把拉过了蒋健安，把他拖到了角落里。

刚开始，他被吓了一跳，在看到是我的时候，也同样露出了惊讶的表情。之后，他告诉我，他做造型师的那家公司就是齐凡的公司。

听后，我差点要晕倒了，怎么会有这么巧的事呢？

"我跟你说，千万别告诉齐凡你还有个姐姐，知道吗？"

"为什么啊？"他疑惑地看着我。

"你就别管那么多了，照我说的做就行了。"

我们一前一后走进了宴会厅，刚一进去，楚晓磊就靠了过来，"没想到，这儿还有你认识的人啊，还是大龄女青年看到小帅哥，就迫不及待地凑上去了？"

我停住了脚步，回过头，表情严肃地瞪着他。他也不甘示弱地瞪着我，嘴角还有浅浅的弧度。

正在这气氛紧张的时刻，一个人的声音打破了僵局，"你们俩杵在这儿大眼瞪小眼的干吗呢？"

见是高扬，我冲他笑了笑，"没什么，你也来了。"

齐凡虽然在与人说着话，可不知是什么力量在牵引着他，他一下转过了头，朝一个方向望去，随着那个身影映入眼帘，他整个人也定住了一般。

就那样一动不动地盯着，仿佛周围的世界都不存在了一般，他竟无意识地迈开了脚步。

正在跟高扬说着话时，我的手臂却突然被人拉了一下，刚一回过头，我就呆住了，大脑也停机了，身体动弹不得，不知道该做些什么。

齐凡皱着眉头，他使劲拉着我来到了走廊里，好不容易才挣开了他的手，我努力让自己能镇静地面对他。

他不说话地望着我，沉默了半天后，才开口，"我不是说过了，别再让我看见你，为什么还要出现在我的面前？"

"你想太多了，我没有想过要刻意地再出现在你面前。"

他冷笑了一下，“那你为什么会出现在这里？”

我刚要开口反驳时，看到了跟出来的高扬，我知道他是担心我们。齐凡顺着我的目光，也向他看去，过了一会儿，他表情黯淡地看着我，“哼哼，是为了他，是吗？”

从没想过会是在这样的情况下再见，我的脑子一片空白，只能选择转身离开，来平复我慌乱的内心。高扬看到后，也静静地走开了。

齐凡一直注视着那个越走越远的身影，眼底的情绪复杂不清……

里面的空气让人窒息，我跑到了外面的小花园里，想让自己清醒一下。忽然看到了一个坐在长椅上的身影，是她，我下意识地想掉头离开，可她却叫住了我：“你是不喜欢这新鲜的空气呢，还是不喜欢坐在这里的人呢？”

“好久不见了，赵露，你还和以前一样。”我不想再逃避了，径直走过去，在她的身旁坐了下来。

“我是该叫你蒋朝露呢，还是蒋婉云？”

我没有说话，只是笑了一下，想起离开时，文文曾跟我说过的话，心隐隐作痛起来，我轻轻问道：“你和齐凡还好吗？”

她听后，不解地看着我，“和齐凡？你该不会是在讽刺我吧？”

我也被她弄得一头雾水的，“你没有和齐凡在一起吗？”当初她让文文来找我，不就是想让我离开齐凡吗？

“你可别说你和齐凡分手，是我害的啊，我可承担不起，呵呵。其实，3 年前，咱们在横店拍戏的那次，齐凡就已经跟我说得很清楚了。他说他很喜欢你，而且一直以来，我和他都只是好朋友而已。这么长时间了，我也不怕跟你说实话，我心里一直住着一个人，不是齐凡，也不是高扬。”

看着她真挚的表情，我不由地相信了，“那我能问问是谁吗？”

“这个不行，呵呵。”

她心无芥蒂地笑了，这样的笑容，看得出是发自内心的，那么当初文文来找我，说是赵露让我离开齐凡的，又是怎么回事呢？

回到家后，想着今天见到了齐凡，又听到了赵露的真心话，我怎么都睡不着，心里的疑问不停地冒着泡泡……

第二天，我抽空来到了以前工作过的报社，找到了小雪，询问有关于她们新老板的事。没想到小雪却跟我说现在的社长并不是她们的老板，而是老板聘用来专门管理报社的，而她们也从来没有见过那个新老板。

晚上回到了家里，打开了电脑，点进了邮箱，我又失望了，还是没有收到那封期待已久的回信。

不过，我并不想放弃，又一如既往地写了一封邮件，发给了那个3年以来一直投递的邮箱。

“许宁姐，你曾说过，我像年轻时的你，做事倔强，有自己的原则。而你的鼓励，我依然记得，你说你没有坚持下去的信念，让我一定要坚持下去。现在的我，依然在坚持，并且未来也会一直坚持下去，我知道你一定有你的苦衷，我不想过多地追究，只想知道3年前到底发生了什么事，请你告诉我吧，谢谢了！”

第三十五章
新的挑战

外面的天气阳光明媚，可屋里的氛围却着实有些压抑，此时，楚晓磊斜靠在沙发上，俊俏的脸庞上浮现着一副漠不关心的表情，两耳塞着耳机，修长的手指在手机屏幕上移动着。

反观旁边的一个眼神幽怨的人，那就是已经快要爆发的我了，为了让他继续磨炼演技，我给他接了一个客串的角色。可已经磨了将近半个小时的嘴皮子了，他还是就两个字“不去”。

我尽力让自己平静下来，“为什么不去?”

“不想去，能别再让我重复了吗?”

看着他的样子，我没有再强迫他，想了一会儿后，我才开口了：“你以前可以那么刻苦努力地练习唱歌和舞蹈，怎么现在连这小小的挑战都不敢接受了呢？哦，我知道了，该不会是对自己的演技没信心吧，要是这样的话，我也不勉强你了。唉，是我太高估你了，算了吧!”

正当我站起来，准备往门口走时，他突然坐了起来，“阿姨，把你刚刚说的话再说一遍?”

我依然背对着他，没有转过身来，“我只问你一句，答不答应？别说其他没用的。”

沉默了几秒钟后，我扶住了门把手，准备推门出去，这时，一个响亮的声音传来：“去就去，我今天还非得给你证明一下了。”

我默默地笑了，推门离开了……

几天之后，楚晓磊信守承诺，和我一起出现在了某拍摄现场。

趁着他看剧本的时间，我到处转了转，刚好有一场戏正在拍摄，我便凑了过去。

大致剧情好像讲的是一个小姐正在教训丫鬟，只见这个演丫鬟的女孩眼含着泪，慢慢地跪下了。这个演小姐的女演员倒挺眼熟的，又看了几眼，我才想起来，这不是最近挺红的杜青吗？

她长得倒确实挺漂亮的，正在我出神时，只听得“啪”的一声，我一下回过了神，定睛一看，跪在地上的女孩的脸顿时有些微红了。

等这场戏拍完，看见那个演丫鬟的女孩捂着脸坐在了一边。我走到了跟前，冲她伸出了手，“你好，我是楚晓磊的经纪人，蒋婉云。”

那个女孩十分有礼貌地站了起来，握着我的手说：“你好，我叫韩晓颖。”

“来，坐下吧。”看着这么谦逊的女孩，我顿生好感，“我刚刚看你演得挺好的，你是学表演的吗？”

她甜甜地笑了，“嗯，还有一年就毕业了，所以经常在剧组里跑龙套，磨炼演技。”

“你能这样沉下心来努力，不简单啊！”

“没什么，是我的梦想嘛，不努力怎么能更接近它呢，呵呵。”那样简单的笑容，我却觉得十分美丽阳光。

正在我们聊得不亦乐乎时，一个女的过来了，“谁叫你乱跑了，杜青姐叫你过去，跟你说几句话。”

“哦，知道了。”她有些抱歉地看着我。

我冲她笑了笑，“没事的，你去忙吧，下次再聊，很高兴认识你。”

“我也是，姐姐再见。”

这么乖巧懂事的女孩，未来的前途一定不可限量，我忍不住跟了过去。

来到了一处空旷的场地，竟然只有杜青和韩晓颖两个人，正当我准备走开时，却听到了杜青的话：“你说你一个演丫鬟的，用得着画得那么漂亮吗？”

“杜青姐，我今天真的没怎么化妆。”韩晓颖态度诚恳。

“哼哼，你的意思是，你天生丽质喽，你千万别忘了，你就是个站在我身边的花瓶。哦，不对，花瓶还抬举你了，应该是一块白板，根本就不存在。”杜青冷笑了一下，“只是个陪衬而已。”

韩晓颖没有说话。

“你最好乖乖地配合我，否则，你可能连白板都当不了了。而且，刚刚那场戏，我已经手下留情了，要不咱们再对对戏？”

她说着，就抬起了手，狠狠地朝韩晓颖的脸打去，我一把冲上前去，牢牢地抓住了她的胳膊。

韩晓颖害怕地闭上了眼睛，可半天没有动静，她才一点一点睁开了眼睛，接着惊呼出声："姐姐。"

我定定地盯着对面那个脸色逐渐黑沉的人，她看了我半天，一把抽出了手，"哪儿冒出来的不长眼睛的？"

我冲着她笑了一下，"是啊，你眼睛长得多好啊，老把人看低。"

她一听，气得握紧了拳头，"你敢骂我？"

"笑话，你哪只耳朵听到我骂你了，我夸你呢，大美女。"

"行，我不跟你这种人计较。"她边说边转过了头，"韩晓颖，你以后最好给我乖乖的，连个公司和经纪人都没有的人，还有资格跟我站在这里说话，已经是太便宜你了。"

正当她准备离开时，我嗓音清亮地开口了："站住，谁说她没有公司，没有经纪人了，我已经打算跟她签约了，不好意思，请你以后多尊重一下我们公司的艺人。还有，得饶人处且饶人，你也总会有不如意的时候，给自己留一条退路，对大家都好！"

说完后，我就拉着韩晓颖离开了，杜青呆呆地站在原地，脸上一会儿青一会儿白的。

走着走着，韩晓颖停下了脚步，我疑惑地回过头，"怎么了？"

"姐姐，谢谢你帮我解围。"

我笑着挽住了她的胳膊，"傻瓜，我不是开玩笑的，你觉得我会拿这么重要的事情来气她吗？我看中的是你各方面的能力，更重要的是这个。"我指了指心口。

"你善良，懂事，努力坚持着目标，这份初心，我很欣赏，我也相信，你以后一定会有所作为，所以，合作愉快吧！"说着，我伸出了手。

她的眼睛里有泪光在闪烁，慢慢地她笑了起来，紧紧地握住了我的手，"我一定会好好努力的。"

几天后，我正在办公室和楚晓磊谈工作的事情，随着敲门声传来，我们暂停了谈话。

看着推门进来的人，我高兴地站起了身，"晓颖，你终于来了，我给你介绍一下，这是楚晓磊。"

"婉云姐，我们在片场的时候见过了。"

"哦，那就好，来，快坐下。"

韩晓颖在楚晓磊旁边的椅子上坐了下来，而楚晓磊则全程都没有抬过头，仿佛什么都没看见一般。

我有些不满地瞪了他一眼，"晓磊，从今天开始，韩晓颖也是我们的艺人了，你要多照顾着她点，听到了吗？"

楚晓磊慢悠悠地抬起头，看了一眼韩晓颖，什么也没说。

感觉到气氛有些尴尬，我赶紧笑着对韩晓颖说："晓颖啊，你的演戏经验比较丰富，以后多帮帮晓磊，他以前是歌手，现在要全面发展了。"

我刚一说完，楚大少爷终于发话了："就她？"

怎么突然感觉这么冷呢，这家伙……

可韩晓颖竟像没听见一般，微笑地看着他，"不用客气。"

楚晓磊大大的眼睛，转过头定定地盯着韩晓颖，嘴角一再地往下撇着，韩晓颖也不甘示弱地回敬他。

感觉到他们之间的火药味，我忽然想起了 3 年前的林佳华和陆奇奇也是这样，到现在他们还是水火不容的，天哪，不是吧，又来了两个"活宝"……

回家的路上，经过了一个地方，我下意识地停住了车。

重新走在这条路上，一切似乎都没怎么变，只是物是人非了，来到了那个大喷泉前，一个画面突然蹦了出来。

有两个人闭着眼睛，虔诚地合掌，面对着美丽的喷泉许下了心愿……

当时我的心愿是，齐凡，真的真的很对不起，希望你能原谅我，我们永远都不要分开！

我记得他好像也跟我说过他的心愿，要我一直陪在他的身边，我们要永远在一起！

心里顿时变得五味陈杂，什么话都说不出来，想起那天晚宴上的见面，眼泪也悄悄地跃上了眼眶。现在的他，应该很讨厌我吧，他说过的，不想再见到我，那天他的眼里，也只有冰冷漠然。看来，回到过去竟成了最不可能实现的愿望了。

可尽管如此，我还记得当时我们的约定，他说过，"我们以后只要有心愿了，就一起来这儿许愿，然后只做不说，好不好？"

那会儿我答应他了，因为我最大的心愿就是，以后还能跟他一起来这儿，无论在哪儿，都能牵着他的手！

可现在，我的手边却空空的，心里也空空的，只有独自一人面对着曾经的幸福，想到这，我不禁合十了双手，又许下了一个愿望，好希望它能实现！

闭上眼睛的瞬间，眼泪也不知不觉地滴落了，以往的一幕幕都涌进了脑海里，原来我从来都不曾忘记过，只是刻意地不去想起而已。

在喷泉边坐了一会儿，我才起身离开了。

一辆车刚刚离开，另一辆车就开了进来，齐凡一步一步地重新踏上了这条熟悉的路。

“好久都没来了，你依然还在这儿，可是我，只有一个人，呵呵。”他自嘲地笑了。

他慢慢地在喷泉边坐了下来，双手交叉地放在腿上，他的眼前忽然闪现着两个人，他们喊着“大呆瓜”和“小呆瓜”，幸福甜蜜地拥抱在了一起，那一刻，他们的心靠得那么近！过了一阵后，他的神情渐渐变得落寞了。

“自从3年前，她离开了我，我好像就再没来许过愿了，你知道为什么吗?”他微转头，看着喷泉，“因为你一点也不准，没有实现我的愿望。不过，不管过了多长时间，我的愿望都没有变。看在我这么诚心的份上，这个愿望，你一定要帮我实现！”

面对着喷泉，齐凡再次双手合十，闭上了眼睛……

第三十六章

触动心弦

经过前期的磨合，我的工作也慢慢步入了正轨，我给楚晓磊和韩晓颖都做了一个大致的规划，更重要的是重启了各种训练，制定了严格的计划表。

韩晓颖很乖巧努力，我安排的她都很愿意去做，并且也做得很好。

另一个人就难上加难了，“阿姨，我是谁啊，我已经过了训练的阶段了，好吗，别浪费我时间了。”这令我头疼的声音又再次响了起来。

“我不管你是谁，在我这儿，从零开始。”

“NO!”他说完后，就准备走了。

我没有管他，只是说了一句：“只要你愿意，随时可以回来训练，我等你!”

日子就这样一天天地过去，楚晓磊始终没有出现在训练室里，可我并没有太着急，我知道，改变一个人需要耐心，而找回自己，更需要时间!

这天是楚晓磊的粉丝见面会，我们和所有的工作人员忙活了几天，终于做好了各方面的工作。看着现场人潮拥挤的状况，我不禁感慨，楚晓磊真的很幸运。

时间一点点在过去，距离开场的时间也越来越近，可楚晓磊却迟迟没有出现，这时大家都有点慌了。

我一遍遍地打他的手机，终于，电话接通了。

“你在哪儿呢，我不是跟你说过时间了吗?”我的语气变得严肃起来。

“什么时间?”他慵懒地说着。

“你的粉丝见面会啊，你知不知道大家都在等你。”

那头儿沉默了一阵，才传来了声音：“我今天很烦，心情不好，先取消了吧!”

“你说什么，你知不知道粉丝们期盼的心情，见你一面有多么不容易，你赶紧给我出现！”我下了最后通牒。

“不……想……去！”

听着这3个字，我的怒火一下上来了，“你是不是忘了你是怎么走到今天的？现在的你还知道梦想是什么吗？是谁呵护陪伴着你有了今天的成功?”

电话那头儿没有了声音，接着，电话挂断了，听着“嘟嘟”声，我失望极了。

焦急地等了半天，马上就到开场的时间了，主持人跑来问我，是否都准备好了，我站了起来，看来只能这样了，上台去道歉。

正走着，突然被人拉了一下，“婉云姐，楚晓磊来了，现在正在化妆，再延几分钟就可以了。”

我悬着的心，瞬间落地了，呼，还好……

看着站在舞台上又跳又唱的他，再看看下面支持着他的粉丝们，他们脸上的笑容，就是对我和他最大的鼓励，真的很感谢他们!

圆满顺利地完成了见面会，我来到了休息室里，看着静静地坐在椅子上的楚晓磊，我也在一旁坐了下来。

“晓磊，你对自己今天在舞台上的表现满意吗?”

他没有说话，只是慢慢睁开了微闭着的眼睛，长长的睫毛翘了起来。

“说实话，我不是很满意，你说过你已经过了练习的阶段，可我看到今天台上的你忘词了，甚至跳错了动作，气息也没有以前平稳。也许你认为这只是一场见面会而已，只是一个再普通不过的舞台了。可是你知道吗，这些喜欢着你的人，他们都为你付出了多少，他们能来到这里，又是克服了怎样的困难，还有见到你时那激动的笑容。”

能感到他在认真地听着，我接着对他说：“可你呢，你是否在为了他们而努力，努力地记住每一句歌词，认真地练习每一个舞步，用心地唱好每一个音调。晓磊，你是幸运的，很快就拥有了自己的舞台，我希望你不要忘记自己是怎么站上这个舞台的，每一次演出都要全力以赴，对得起自己，对得起一直爱着你的粉丝们!”

我站起身，拍了下他的肩膀，“舞台不是玩笑，任何一个舞台，不论大小，都是重要的，也是需要被尊重的!”

楚晓磊沉默了许久，才转头看了看那个离去的身影……

第二天，在公司，路过练习室时，我往里面看了一眼，竟看到了一个意想不到的身影，他很认真地跳着。看了一会儿后，耳边突然传来了一个声音：“真好!”

我回过头，是王嘉明，他的脸上带着笑容。

“你说现在的他，快乐吗?”我小声地问他。

“他刚出道时，我去看过他。那时的他，也是这样拼命地练习。我问他，是不是很累。他说虽然累，不过坚持有时候也是种快乐。这个场景我也很久没见过了。如果他重新开始坚持着什么，我想，应该也是快乐的吧!”

听了他的话，我点头赞同。

随着楚晓磊的加入，我也开始给他安排了表演课，让他和韩晓颖一起学习。

只不过事情似乎没有我想的那么容易，每次当我走进练习室时，老师不在，他俩就总在为表演方式的问题争吵着。

为了答谢高扬，今天我特意约了他出来吃饭。我们像从前一样，聊了很多。不得不说，他真的是一个很好的倾听者，也是我很在乎的好朋友。

我跟他聊起了最近让我发愁的楚晓磊，没想到高扬竟对他十分了解，告诉了我许多。

“楚晓磊还有一个身份，嘉明哥肯定没告诉你吧!”

我不明所以地看着他。

“说出来你可别太吃惊了，他是齐凡的表弟。”

“什么?”我一下喊出了声。

高扬赶忙用食指在嘴唇上比了一下，“嘘，冷静冷静。”

听了他的话，再回想起楚晓磊对我的态度，我才有些恍然大悟了。

“我接着跟你说啊，其实晓磊的身世也挺可怜的。他小的时候，父母就意外去世了，所以他一直在齐凡家生活。齐凡的父母对他宠爱有加，可以说晓磊虽然失去了双亲，但是也得到了同样多的爱护。后来他就出国了，直到近两年才回来。回来后就参加训练，以歌手的身份出道了。”高扬喝了口水。

“这样你就不难理解他性格形成的原因了吧。晓磊的一路走得还是比较顺利的，也得到了大家很多的关心和照顾，所以现在难免有些自我，有些骄纵，但毕竟他还年轻。不过，晓磊的心地还是很善良的，是个没长大的好孩子，呵呵。”

我也笑了，“这个我知道，从那天他赶来见面会的时候，我就知道，他开始改变了。”

“我怎么觉得嘉明哥好像故意要派你到他身边呢?”

“呵呵，高扬，谢谢你告诉我这些。”

自从知道了楚晓磊的身世，我就在准备着一件事。这天，我把楚晓磊和韩晓颖叫到了办公室里。

“今天我要跟你们俩去个地方。”我先卖了个关子。

“去哪儿啊，婉云姐。”韩晓颖先问了出来，楚晓磊只是默不作声地听着。

“跟我一起去福利院，看看小朋友们。”

“好啊。”韩晓颖马上答应了。

“晓颖，你半个月前才去过吧！”

她有些惊讶地看着我，“你怎么知道的？”

“我去的时候，院长无意间说起的。好了，咱们赶紧走吧！”

我和韩晓颖都站了起来，可楚晓磊还是一动不动地坐着，只是说了一句：“媒体去吗？没有报道的话，我就不去了。”

我早料到会是这样的，便不急不慌地拿出了合约，递给了他，“你最好按这条做，因为这是你自愿签的。”说着，我给他指了一下。

他看着那条“重要的演艺工作，要听从公司的安排，否则按违约处理”，脸立刻黑了，“蒋婉云，你敢骗我？”

“我犯得着吗？当初我可是提醒过你，让你看仔细的。”

他气得瞪着我，过了一会儿后，却突然笑了，“这上面写的是演艺工作，咱们现在要做的不属于这个范围吧，所以我可以不用听喽。”

面对那得意的表情，我不禁笑了，“谁说不属于了，我就是让你去教小朋友们唱歌跳舞的，没异议的话，起来。”

我一把拉起了他，只是这次，他没再反驳，板着个脸跟在了我们身后。韩晓颖回头看了一眼，悄悄对我竖起了大拇指，我对着她笑了一下。

来到了福利院，我们把带的礼物都送给了小朋友们，他们都很开心。看着孩子们不管逆境顺境，都能绽放着纯真的笑容，心里不禁很感动。

我回头看了看楚晓磊，他似乎也没有那么排斥了，不知道他是不是想起了自己的过往。

微风吹着，天空湛蓝，晓颖正陪着孩子们玩耍，给他们讲故事，能感觉到她真的很快乐。

不远处的秋千上坐着一个人，正在静静地看着这一幕，我轻手轻脚地走过去，在旁边的秋千上坐了下来。

我抬起手遮住了额头，透过指尖的缝隙，感受着温暖的阳光。

过了一会儿，我转头看了看他，“晓磊，你以前和他们一样，是吗？”

他眼神暗了一下。

“对不起，我没有打探你隐私的意思。只是想多了解了一些关于你的事情，你觉得现在的你，和他们还一样吗？”

他的脸上没有表情，不知是否在听。

我不管那么多，接着说道：“你还记得那天我问你，是不是忘了你是怎么走到今天的，现在的你还知道梦想是什么吗？

之所以会这么问，是因为我觉得，今天的你并不是真正的你。我看过你以前训练和演出的视频，那个时候的你，拥有的少，没有这么多粉丝，没有这么多名利的诱惑，可我却觉得你笑得很开心，很纯净。或许当时你的心里没有过多的想法，只是带着努力坚持梦想的初心吧！

可现在的你，红了，铺天盖地的关注都来了，你是不是感觉脚离地了，轻飘飘的很舒服，好像什么都有了？晓磊啊，你的人生才刚刚开始，可你却把它过得像快要完结了一样，浮躁自满，心里全是眼前的泡沫，你还记得你的梦想吗？还怀着那份简单地坚持着梦想的初心吗？”

他停住了摇晃的秋千。

“如果暂时迷路了，不要害怕，就想想以前，为什么要做这件事，为了什么而坚持着，我想你会回来的。其实在我心里，你就像我弟弟一样，我希望从今以后，你能脚踏实地地走好每一步，这样你未来的路才会更长远。还有，勿忘初心，呵呵。”

我默默起身离开了，我知道，此时的他，需要时间去思考。

楚晓磊静静地坐了很久，迷人的眼睛慢慢地弯了起来，他带着舒心的笑容站起了身，朝着孩子们和韩晓颖走去……

第三十七章

赵露的日记

忙了一天，回到家里，赵露一下靠在了沙发上，呆呆地睁着眼睛，过了许久之后，才慢慢地直起了身子，拿起了放在桌子上的一个本子，本子上还带着一个小锁，看起来有些年头了。

她找到钥匙，打开了小锁，也翻开了尘封已久的记忆。

……

5月2日　天气：晴

今天那个跟我打过招呼的男生又来找我了，好像叫什么王来着，算了，反正他也是三分钟热度。

5月10日　天气：阴

这个叫王嘉明的男生，居然开始给我送饭了，不过，我送给同学了。

5月20日　天气：晴

他又来了，不过，这么长时间了，要不就尝一口吧，难吃的话再说，呵呵。

6月2日　天气：雨

本来以为今天下这么大的雨，他不会来了，可他还是出现了，只是浑身都湿漉漉的，怀里还紧紧地护着一个保温桶。他傻笑着说，因为他跑得快，吃的应该没淋上雨。

6月22日　天气：多云

今天出去的时候，只看到了放在窗台上的保温桶，却没有看见他。不知怎的，我竟开口打听他的去向了。朋友们跟我说，看见他在篮球场上拼命地练篮球，这个傻子，该不会是看到我那天在投篮吧！

9月5日　天气：还不错

这么长时间了，我要去检验一下，他练得怎么样了。于是，我和朋友们故意从篮球场上经过。没想到突然有个篮球飞向了我们，可当我睁开眼睛的时候，竟然只看到了一个傻傻的微笑，还听到有些微颤的声音，他竟然用背挡住了篮球，只是问我没事吧。可那时的我，第一次变成哑巴了，什么话都说不出来。后来，朋友们拉着我走了，她们让我别搭理他，我也不知怎的，内心慌乱，脸上装作镇静地说，“搭理他干吗”……

9月10日　天气：很晴朗

晚上我在篮球场上投篮的时候，他终于过来了，还要跟我比赛。不过，当然是我的手下败将了，哈哈，他问我明天还能不能继续比赛，我竟鬼使神差地答应他了，我一定是发烧了。

12月25日　天气：一点也不好

今天是圣诞节，我等了好久，他才出现，可脸上居然贴着创可贴。我问他怎么了，他说以后不会再有人跟着我了，因为从今天开始，他要保护我，心里突然蔓延着一种从未有过的感觉。

1月12日　天气：好冷

今天我让他坐下跟我一起吃他送来的饭了，他很开心地笑了。第一次直面他阳光般的笑容，我的心突然跳得好快，脸也有些发烫了，好想找个地缝钻进去啊！

3月6日　天气：微冷，可有阳光

我们又在篮球场上比赛，我又赢了，不过，我知道，他是故意让着我的。我打了个喷嚏，他马上脱下了外套，披在了我的身上，轻轻地把我抱在了怀里，还一个劲儿地道歉，说没有照顾好我，让我着凉了，可我却默默地笑了起来，紧紧地搂住了他。

3月8日　天气：阴

我感冒了，吃什么都没味儿。打了电话，告诉他我想吃的东西后，没过多长时间，他来到了我们宿舍，满头大汗地放下了吃的，还买了药。看我没力气，就喂我吃。他说以后不管什么时候，我想吃什么了，就告诉他，他一定会给我变出来的。我被他逗笑了。慢慢地也觉得有力气了，其实这一刻，我真的很想对他说，有你在，比什么都好！

4月20日　天气：晴

今天好慌乱啊，王嘉明居然跟我表白了，他问我愿不愿意做他的女朋友，我一时没回答，他说给我考虑的时间，约在去年他第一次鼓起勇气跟我打招呼的那天，在学校里那棵郁郁葱葱的大树下等我。

4月25日　天气：还好

木晴姐来找我了，她让我跟公司签约，说会重点培养我，她要带我出国深造。想了半天后，我还是拒绝她了，她很不可思议。回到宿舍后，朋友们都使劲儿问我为什么不去。我只跟她们说了一句话："因为我不想当什么女神，我只想当王嘉明的女朋友。"

4月26日　天气：很舒适

明天就是约定的日子了，我要把这本日记作为礼物送给你。

王嘉明，你知道吗？从第一次看见那个傻里傻气的你时，我的心里好像就有一棵小树苗悄悄地发芽了，可我却什么都不知道。你为我做了那么多事，可你从没说过什么，可我却渐渐注意到了心里那个不停地在长高的小树苗。不知从什么时候开始，我的目光竟也开始不自觉地追着你，看不到你，我会很想很想你；看到你受伤，我很心疼；看见你笑，我很开心；看见有别的女生给你送东西，我会很生气。

现在，我终于清楚地知道了这种感觉，因为它已经在我的心里长成了参天大树，怎么砍都砍不断了。

明天我会告诉你，我答应做你的女朋友，因为我真的真的很喜欢你。谢谢你为我做的一切，以后也要一直这样宠着我哦。呵呵，明天见，你在我心里永远是阳光一般的存在！

……

日记的日期永远地停在了那一天，赵露的眼泪不停地落了下来，她最害怕的那一天的记忆一下冲破了防线，在脑海中逐渐清晰起来。

……

4月27日，她早早地来到了约定好的那棵大树下，手里还紧紧地抱着写满了她珍贵的真心话的日记本，这次就让我等着你吧，她边想边露出了甜美的笑容。

那天的天气阴云密布，像是要下雨一般，不过她却丝毫不在意，此时的她只觉得，见到他，比什么都重要！

等了好久，还是不见王嘉明的身影，她绕着大树，转了一圈又一圈。突然，她看见了那个身影，顿时，笑逐颜开地站定了。

可随着那个身影不断地走近，她一下愣了，他的身边还有一个人，是个女孩，而且最令她震惊的是，他居然牵着那个女孩的手。

不知道发生了什么，她呆呆地看着王嘉明松开了那个女孩的手，一个人走了过来。

她强忍着泪水，像什么都没看见一样，逼着自己弯起了嘴角，“你终于来了，我等了好久了。”

王嘉明看着她，可眼睛里却没有了往日的热情，“每次都是我等你，也该换你了。”

“那个……你不是想听我的答案吗？我现在就可以告诉你……”她的声音微微颤抖着。

可王嘉明却突然冷笑了一下，“不用了，我来是想告诉你一件事，其实从一开始，我就没想听你的答案，因为我知道，我肯定稳赢！”

她不知所措地看着他。

“听不懂是吗，那我给你解释解释，从跟你打招呼的那天到现在，都只不过是我与朋友的一场赌局而已。我说我能追到你，他们还不相信，今天你来了，就证明我赢了，所以，我不想再跟你浪费时间了，因为我从头到尾，就没喜欢过你，不管你是多么高高在上的女神，在我心里，也只不过是一个好骗的女孩罢了！”

最后一句话，彻底戳中了她的心，美丽的大眼睛上瞬间挂满了一颗一颗晶莹的小泪珠，心痛到什么都看不清了。她踉跄着扶住了旁边的大树，手里的日记本也一下掉了下来，结结实实地砸在了地上，天空中突然飘洒起了小雨滴。

“我……不相信。”她喃喃自语着。

“看见那个女孩了吗，现在，她才是我的女朋友，不要再来找我了！”

王嘉明说完最后一句话后，决绝地转过了身，迈着沉重的步伐离开了。渐渐地雨越下越大，望着那个已经看不见了的身影，她伤心欲绝，她慢慢蹲下了身，捡起了浸在雨水里的她的心意，使劲儿把它抱在了怀里，任由大雨倾盆，就这样一直傻傻地蹲在雨里。她放声痛哭着，脸也变得苍白，心疼得像快要死掉了一样！

……

好冷啊，至今想起那一幕，她的心还会痛得无以复加。日记本上空白的那一页上又沾满了她的泪水，变得有些发皱了。她一把把它扔在了地上，整个人都蜷缩起来，手环抱着双腿，默默地流着泪……

第三十八章
粉丝的信

时光如梭，一年就这样过去了，我已适应了现在的环境，楚晓磊也开始慢慢地改变了。只是，我的心中总是有个角落，怎么填也填不满。

拿起手边的那本相册，我竟有些不敢翻开它，犹豫了好久，才鼓起勇气打开了它。

看着笑得那么开心的两张笑脸，我默默地咧开嘴笑了，这里面满满的都是我和齐凡的回忆，有穿着古装一起拍的，有一起吃蛋糕的……原来这个角落并不是怎么填都填不满，而是已经承载着太多美好的记忆，不能再加入其他任何的东西了。

一个挺拔的身姿正站在衣柜前挑选衣服，忽然，他看见了放在角落里的一件T恤，眉头微微皱了起来。

随着衣服打开的一瞬间，两张依偎在一起的笑脸映入了眼帘，可齐凡的脸上却没有笑容，他久久地注视着。

“又是一年，她好像真的已经忘记过去了，只有我，还是一样的傻，呵呵。”他自嘲地笑了。

接着，他把那件情侣衫扔给了正在打扫的阿姨，“把它扔了吧！”

“啊，我看这衣服还挺新的，扔了多可惜啊！”

“扔了吧！”

开着车的他，心里却总是心不在焉的，突然，像想到了什么似的，掉转了车头。

刚一回到家，他就不顾形象地跑到了门口的垃圾桶前，不停地在里面翻找着什么，可半天也没找到。

这时，阿姨刚好出来，讶异地张大了嘴巴，“你这是在干吗呢？”

齐凡像看到了救星一样，着急地说："我刚刚给你的那件衣服呢，你扔哪儿去了？"

"哦，那件啊，我先扔到客厅里的那堆旧衣服里了，准备等会儿一起扔了。"

话还没听完，齐凡就跑了进去。他蹲在地上，一言不发地翻着那堆衣服，终于，看到了一个半隐着的笑脸，他一把抽出了那件衣服，像失而复得的宝贝一样紧紧地抱在怀里，眼角慢慢地湿润了……

这天，我把粉丝寄到公司的礼物和信件分别转交给了楚晓磊和韩晓颖。

韩晓颖十分开心，只见她认真地阅读着每一封来信，看完了之后，她原封不动地把信装回了信封里，并小心翼翼地放在了旁边，对待每个礼物都轻拿轻放的，像是深怕会损坏一样。

楚晓磊却没什么表情，我把他叫到了外面。

"晓磊，你看到晓颖收到粉丝寄来的东西，有多高兴了吗？"

他微微点了下头。

"我知道，你收到了那么多，可能已经不会像晓颖一样，虽然只有几件，可却那么在乎了吧。你以前练习得很辛苦吧，不过，据我所知，那时也依然有很多人喜欢你，是吗？"

"嗯。"他像想起了什么，笑了一下，"其实说真的，当时真的很累，很辛苦，可是，每每看到他们给我的鼓励，就觉得又有了坚持下去的动力。"

"是啊，虽然他们处在不同的地方，有着不同的年龄和身份，可在你默默无闻的时候，他们却一起支持着你，鼓励着你，喜欢着你，直到你展翅高飞。他们的每一封信，每一份礼物，都是最真诚的心意。无论你获得了怎样的成就，我都希望你要珍惜这份单纯的爱，并且要学会感恩，努力去回报这份爱，明白吗？"

他若有所思地看着我，"我会的。"

"今天所有收到的礼物里，有一个叫橘子的粉丝寄来的信，如果有时间的话，我想你可以去看看。记住，现在的你，任何一个举动，不仅关系着你自己，甚至可以影响改变很多人，用心去体会吧！"

寂静的夜晚，楚晓磊找出了那封信，看着有些泛黄的信封，他一点一点拆开，取出了那封信，信纸是最普通的稿纸，他认真地看了起来。

晓磊哥哥：

你好！

第一次看你练舞、练唱的视频时，我就被吸引住了。看到你一遍遍地练习，认真琢磨每一个动作的神情，突然很受鼓舞，或许从那时起，你就是我的偶像了。我只是一名很普通的学生，可我也有着音乐梦想，也想像你一样，有一天能站在舞台上唱着自己的歌。虽然一次次地失败，可想到你，我没有放弃，依然在坚持。

你曾经说过，只要有目标，就什么都不要想地全力以赴。现在的我，每天都在重复这句话，每天都在努力地朝着目标前进。我想，只要你仍然在努力，我就要陪着你一起努力，不管这条路有多么难走，我都会坚定不移地跟你一起走下去。

只要你还在笑着，我就一定不哭！我知道，现在的你，要全面发展了，期待你的新戏，那时我们都要变得更好哦，呵呵，加油！

……

第二天，楚晓磊走进了我的办公室，“那封信你看了吗？”

“嗯。”他郑重地点了点头。

“其实，还有一件事，没有告诉你，橘子她生病了，她的信里有提到吗？”

楚晓磊惊讶地看着我。

“看来是她不想让你担心。”

“给我张纸和笔。”

楚晓磊接过纸和笔，就脚步匆忙地离开了，看着现在的他，好像回到了最初的时候，清澈、温暖的眼睛……

微风吹着，齐凡正站在窗前，思考着什么，过了一会儿，他拿起手机给楚晓磊打了个电话，之后，便离开了办公室。

此时，蒋健安、杨玲、奇奇，还有文文正在一起聊着天。

“听说咱们最近有一部新戏要开拍了，好像是根据李晶晶的小说改编的，不知道男主角会花落谁家。”奇奇有些期待地说。

“我觉得，楚晓磊挺合适的，帅气，阳光，青春，多符合这个角色。玲姐，要不你去跟齐凡哥建议一下吧。”

杨玲看着文文，笑了一下，“行，到时我去推荐一下，不过还是要先跟楚晓磊确认一下档期才行。”

蒋健安一听，赶紧说道：“这个我可以去问。”

“你又不认识楚晓磊。”

“我不认识，我姐认识啊，她可是楚晓磊的经纪人。”

话刚一出口，她们三人都不约而同地瞪大了眼睛，“你说的是……蒋婉云？”文文一副不可置信的模样。

"你们怎么知道我姐的名字的?"

大家还没来得及回话呢，传来一个更意想不到的声音："你刚刚说什么，蒋婉云是你姐姐?"

齐凡居然刚好推门进来，蒋健安一看，突然想起了不能让齐凡知道的嘱托，整个人都蔫了。

尴尬的气氛，突然，齐凡的手机响了，他欲言又止地转身离开了，蒋健安一看，顿时松了口气……

第三十九章
看到留言

走进了齐凡的家，楚晓磊丝毫不客气地坐在了沙发上，“我说哥，你最近怎么不回家看看啊？”

“最近太忙了，不过我打过电话了，倒是你，没事干嘛要搬出去住。”

“我长大了嘛，向你学习，哈哈。”楚晓磊调皮地笑了。

齐凡端了杯水给他，“最近确实改变了不少，什么原因？”

“还不是托某个人的福，本来还想帮你整整她的，结果，自己先被整治了，唉。”

齐凡想了一会儿后，才低沉地对他说：“晓磊，既然如此，我想跟你说件事。其实4年前，跟婉云分手的时候，我确实很难过。甚至之后的一段时间，都不知道自己是怎么熬过来的。可是有一次，我跟冯超聊天，就是那个以前跟拍我的娱记。我跟他道歉，说没有按时召开发布会，可他却没听懂，还问我什么发布会，我也被他弄糊涂了。给他解释之后，他竟然跟我说，根本就没有接到通知，后来我又去问了其他几个朋友，他们也说没接到过通知。”

“我去问文文是怎么回事，她说那天晚上她也没有联系到杨玲，由于着急，便先通知了好几个人去告诉媒体，第二天我要召开订婚发布会的事情。听她这么说，我感觉婉云的离开似乎并不是一件简单的事，好像有人早就知道，她会和我分手，所以连媒体都没有通知。”

楚晓磊听着，微微皱起了眉头，“那你怎么不去找她问清楚呢？”

齐凡叹了口气，“那个时候，她已经出国了，看着她的选择，我就在想，也许那天，她说的都是真心话吧！即使不是，如果遇到了难以解决的问题，她为什么不能告诉我，让我和她一起面对，这一点，我很生气。”

沉默了半天后，齐凡拍了拍楚晓磊的肩膀，“好了，我告诉你这件事，就是希望你以后不要再为难她了。”

“我现在哪敢啊，她那气场，呵呵，开玩笑的啦。其实，说实话，她真的教会了我很多。”

“嗯。”齐凡欣慰地笑了。

齐凡去做饭了，楚晓磊楼上楼下地乱转起来。忽然，他在一个房间里，发现了一个DV，他有些好奇地把它拿了下来。

看齐凡还在忙着，便一个人坐在客厅里，把它连在了电视机上。

齐凡听到声音也走了过来，当看到电视里那熟悉的面孔，甜蜜的笑脸时，他顿时僵住了。

多久不愿被想起的记忆，这一刻就这样展现在了他的眼前，本该去制止楚晓磊的，可他不知怎的，竟没有说出话来。

看到两个人穿着情侣衫对着镜头，开心地说着以后的生活时，他的心颤抖了一下，终于开口了：“晓磊，关了吧！”

楚晓磊听到后，转头看着他，“我还想再看看呢。”

“拿过来。”齐凡下命令了。

楚晓磊一看，只好乖乖地交出了遥控器。

齐凡正要按停时，突然出现了一幕他不曾见过的画面，那含着泪的眼睛，哽咽的声音，不正是她吗?!

好像忘却了周围的世界，他专注地看着，听着那一声声“对不起”，心也莫名地疼起来，直到最后的那段话……不知不觉中，他觉得眼前模糊了。楚晓磊回过头看着他，轻声地说：“哥，你还好吗?”

缓了好久，齐凡有些失魂落魄地坐在沙发上，失神地说着：“既然这么舍不得，为什么当初还要那么决绝地离开我呢?”

“哥，你还是可以去问她的啊?”

齐凡微微摇了摇头，“看到得太晚了，不知道还有没有机会?”

两人沉默了一阵，齐凡一下想起了什么，看着楚晓磊，“蒋健安的姐姐是蒋婉云！”

楚晓磊有些不敢相信，“真的吗?”

“嗯，我无意中听到蒋健安和杨玲她们聊天，他亲口说的。”

“哎，这不挺好的嘛，你可以直接去问蒋健安啊，那是她姐姐，他总应该了解吧！”

齐凡听后，陷入了沉思中……

左思右想了几天，齐凡还是把蒋健安叫到了办公室里，“来，坐吧！”

“嗯。”蒋健安坐下后，有些不安起来，他该不会是要问我……

“健安，我看过你的简历，5 年前你出国留过学对吧?”

“嗯，是的，其实，要不是我姐，我还去不了呢。”刚说完，他就后悔了，又嘴上没把门的了，唉……

齐凡一听，不动声色地问道：“这跟你姐姐有什么关系呢?”

“那会儿我们家没有那么多的钱送我去留学，还是我姐在关键时刻帮我凑到了钱呢。”

“你有一个好姐姐，那你知道，她是怎么凑到钱的吗?”

“我记得那会儿，她好像说什么问老板预支的，然后要外派一段时间。”

思绪突然回到了分手那天，他想起了那几句曾让他震惊到哑然的话：“有一个女孩，她为了钱，接受了一个任务，接近大明星齐凡，挖到他的秘密。她的真名叫蒋婉云，现在的名字叫蒋朝露！”

原来，你所谓的“为了钱”，其实是为了弟弟，对吗? 那为什么不跟我说实话呢，还要把自己说成那样。齐凡整个人都感到很不舒服，他先让蒋健安离开了，独自靠在椅子上，闭着眼睛，不知在想些什么……

夜幕降临，王嘉明只身来参加一个晚宴，刚走到门口的时候，碰到了杜青。

她十分有礼貌地跟王嘉明打了个招呼：“王总，你好。”

“你好，听说你要和齐凡的公司合作新戏了。”

“嗯，还是王总消息灵通，还没有正式公布呢，你就知道了。”

“呵呵，先进去吧！”

王嘉明和杜青一起走了进去，主会人见他们来了，赶紧热情地上前，跟他们寒暄了几句，然后带着他们来到了一个圆桌前。

此时，王嘉明一眼就注意到了，静静地坐在一个位置上的身影。无论什么时候，她都那么与众不同，那么美丽。

这时，赵露也抬起头，看到了王嘉明。可突然，一只手挽上了王嘉明的胳膊，他有些错愕地回头去看，居然是杜青。

本想抽掉手，有人跟他们打招呼了：“来，都快坐下吧！”

赵露看着坐在一起的两人，默默地端起了酒杯，喝了起来。

“赵露姐，最近还好吗?”杜青主动跟赵露问好。

“嗯。”赵露只是简单地应了一声。

之后，他们在聊什么，在跟她说什么，赵露似乎一句也没有听进去，只是时不时地端起了杯子。

过了一会儿，她站起了身，想去洗手间。可能是喝得有点多了，脚下一时没站稳，“嘭”的一声撞到了旁边托着盘子的服务生。

杯子顿时倒了，酒也洒到了她的身上，旁边的人都转过头来看着这一幕。

时间像突然静止了一般，大家都没有说话，只是看着。赵露顿时有点清醒了，“对不起啊!”说完后，她有些摇晃地迈开了脚步。

走出了宴会厅，她不知道该往哪儿走，一路上扶着墙走走停停的。可没过一会儿，她的存在还是吸引了人们的目光，路过的人纷纷看着她，有些人交头接耳地说着:“这是赵露吗?”“好漂亮啊!”“她怎么在这儿啊?”

听到这些话，她竟不敢抬起头来，眼里溢满了泪水，此时，好希望能有一个没人的地方，能让她躲起来。

这时，竟有人拿出了手机，想拍照。

忽然，她整个人都跌入了一个温暖坚实的怀抱里。他用手护着她的头，嗓音微冷地说:“她不是赵露，只是长得像而已，请散开吧!”

周围的几个人，听到他这样说，也觉得不太可能，便都离开了。

王嘉明依然没有松开手，他柔柔地抚摸着赵露的头发，低声地说:“好了，现在可以哭了。”

赵露像个溺水的孩子一般，不管不顾地抓紧了王嘉明的衣服，任眼泪不停地夺眶而出……

过了许久，哭声才渐渐停歇了。王嘉明慢慢松开了她，看着她像个孩子一样，微红的脸颊，扑闪着泪珠的大眼睛，不禁被戳中了心中最柔软的角落。

“看来你是真的喝醉了，来，我送你回去。”

他弯下腰，把晕晕乎乎的赵露背在了身上，沉着地迈开了脚步。

还没走几步路，赵露就无意识地喊道:“王嘉明，你这个超级大坏蛋，我讨厌你。”

王嘉明听着，无奈地叹了口气。

过了一会儿，赵露又打了他一下，“我打你。”

“你为什么要骗我，我的心好难受啊!”

“你知道吗，我心痛到快喘不过气来了，这些都是因为你……因为你……”

随着呢喃声的变小，平稳的呼吸声也渐渐传来，王嘉明停下脚步，侧头看了一眼那张睡着了的脸庞，小声地说：“对不起，真的真的很对不起！”

就这样待了一会儿后，他才重新往前走去……

送赵露回到家后，他在她的包里找到了钥匙，进屋后，他扶着她来到了卧室，为她脱掉了鞋子，轻手轻脚地盖上了被子。静静地凝视了她一阵之后，才退了出来，来到了客厅里。

忽然，他的视线被地上的某个东西吸引了，拿起它后，他坐在了沙发上，默默地翻开了第一页……

当出现那句“有你在，比什么都好！”时，他心里暖暖的。

翻到4月26号那天时，他的手竟有些微微颤抖起来，随着最后一段话映入眼帘，他的心不自觉地疼了起来，“明天我会告诉你，我答应做你的女朋友，因为我真的真的很喜欢你，谢谢你为我做的一切，以后也要一直这样宠着我哦，呵呵，明天见，你在我心里永远是阳光一般的存在！”

之后便全是空白页了，看着这些皱皱巴巴的纸，他自言自语着：“你到底流了多少眼泪？”

他久久地紧紧地握着这份对他来说无比珍贵的礼物，眼泪竟一下流了下来，“对不起，对不起……”他呆呆地说着。

不知过了多长时间，他小心地把日记本放在了桌子上，悄悄地离开了。

……

这天，王嘉明把我叫到了办公室，告诉了我一件事，听后，我有些生气了。

出来后，我直接拨通了一个号码，“喂。”

随着他的声音传来，我放硬了语气：“你在哪儿呢？”

“哦，今天我休息啊！”楚晓磊漫不经心地答着。

“我问你，你跟齐凡的公司签下新戏的合约，这么重要的事情为什么事先不找我商量？”

“哦，我还以为多大点事呢，那天我去找你了啊，可你不在，所以我就先签了。”

我顿时无语了，“你不会给我打电话吗？”

“不好意思啊，忘了。”

他见我不说话了，便又说道：“好了，好了，我错了。主要这是我哥的戏嘛，你总该放心了吧，而且我还跟我哥推荐你的宝贝——韩晓颖了，多好的事啊，何乐而不为呢。”

“楚晓磊，我不管这是不是齐凡的戏，也不管他和你是什么关系，我希望以后，你可以先跟我商量一下，不要擅自作决定，尊重是互相的，知道吗？”这次我并没有迁就他，因为如果不让他知道这件事的重要性，那么他以后就不会认真对待。

沉默了半天之后，他才低声地说：“知道了。”

“那下午你来一趟公司吧，我们详细地聊一下，好吗？”

“嗯。”

晚上，临睡前，我照例打开了电脑，检查一下邮箱，本以为还是要失望地关机时，突然一封新邮件的提醒，让我振奋了精神。

忐忑不安地点开了收件箱，我忍不住惊呼了一声，真的是她！

我迫不及待地看了起来。

婉云：

首先，我要跟你说一声，对不起！

其次，我想告诉你4年前的5月26号到底发生了什么事。那天下午我照常在办公室里忙着工作，后来有个人说要见我，我便把她请了进来。她是个眉清目秀的女孩，坐下之后，她跟我随便聊了一会儿，等到熟络之后，她才说明了来意。她说她是替赵露来的，还问我认不认识一个叫蒋朝露的女孩。

说实话，我当时有点被弄懵了。她接着说，她们已经查到了你的真实身份，所以才找到了这里，而且她们也知道，这件事肯定跟我有关系。后来，她问我要你的资料，我说没有。她居然拿了一张照片给我看，上面竟然是我俩在咖啡厅里谈话的照片。实在是没办法，我只好把资料给她了。可我很认真地告诉她，说你亲口说过你从来没有拍过照片，也从来没有伤害过齐凡和赵露。可她却不相信，让我也不要多说。

她走后，我的心里一直很慌乱，不知道该怎么办。可没想到没过几个小时，她竟然又来了，这次她提的要求更离谱，居然是让我把报社卖了。我不同意，跟她理论了半天，可她却说已经帮我联系好了人，让我不要再搅和在乱局里，卖掉报社，出国重新开始。还说如果我不答应的话，她就把所有的事情都公之于众，让我再也无法在业界立足。

婉云，我知道事到如今，说什么都晚了，可请你相信，我真的真的不是故意的。这几年来，我过得并不好，夜夜不能安眠，总在想，你怎么样了，可是内心却又害怕面对你。或许，我早该想到，当初我一个投机的错误想法，肯定会有今天的结果。

现在，我也受到惩罚了，希望你能原谅我，这样我的心里也会好过一些。

真的真的很对不起，祝福现在的你，一切都好！

看完之后，我不禁长出了一口气。我知道，要说出这个真相，直面自己最害怕面对的东西，是很难的，所以，我并不想再去深究什么，随着时间的推移，很多东西都会慢慢地成为过去。无论如何，我还是很欣慰她能告诉我这些。

我静下心来想了想，照赵露跟我说的话，那么去找许宁的人一定不是赵露派去的人。而第二天以赵露的名义找我谈话的人是文文，难道都是她所为？可她为什么要这么做呢，而且以她的能力，是根本不可能在短时间内就能帮许宁卖掉报社的。就算我去找她，肯定也问不出什么，还是静观其变吧，我想，那个人肯定不会就这样安静下去的……

第四十章
还回得去吗

转眼之间，到了楚晓磊和韩晓颖新戏开拍的日子，经过反复的试镜和商讨，楚晓磊饰演男主角，女主角花落杜青，韩晓颖出演女二号。

陪着他们一起来到了片场，我开心地见到了一个久违的好朋友——李晶晶。

我们俩找了个地方坐了下来，“好久不见了，大神。”

她白了我一眼，我笑了起来。

“听说你有自己的工作室了？”

“嗯，因为我想尽最大可能还原我的书，或者是按自己心中所想，拍出好的作品来。”

“真棒！”我为她竖起了大拇指。

她腼腆地笑了，“其实这几年以来，也多亏了有齐凡哥的帮助，我和他的公司也已经合作了好几次了。那天，他跟我说，你回来了，还做了楚晓磊的经纪人，我就在想，怎么也要见你一面，因为总会想起你来，呵呵。”

我打趣地说道：“你不是爱上我了吧，哈哈。”

她无语地推了我一把，“还是跟以前一样。对了，我听人说，楚晓磊的脾气不是太好，你们相处得怎么样啊？”

看着她担心的神情，我轻快地说：“那你今天见到他了，感觉怎么样？”

“我觉得他挺好的啊，有礼貌、谦逊、温和，跟传言一点都不像。”

“呵呵，看人是要用心的，不然有的时候，会错过埋在沙子下的金子的。”

“说得好，还好他遇到了你。”

我微微摇了下头，“是我要庆幸，他给了我机会，呵呵。”

接下来的几天里，拍摄都进行得很顺利。让我有些意外的是，晓磊和晓颖居然不怎么吵架了，不过，这倒让我省心了不少。

这天，韩晓颖刚拍完一场戏，错过了放饭的时间，她正在想着要怎么办时，一个人把盒饭递给了她。

抬起头看去，居然是她做梦也想不到的人。

“发什么愣啊，赶紧拿着啊!”楚晓磊把盒饭放到了她的手里，接着，在旁边坐了下来。

韩晓颖有些呆呆地看着他。

似是感到了这目光，楚晓磊的薄唇弯起了好看的弧度，“不饿了吗，还是精神食粮就够了?”

韩晓颖一听，立马害羞地别过了脸，有些吞吞吐吐地说：“不是……我是想跟你说声……”

她还没来得及说出口，楚晓磊就转过了头，“谢谢，对吗?”

映着阳光，那笑脸无比闪耀，声音很温柔，韩晓颖一下心跳加快了，赶紧低下头，默默地吃起饭来。可不知怎的，脸上却渐渐染上了一层红晕……

天气突然变得阴沉起来，风也越刮越大。我来到了一幢二层楼的别墅附近，这是韩晓颖的拍摄场地，我过来看看她，由于她还在换服装，我便先替她看了看拍摄环境。

刚走到窗户底下，我的手机响了，一看，是条短信，我站住了脚，开始看起来。

可忽然，不知从哪儿传来一个喊声：“小心!”

接着，下一秒，我就被人使劲拉了一把，不知道发生了什么，只听着传来东西摔碎了的声音。

心有余悸地抬起了头，这个如此温暖熟悉的怀抱，我怎么能不知道是谁呢?

齐凡慢慢放下了护着我头部的手，声音紧张地问道：“你没事吧?”

“没……没事。”比起刚刚惊险的一幕，现在面对着他，我更觉得手足无措。

离开了他的怀抱，我们同时往后看去，只见一个花瓶摔得支离破碎的，地上一摊水，还有一束花。

我不禁倒吸了一口凉气，还好有他，否则，我现在是否还能站在这里都不得而知。

听到了动静，旁边的工作人员走了过来，“怎么了?”

“你看看，你们以后摆放道具，一定要小心谨慎，也要考虑天气的原因，知道吗?”齐凡指了下地上，表情很严肃。

那个工作人员一看，连忙点了点头，“不好意思啊，齐总，我们一定会注意的。那你们赶紧离开这儿吧，我找人来打扫一下。”

“嗯。”

齐凡回头看了我一眼，低声说道：“以后要小心一点。”

我看着他走远了的背影，眼眶竟莫名地湿润了，我还有一句话想跟你说呢，齐凡，谢谢你保护了我！

齐凡走进了别墅里，看到了正在忙着置景的工作人员。他朝着二楼走了上去，看着那扇开着的窗户，他走到跟前，看着底下正在清理碎片的人。花瓶是从这里掉下去的，虽然刚刚他故意说是天气的原因，可如果花瓶摆放的位置是对的，那么还不至于这么轻易就被吹掉了，除非是有人……想到这儿，他皱紧了眉头。

他又询问了很多工作人员，问当时的情况，可大家都说人太多，有点混乱，什么都没注意到。无奈之下，齐凡只好带着疑虑先离开了……

今天晚上有点降温了，夜风也有些凉凉的，当楚晓磊被工作人员再次从冰凉的水里拉上来时，导演终于喊了声“咔”。这时，不断地有人过来，跟他说话，夸他敬业，演得好，他都带着笑容一一致谢。

见暂时没人过来了，他赶紧甩了甩头上的水，用毛巾擦拭着。正在这时，一个杯子递到了眼前，他有些疑惑地顺着看去，马上，没什么表情地低下了头，“你怎么来了，要是也来夸我的话，就不用说了。”

“很冷吧，快喝杯热牛奶吧!”韩晓颖柔声地说着。

楚晓磊一下停住了手上的动作，重新抬起头来看着她。

“怎么了，该不会是冻傻了吧，我专门给你准备的，给。”她调皮地伸手在他的眼前晃了晃。

这一瞬间，楚晓磊突然有些慌乱了，不敢再看她的眼睛，只是随手接过了杯子，默默地喝了起来。

“来，你喝着，把毛巾给我。”

“干吗啊?”

韩晓颖没说话，拿过了他手里的毛巾，慢慢地帮他擦着头发，“这样不就两不误了吗? 呵呵，现在怎么样，暖和点了吗?”

“嗯。”虽然只是简单地应了一声，可却掩盖不住他内心渐渐涌起的喜悦之情……

我来到了片场，准备去看楚晓磊和韩晓颖的拍摄状况。

刚走了几步，就碰到了李晶晶，她把我悄悄地拉到了一边，跟我说刚才杜青去找她了，言语之间的意思就是想让她改剧本，把晓颖演的那个角色写得坏一点，不过她拒绝了。

经过反复的思考，我还是来到了某个拍摄场地，注视着正在拍戏的杜青。

等到她拍完了，我才走上前去，叫住了她。来到了一个角落里，我先开口了："我觉得你演技挺不错的，为什么不好好专注于自己的角色呢？"

"这跟你有关系吗？"

"没关系的话，你觉得我会在这儿浪费时间吗？"

"消息还挺灵通的，不过，我乐意，你管得着吗？"

听了她的话，我又靠前了一步，定定地看着她说："我只说一次，好好演戏，不要再在背后耍什么手段。有什么，你就冲着我来，记住了！"说完，我头也不回地离开了。

杜青恼怒地盯着那个逐渐走远了的背影。

有些微凉的天气，不过却很舒爽。经过了两三天的阴云密布，今天终于见到了太阳，楚晓磊不自觉地走到了另一个拍摄现场。

看了一会儿正在拍摄的戏份，没有发现那个身影，他便往休息的地方走去。

刚走到跟前，他就注意到了那个歪着的脑袋，阳光映着白净的脸庞，闭着的眼睛，两排浓密的小刷子静静地躺着，平稳的呼吸声传来。

真是，一点都没有偶像包袱，居然就这么睡着了，唉……

找了下周围，没看见小毯子，楚晓磊脱下了外套，轻轻地一点一点地盖在了韩晓颖的身上，看到她舒适的模样，忍不住笑了。

一个静静地沉睡着、陷入了梦乡的可爱女孩，一个静静地注视着、脸上浮现着灿烂笑容的帅气男孩，一起沐浴着阳光，这个画面，不能更美好了！

第四十一章
再次靠近

最近高扬和赵露要来客串了。找到了李晶晶之后，我问了她，得知楚晓磊和韩晓颖的角色分别会跟高扬和赵露有对手戏，我挺高兴地回去告诉了他们俩，让他们要好好珍惜这次学习的机会，多向高扬、赵露请教。

下午，我抽空来到了化妆间，里面只有一个人在，那清丽脱俗的身影，连我都不自觉地被吸引了。

“你打算一直站在门口偷瞄我吗？还是下一步你打算拿出手机来偷拍了呢，呵呵。”

我听了，笑着走了进去，“我怕打扰你嘛。”

“你还有怕的时候啊？快坐吧！”赵露指了下旁边。

坐下后，我不禁手托腮，侧着头盯着她。

“干吗这么看着我？”

“你说你怎么养的啊，越活越年轻了。”

她一下被我逗乐了，“少来，你不也是吗，娃娃脸小美女，哈哈。”

我立刻用手捧住了脸，“说得人家都不好意思了。”顺便还朝着她抛了两个媚眼。

她耐不住，搡了我一把，“再在我面前卖萌，就把你请出去了啊！”

看着现在的她，回想起以前我们互相不喜欢的时候，不禁感慨，原来随着时间的沉淀，往日所谓的对与错，都显得有些青涩稚嫩。经历了许多事后，才发现每个人身上都有着独特的美好，只是以前我们衡量的标准太过狭隘。

“想什么呢？”

“哦，我还想问你，跟晓磊和晓颖他们合作，感觉怎么样？”

她很认真地说："晓磊比以前有了很大的进步，看得出他在改变，而且他也很享受这种感觉。晓颖呢，因为我是第一次跟她合作，虽然是新人，但是很有礼貌，演戏也很有灵性，基本上我点一下，她就明白了，还能加进自己的理解，挺不错的，你没看错人。"

"听到你中肯的评价，我就放心了。"我动作夸张地捂住了心口。

……

下班时，下雨了，而且越下越大，小雪无助地站在门口，忽然一把伞撑在了面前，是蒋健安。小雪故意不理他，他脱下外套，披在了她的身上，低低地说："穿上吧！"

小雪刚要拿掉外套，蒋健安却直接轻柔地拿起她的胳膊，小心翼翼地帮她穿上了外套。

"你还是我认识的那个蒋健安吗？"

蒋健安脸上浮现出阳光般的微笑，那样的笑容，仿佛能驱散所有的乌云。

"你没听说过吗，总有一个女孩，会让一个男孩心甘情愿地为了她而改变，只为了能对她更好！现在，我就是那个男孩，而你，就是我命中的那个女孩！"

小雪听后，只觉得心头溢满了幸福的感觉，她甜甜地笑了。

两人同打着一把伞离开了，蒋健安怕小雪会淋到雨，半个身子都在外面……

今天杜青要拍淋雨的戏，由于只需要背影部分，她想到了一件事。

到了化妆间后，她找到了韩晓颖，装作身体不适，请求韩晓颖替她拍一下。虽然有点犹豫，可看到了杜青难受的样子，韩晓颖还是答应了。

当从奇奇那儿得知晓颖淋了很多水后，我着急地赶到了休息室，看到楚晓磊正递了杯热水给韩晓颖，我赶紧走了过去。

看着她泛紫的嘴唇，发白的脸庞，心顿时难受起来。我拿过了楚晓磊手上的毛巾，一点一点给她擦着头发上不断滑下来的水珠。

"晓磊，你去找个吹风机来。"

"嗯。"

韩晓颖一口一口地喝着热水，接着，似是注意到了我的表情，她带上了笑容，"婉云姐，我没事的。"

这样懂事，总是为别人着想的她，怎能不让人疼惜！

楚晓磊拿着吹风机回来了。

刚刚由于急着赶来看晓颖，还没有好好地找那个杜青说一下，不行，我还是得去一趟。想到这儿，我看着楚晓磊说："来，你先帮晓颖把头发吹干了，我有点事要去处理一下。"

"嗯，知道了。"

楚晓磊插上了吹风机，缓缓地帮韩晓颖吹着头发，"烫吗？"

"有点。"

时不时偷偷地看着镜子里那个认真温柔的他，韩晓颖心里默默地笑了。

注意到了装作不在意，却不断地瞟过来的眼神，楚晓磊一下乐了，故意说道："我就那么好看吗，唉……"

韩晓颖听了，有些慌乱地握紧了杯子，脸上也渐渐有了血色。

化妆间里，杜青正在生闷气，不过想到韩晓颖刚刚冻得瑟瑟发抖的模样，她又笑了。

"还能笑得出来，佩服。"

杜青转头去看，见是赵露，便先站了起来，"赵露姐，你怎么过来了？"

"刚刚的事，我都听说了，你不是生病了吗，怎么还好好的坐在这儿，不赶紧回去休息呢？"

杜青一听，索性换了一副样子，直接坐了下来，"都叫你女神，还真以为自己是女神了，哼哼，不过是个大龄女青年而已。"

赵露没有生气，径直走到了她的跟前，看着镜子里的她，笑着说："那你认为，谁才是女神？"

"你不会自己看吗？"

"你说的该不会是你吧？"

杜青斜看了她一眼，"这还用说吗，我比你年轻，比你漂亮，比你红，你说你，干吗非要逼人说实话呢？"

"是啊，确实没什么可说的，可我比你睿智，比你有气质，比你知名，小丫头，在你这个年龄时的我，就已经懂得了什么是平常心。看来，那个时候的我，就已经比你有智慧了，呵呵。"赵露淡淡地笑了一下。

"你！"

"好了，言归正传，我虽然是来客串的，可我也跟齐凡、王嘉明他们是多年的老朋友了，我最不喜欢的就是，在我演的戏里有人不专心研究角色，反而有心情玩些杂七杂八的，以后，多多专注于角色吧！"

赵露拍了拍她的肩膀，便往门口走去，临出门前，她又回头看了一眼脸色黑沉的杜青，“只要我一天不从神坛上走下来，你就别想站上去，后会有期！”

杜青气得推掉了桌子上的所有东西。

赵露出来后，正走着，突然就被一个人挡住了去路，她有些吃惊地看着眼前的人，脱口而出：“你怎么在这儿？”

“我来探班啊，不过，不巧，刚好看到了女神发威的一幕。”王嘉明带着笑意。

赵露瞥了他一眼，准备绕过去，这时，王嘉明又开口了：“你平常都是这么对待你的粉丝吗？”

“当然不是了。”

“我就知道，你那么心软，怎么舍得呢？”

赵露无奈地看着他，有些不快地喊道：“让开！”

谁也没想到下一秒，王嘉明竟然一把把她搂进了怀里，赵露整个人都呆了。

过了一会儿，她使劲搡了搡他，“赶紧松开啊，不然我可喊人了。”

“现在我可是你的头号粉丝，我要一个只属于我的礼物，10 秒钟，10，9……”

赵露本以为他是在开玩笑的，可他竟真的数了起来。

王嘉明边抱着她，边倒计时着，到了“1”时，他仍然舍不得松开手。

“好了，1。”赵露替他喊了出来。

没办法，王嘉明只好放她离开了怀抱，“谢谢我的女神！”

赵露没有说话，只是捏着衣服的手，出卖了她此时慌乱的内心……

同样很震惊的还有走廊另一边的一个人，那就是我！

打听到杜青回化妆间了，我便赶了过来，可刚走近的时候，就看到了不远处的王嘉明和赵露。本想直接走过去打招呼的，可那突如其来的一抱，让我连眼睛都不眨了，腿也不听使唤地停下了，这什么情况?！

就在我还愣愣出神的时候，他们已经准备转身走过来了，怎么办，是躲还是不躲呢？

就在这时，我突然被拉了一下，整个人都靠到了旁边的墙上，我有些晕乎乎地看着眼前的人，惊呼出声：“怎么……”

他一看，赶忙用手在嘴前比了一下，“嘘！”

我看着，立即乖乖地噤声了。

齐凡见我不说话了，便悄悄探头往那边看了一眼，紧接着，他就把我拉到了墙角里，用手扶着墙，头低低地挨着我的头。

我的心跳一下爆表了，断断续续地说：“你……你干吗……”

他靠近了我的耳边，“他们过来了，你想被发现吗?”

我顿时一副欲哭无泪的表情。

“那就安静地待着!”

听着逐渐靠近的脚步声，我的心也提到了嗓子眼上，这要是看见了，不管是他俩，还是我俩，该怎么解释啊!

就在我还心神不定的时候，齐凡的头又低了一点，感觉到他的呼吸近在咫尺，我已经不知道该说些什么了，大脑一片空白。

过了好一会儿，见还没动静，我小声地说：“他们走远了吗?”

齐凡忽然笑了起来，“早就走了。”

我一听，气得一把推开了他，“又耍我。”

他看着我的样子，慢慢收起了笑容，“以前，你也是这个表情。”

我被他看得有些不自在了，脸开始发烫了，为了避开他的目光，我赶紧什么都不管地逃开了。

齐凡望着那个离去的身影，灿烂的笑容，也重新回到了脸上。

……

因为那天淋了太多的水，又没有及时采取保暖措施，韩晓颖生病了。

正在她一边打喷嚏，一边还在看剧本时，楚晓磊拎着保温桶过来了。他摸了摸韩晓颖的额头，微微皱起了眉头，“好像有点烫，你是不是发烧了?”

“没……没有啊!”

“我不管，一会儿再看。先把这个热汤喝了，发发汗。”楚晓磊拿过了她手里的剧本，把保温桶塞给了她。

看着她喝了下去，楚晓磊也松了口气，柔声地说：“如果实在是坚持不住了，你一定要告诉我，知道吗?”

心里莫名地升起一股暖意，韩晓颖感动地点了点头。

第四十二章

誓言

齐凡刚来到片场，就碰到了一个让他心情复杂的人。

随后，两人找了个地方坐了下来，“已经过了这么长时间了，呵呵。”高扬先发话了。

“是啊，晓磊都长大了。”

“嗯，齐凡，你知道的，我一向不喜欢过问别人的事情，可是这件事情是关于她，我就不得不问了。”

齐凡没有说话，像是默许了。

高扬沉思了一会儿，才说道：“我不想知道当年你们为什么会分开，我只想知道现在，你还惦念着她吗?”

“你呢?”

“呵呵，你还记得当年我跟你说过什么吗?别放松警惕，如果我再看见她哭红的双眼，黑骑士就不存在了。”

齐凡笑了，“我没忘记，现在的她，是自由的，只属于她自己，这意味着你也有同等的机会，你不用想太多了，随心去做吧!”

“看来你对自己很有信心!”

“无论如何，我都希望她快乐!”

高扬但笑不语，只是认同地点了点头……

刚下过雨，气温又降低了不少，可今天，晓颖还要在户外拍骑马的戏，想她还没有全好，我不禁有些担心起来。

由于是个长镜头，我和楚晓磊都站到了另一边，等着她和杜青骑马过来。

就在等着拍摄的间隙，杜青看了看韩晓颖，“你病好了没?”

“好多了。”

“是啊，有个那么厉害的经纪人照顾着，能不好得快吗?”杜青阴阳怪气地说。

韩晓颖不明白地看着她，“你什么意思?”

“意思就是，有什么样的经纪人就有什么样的艺人，看你的样子就知道，她也好不到哪去。听说她以前跟齐凡是恋人，不过不知道什么原因分手了。不过，想也知道，肯定是齐凡发现了她的真面目，一脚把她蹬了呗，哼哼。”

听了她的话，韩晓颖一下生气了，她定定地看着杜青，“你能别胡说八道吗?”

“我胡说八道，不信，你可以问齐凡身边的文文姐去。”

“我只相信婉云姐说的。”

“哼哼，也是啊，你俩本来就是一路货色。”

韩晓颖这次是真的火冒三丈了，说她可以，可不能伤害对她那么好的人。

她一把抓住了杜青的胳膊，“你最好道歉。”

可没想到，杜青居然看着她，冷笑了一下，接着，下一秒就发生了让韩晓颖措手不及的一幕。只见杜青挣开了她的手，忽然自己往一旁倒去，她想抓，可是却没来得及。

紧接着，就传来了杜青的喊叫声：“啊!”

听到了那边的哭喊声，我和楚晓磊，还有导演都着急地赶了过去。

跑到跟前，就发现了躺在地上的杜青，而韩晓颖还没回过神来。

“这怎么回事?”导演发问了。

杜青一看我们来了，马上可怜兮兮地抬起了手，指了指韩晓颖：“我问她病好点了没有，可她却说要不是上次替我拍摄，她也不会生病了，我给她道歉，她还不愿意。结果刚刚，趁着还没开拍，她就使劲推了我一把。”

知道事情肯定不是这样的，我赶忙过去，帮着韩晓颖下了马。

“事情不是这样的，是她先说了难听的话，而且我根本就没有推她。”韩晓颖理直气壮地说着。

杜青依旧面不改色，“哦，是吗，那你跟大家说说，我说了什么难听的话了?”

韩晓颖猛地被问住了，回想起那些伤人的话，她默默地看了我一眼，以前每次都是你保护我，这次，就让我来保护你吧!

“晓颖。”我轻轻地唤了她一声。

可她却始终没有再开口。

楚晓磊深深地看了韩晓颖一眼后，低沉而有力地说："我相信你！"

望着他，韩晓颖的鼻头有些发酸。

大家扶着脸色铁青的杜青离开了。

我缓缓地拍着她的背，坚定地说："无论什么时候，还有我挡在前面，不要害怕！"

……

蒋健安约了小雪去游乐园，两人玩得十分开心，后来，蒋健安提议去坐摩天轮，可小雪恐高，有点不愿去。

"没事的，有我呢！"蒋健安耐心地安慰着小雪。

磨了半天后，小雪才有些战战兢兢地坐了进去。

门一关上，摩天轮开始转了起来，小雪害怕得不敢往下看。

蒋健安温柔地揽着她，"胆小鬼。"

小雪嘟着嘴白了他一眼。

当摩天轮快转到顶端时，蒋健安突然起身离开了座位，小雪纳闷地看着他。

"你看那个！"蒋健安指了一下外面。

小雪顺着他指的方向看了过去，"什么都没有啊？"她边嘟囔着，边回过了头。

可眼前的一幕，才真的让她吃了一惊。

只见蒋健安单膝跪地，手上还拿着一个小盒子，那样深情地凝望着她。

"你……你干吗？"小雪有些语无伦次了。

蒋健安笑了，"小傻瓜，还能干吗？"

就这样对视了一阵，蒋健安慢慢收起了笑容，表情变得异常认真起来。

"小雪，我知道你为我付出了很多，可以说，没有你的鼓励和陪伴，就没有今天的我。我实在是不能再等了，我想成为你的家人，成为可以让你信赖依靠的……丈夫！我知道我还有许多的不足，可我承诺，未来的日子里，如若能够有幸拥有你，我必会努力成为你心中所期待的样子，请你给我一个机会好吗？"

听了这番话，小雪的鼻子有些发酸了，眼泪也开始在眼眶里打转，她哽咽着说："健安，你想好了吗，我比你大，现在的我们都还年轻，或许你不在乎。可是随着时间的推移，我可能会比你老得更快，到那个时候，你有着成熟的魅力，可是我呢，我不知道那个时候会是什么样的。"

"我不会老吗？如果我老眼昏花了，比你还看不清，听不见，你会不要我吗？"

"当然不会了。"

“那我也不会，我认定了是你就是你，这辈子，我要全心全意对待的人，有你足矣！”蒋健安的眼里也含着泪。

小雪的心里涌起阵阵感动，可她还是装作认真地看着他说：“我可不是那么好糊弄的，将来，如果你做不到的话，我就不要你了。”

“你不要我的话，我现在就从这儿跳下去。”他说着，真的往门边移去。

小雪吓得赶紧伸出了手，“愿意，愿意，我愿意！”

“我还没问呢？”

小雪听了，一下破涕为笑，“我看，咱俩是这世界上最乌龙的求婚了吧，哈哈。”

“好了，好了，别闹了，我还有一句话没说呢。”

憋住了笑，小雪重新摆好了姿势。

“小雪，你愿意嫁给我吗？”

“嗯。”她郑重地点了点头。

随着戒指戴在了手上，小雪的脸上也绽放出了幸福的笑容。

蒋健安坐了回去，紧紧地把她搂在了怀里，“从今天起，我就是你的老公了！”

“从今天起，我就是蒋健安的老婆了，呵呵。”看着手上的戒指，小雪心里抑制不住地想笑。

回想起过往的种种，蒋健安轻柔地转过了小雪的脸庞，慢慢地吻上了她的唇。在摩天轮到达最顶端的时候，一个幸福甜蜜的吻就定格在了这一瞬间……

第四十三章
刻骨铭心

最近我常陪着楚晓磊和韩晓颖去拍杂志或是接受采访，看到他俩有说有笑的，我也开心起来。

这天我答应了高扬的邀请，跟他一起去喝下午茶。

“你最近真是比我还忙啊，想见你一面，太不容易了，呵呵。”高扬打趣地说。

“唉，我倒真希望能好好休息一下，哪怕只有那么一天能做点自己想做的事也好啊！”

我们又随便聊了一会儿，见我放松了不少，高扬便默默地拿出了一个盒子，放到了桌子上。

我有些疑惑地看着他，“这是……”

“你打开看看吧！”

随着盖子打开的一瞬间，我忍不住喊起来，“好漂亮的项链。”

高扬专注地看着我，“这款是我独家定制的项链，送给你的！”

“不行，这个礼物太贵重了，我不能收。”

“婉云，你知道迄今为止，我最后悔的一件事是什么吗？”

我微微摇了摇头。

他的眉头有些拧了起来，像是陷入了回忆之中：“我最后悔的就是，明明在同一时间遇到了你，可我却就这样错过了你！在我的人生中，你是第一个让我知道了什么才是真正的快乐的人。我一直在努力地争取，可没想到，你选择了齐凡。不过，只要你开心，我怎么样都可以。可是后来，你们竟然分开了，我不知道具体是什么原因，可我不想伤害你，也不想伤害齐凡，所以，我选择了默默地守护着你。可是今天，我想说出来了，无论结果如何，至少你以后可以想起，你的人生中，也曾有人这样心甘情愿地保护过你！”

不得不说，高扬的这番话，真的让我很感动。他总是在关心我，帮助着我，这些点滴我都记在心里，可是，我还是要对他说这句话了。

“高扬，对不起，这个我真的不能收下！”

我边说着，边拿出了脖子上一直戴着的东西。

他看到后，整个人都呆了一下，接着陷入了沉默之中。

“高扬，你知道我在国外的3年是怎么过的吗？我每天看着他的报道、杂志、节目，没有一刻是不想他的！每天晚上我都要抱着他送给我的抱枕才能睡得着，齐凡……是我的全部！”

眼泪突然不受控制地夺眶而出，我赶紧拿出了纸巾，低下了头，努力克制着。

高扬看着我的样子，尽管心里也很难过，可他还是安慰着我：“好了，别哭了，我说了，只是想让你知道，并不想勉强你什么。从今以后，他还是你的全部，我还是你的好知己，好吗？”

泪眼朦胧地抬起了头，我感激地看着他，“高扬，真的真的很谢谢你！”

他则依旧带着初见时那温和的微笑，那么温暖，那么沁人心脾。

……

“哥，我最近好烦啊！”楚晓磊刚走进齐凡的办公室，就开始嚷嚷起来。

“谁又惹你了？”

“还不是你那……”他欲言又止地看了齐凡一眼。

“想说就说吧！”

楚晓磊坐了下来，盯了齐凡一会儿，才问他：“哥，你跟我说实话，当年蒋婉云骗了你，还离开了你，你就真的一点也不恨她？”

听了这个问题，齐凡放下了手中的笔，想了一阵。

“曾经我也是这么认为的，所以我每天都想着要去恨她，结果没想到，反而让自己每天多爱了她一点。最后我才发现，那3年以来，我竟没有少爱她一分一秒，反而更深深地将她烙印在了我的心上。虽然分手的时候，她说过，她已经厌烦我了，不想再继续下去了，可是，时至今日，我还是能明确地感受到，蒋婉云，是我的所有！”

那样认真、深切的表情，楚晓磊还是第一次见到，同时，他也注意到了，齐凡眼里有些亮晶晶的东西。或许，在乎一个人，就是这样的吧，想起她时，会开心地大笑，也会心痛得想流泪!

怕再触及齐凡的伤心事，楚晓磊只好去找高扬了。

来到了高扬家，他随意地往沙发上一靠。

高扬把水放在了他面前，笑着坐了下来，“你最近不是都挺忙的吗，还有时间乱窜。”

“心情有点不好，休息一下不行啊!”

“要不要说出来，看看我有什么能帮你的。”

楚晓磊摆了摆手，“你自己都自顾不暇了，还帮我呢?”

高扬瞪了他一眼。

“还不承认，佳华哥都跟我说了，你还好吧?”

“他啊，真是……唉，实话跟你说吧，前两天我跟婉云表明心意了。”

楚晓磊一下来了精神，“啊，那她怎么说?”

高扬想了一会儿，还是把原话告诉了楚晓磊，他听了之后，也微微地叹了口气:“其实，我也去找过我哥了，你想知道他怎么说的吗……”

高扬听了楚晓磊的话，如释重负地笑了。

“你以后打算怎么办呢?”楚晓磊有些担心地看着他。

“还能怎么办，只能好好地当她的知己喽，呵呵。”

看着高扬的笑容，楚晓磊小心翼翼地问道:“不会不甘心吗?”

高扬微微摇了摇头，“说实话，我很羡慕他俩的感情，所以我不想去破坏这份刻骨铭心的爱情。”

“那你说，他俩还能在一起吗?”

高扬伸手弹了一下楚晓磊的额头，“傻子，他俩有一刻是不在一起的吗?其实不管是 3 年，还是 6 年，他俩都从未分开过，因为他们的心已经融为一体了，只有彼此!”

“说得我也好羡慕。”楚晓磊边摸了摸额头，边摆出一副想哭的表情。

“你也会遇到的，好了，想吃点什么，我给你露一手。”

“什么都想吃!”

……

我正忙着呢，晓颖来了，“难得休假，你还跑来公司?”

“我想你了嘛，给你带了好吃的，呵呵。”

我笑着接过了她手里的东西。

坐下后，晓颖望着我，一副欲言又止的模样。

“晓颖，你是不是有什么话要跟姐说？”

接着，韩晓颖把那天杜青跟她说的话告诉了我。

气氛就这样安静了下来，过了一阵，韩晓颖轻声说：“婉云姐，虽然不知道什么原因，可凭我对你的了解，我知道，你离开齐凡哥，一定有不得已的苦衷，对吗？”

我深深地叹了口气，“其实，当时我到齐凡的身边时，确实有着其他的目的。可是没想到，我真的爱上了他。后来，正当我打算告诉他真相时，有人找到了我，逼我离开他，那时的我，真的很无助，唯一能想到的一件事就是，我要保护他，尽管他会怨我，可为了他一切都好，我只能那么做了。”

韩晓颖听着，眼前逐渐变得雾气蒙蒙的，她握紧了我的手。

一直站在门口的齐凡，整个人都还沉浸在刚刚听到的真相里，难以回神，原来真的是我错怪你了，你当年说的都不是真心话，他有些站不住了，步伐缓慢地离开了。

其实那天，齐凡是为了下一部戏的合作之事去王嘉明公司的。听到那些话后，几天来他久久不能平静，心情十分复杂，虽然知道了当年的真相，可他不禁在想，此时的她，心里是否还有我呢？

晚上，齐凡回到家，苏清梅拉他坐下，很认真地问他：“小凡，你跟妈说实话，你是不是还喜欢蒋婉云？”

齐凡很郑重地点了点头。

“有多喜欢？”

“已经喜欢到不能用言语来表达了，呵呵。”

苏清梅听了，默默地叹了口气：“唉，我是老了，管不了那么多了。妈听晓磊说，蒋婉云对他挺好的，我看晓磊的变化也挺大的，以后我也学你爸，省得他老说我不会看人。”

齐凡喜上眉梢地搂住了她，“妈，你的意思是……”

“还能什么意思，这么多年来，很少看到你的笑容，妈能高兴吗？你就选择你喜欢的吧，你开心了，我们这个家才能开心嘛。”

“谢谢妈，你太好了！”齐凡边说，边亲了苏清梅一下。

苏清梅也笑了，原来很多事，用心去感受，随心去接受，会这么快乐，呵呵……

齐凡从房间里出来后，跟齐圣民来到了书房，齐圣民先喝了口茶。

"你和婉云现在怎么样了?"

齐凡不知该怎么回答。

"不管你们以前发生过什么事，我觉得婉云这个孩子还不错，我看人一向很准的。"

"爸，你到底想说什么?"

"有件事你肯定想不到。当年，你们分手以后，我找过王嘉明，让他要好好地照顾婉云。当时，他说他也早有这个想法，想帮助婉云出国深造。我觉得有时候分离也不是一件坏事，你们都需要成长，所以我就鼓励他去做。而现在，你们都更加成熟了，而你也更有担当了，我觉得是时候了，小凡，把她找回来吧，爸爸希望你不要错过幸福，知道吗?"

齐凡感动地望着齐圣民，回想起来，要不是那次带她来自己家，或许，我现在还不能和爸爸这样静静地聊聊天，谢谢你，蒋婉云!

第四十四章
深情相拥

辗转反侧了一夜，齐凡终于鼓足了勇气，拨通了一个电话。

来到了约定的地点，坐下后，我看着他，不禁在想，虽然我回来都快两年了，可像这样面对面坐着聊聊天的情景却是头一回。

“好像从你一回来，我们都忙忙碌碌的，难得有时间这样坐着。”齐凡先开口了。

“我是怕你不愿意，呵呵。”我半开玩笑地说着。

“你知道，我爸我妈都跟我说了什么吗?”齐凡的表情忽的认真起来，“我妈说让我选择自己喜欢的，我爸说让我不要错过幸福……”

他说这话时，眼神定定地锁住了我。

“那你呢?”想了半天后，我还是问出了这句话。

他没有回答。

看来他还没能释怀，怕再待下去，我会控制不住地想流泪，“那个……我先走了。”

什么都不顾地站起了身，我快步地离开了。

可还没走几步，就听到了一个喊声，“蒋朝露!”我猛地停下了脚步，有些不可置信地转了过去。

只见齐凡已经赶到了跟前，他满眼深情地看着我，“我有个问题想问问这个曾叫蒋朝露的女孩，可以吗?”

心狠狠地拧了起来，眼泪也瞬间布满了眼眶，我努力克制着。

“我想问她，一个叫齐凡的大呆瓜错怪了她这么久，她还怪他吗?”

我的声音已经有些抑制不住地颤抖了起来，“她从来就没怪过他，因为她的大呆瓜，永远是最好的!”

齐凡的眼前也变得雾气蒙蒙的，他有些哽咽地说：“那蒋婉云呢?”

我目不转睛地盯着他，尽管眼泪已经多得让我有些看不清他了，可我还是想像以前一样，努力记住他每个眼神，每个表情，每个样子，因为我们已经分开 5 年了。犹记得分开的前一天，他给了我多少温暖和感动，那个让我刻骨铭心的求婚，还有分开那天，那撕心裂肺的痛楚。

带着所有的回忆，我缓缓地开口了：“她说，她的心里永远有一个最重要的位置，满满的都是你，从来都没有变过!”

我边说着，边拿出了一直戴在脖子上的项链，齐凡在看到的那一秒，整个人都惊呆了。

只见项链上拴着两个戒指。他猛地回想起那天，他把所有的戒指都扔进了垃圾桶，原来，原来……心突然疼得要窒息了，仿佛亲眼看见了一个女孩正哭着在垃圾桶边翻找的样子。

我拿着项链，嘴角含笑，深深地望着他，“大呆瓜，那是我们的对戒，刻着我们爱的誓言，我怎么能让它们躺在垃圾桶里呢?”

话音刚落，我就猛地跌入了一个结实的怀抱里，那么熟悉又温暖的怀抱，泪水一下喷涌而出，我紧紧地抱住了他，像个孩子般的大哭起来，“大呆瓜……我真的真的好想你!”

他默默地收紧了双手，眼泪也止不住地流着，“我更想你，小呆瓜!”

这个久违了的拥抱，像是治愈了过往的一切伤痛，此时此刻，我终于可以什么都不想地开心着，什么都不想地享受着，什么都不想地幸福着!

许久之后，耳边又传来齐凡低沉的嗓音，“谢谢上天把你送回了我的身边，我很感激!”

“我更感激，呵呵。”我边说，边露出了幸福的笑容。

他听着，也笑了。

这样由心而发的快乐，我们已经多久没有拥有过了，就一直这样下去，该有多好!

虽然这样盼望着，可我突然想起了，我还没有查清整件事情的来龙去脉，还不能掉以轻心。因为怀疑这个人应该就在我们的身边，我慢慢地离开了齐凡的怀抱，认真地看着他说：“大呆瓜，你先不要把我们重新在一起的事情告诉别人，尤其是你身边的人，好吗?”

他微微皱起了眉头，“为什么?”刚说完，他就想起了上次的花瓶掉落，还有最近发生的许多事，渐渐地也有些明白了，“那好吧！不过，你要答应我，如果有什么事，不要再自己扛着了，要告诉我，知道吗?”

“嗯。”我点了点头。

虽然应承了他，但那次的分别已经伤他太深了，不想再让他受到任何伤害，况且文文也跟着他这么长时间了，如果他知道了，一定会很难过的。想到这儿，我决定先不告诉他以前发生的事，只要他现在能平平安安、快快乐乐的，我就心满意足了。

……

虽然气温骤降，有些寒冷，可依然挡不住蒋健安和小雪的脚步。

他们携手一起走进了民政局，坐在了椅子上，开始等待着。

“领了结婚证，我们可就是合法夫妻了啊，你可就别想跑了。”蒋健安边说，边握紧了小雪的手。

从他微汗的手心里，小雪感受到了他激动又紧张的内心。其实，她也是这样的，只是没有表现出来。

看着一对对情侣接连走了进去，快到他们俩了，小雪忽然松开了蒋健安的手，站了起来。

蒋健安吓了一跳，也跟着站了起来，小声地说：“你干吗啊?”

“我突然不想结了。”

“啊？不是吧，我求求你了。”

小雪憋着笑，装作面无表情地看着他，“一会儿进去，人家一看我比你大，你还长得这么帅，唉……”

“让他们看去，让他们羡慕去。再说了，你长得像个小女孩似的，不知道的，还以为我拐带未成年人呢。”

“哈哈。”小雪一下笑出了声。

蒋健安看着，搂过了她，“这下高兴了吧，我跟你说实话，一会儿咱俩进去，他们肯定都得傻眼，见过这么配的吗？没有。见过这么天造地设的一对吗？没有。见过这么郎才女貌的吗？没有。3 个没有，轻松搞定。”

小雪笑着拍了他一下。

蒋健安拉着她坐了下来，重新握住了她的手，表情认真地看着她，“我知道你在担心什么，可我想跟你说，相信我，如果我做不到，我今天就不会站在这里。因为婚姻不是儿戏，在我心里，它是很神圣的，今天我牵着你的手走出这里，未来的每一天我就要信守承诺，承担责任，照顾你，保护你，体贴你，给你最好的爱，因为你是我的妻子！言尽于此，以后，我都会用行动来表达，而甜言蜜语也只说给你听，因为夸你，就是夸我，呵呵。”

不得不说，小雪被深深地触动了，虽然在心里还时常认为他是个孩子，可没想到他真的能明白婚姻意味着什么。这样好的男人，怎么能不牢牢地捧在手心里呢？想到这儿，小雪轻轻地在他的脸上吻了一下。

蒋健安愣了几秒钟，接着，就绽放了最灿烂的笑容。他揽过了小雪的头，让她靠在自己的肩膀上，“有一句话，我一直没来得及说，谢谢你愿意嫁给我！”

甜蜜的笑容渐渐浮现在了小雪的脸上，她挽紧了蒋健安的胳膊。

……

我向公司请了几天假，沉下心来，开始想着该从哪里入手调查当年的事。

慎重思考了许久之后，我觉得还是从头查起比较好。于是，我来到了我和齐凡第一次见面的地方——《遇见你》栏目组。

本来想找制片人的，可工作人员说她出国休假去了。不过，就在我到处询问，一筹莫展的时候，碰到了她的助理。他听说我当年也参加过节目，便很热心地请我到办公室里坐下，我问他当年有关于齐凡参加节目的事他还记不记得。

万幸的是，他说这件事他还记忆挺深刻的，因为齐凡是第一个来上他们节目的明星嘉宾。

我问他们怎么会想到要邀请齐凡来参加节目，他却给出了一个让我意想不到的回答。

“当年其实我们压根儿就没想过要邀请齐凡来上节目，因为我们知道以他的身份是不可能答应来参加的，那我们又何苦去碰一鼻子灰呢？后来，齐凡那会儿的经纪人杨玲来了，她是我们制片人多年的好友了，我们制片人跟杨玲诉苦说，节目最近遇到瓶颈了，不知该怎么办。杨玲一听，居然说她可以努力说服齐凡来参加，我们制片人当时激动得都快哭了。”

“那你是怎么知道的呢？”

“因为那天杨玲走后，制片人给我们开了内部会议，布置工作，这些是她亲口说的，还不停跟我们说，她这个好朋友太仗义了。”

听完后，我整个人都陷入了混沌之中，照他的说法，并不是齐凡以前跟我提过的，先有邀约，后来杨玲才去劝说他的，而是杨玲主动提出可以让齐凡来参加节目。

既然都没有邀约，杨玲又为什么要齐凡来参加呢，难道只是单纯地因为想帮朋友吗？

那下一步去哪呢？哦，对了，最了解杨玲的人，除了齐凡，应该就是王嘉明了吧，那去找他问问吧！

回到公司，王嘉明看到我很讶异，“你不是请假了吗？”

“嗯，请假了就不能来公司啦？”

“哪有人请假了还往公司跑的，这不摆明了你不想请假嘛，呵呵。”

我坐了下来，“因为我有点事想问你，嘉明哥，你对杨玲了解多少呢？”

他思索了一会儿，才开口说道：“杨玲啊，说句实话，你还别不相信，虽然这么多年了，但是我对她的了解还真不多。当年齐凡刚出道时，杨玲刚好来我们公司应聘，我觉得她这个人还不错，就让她去做齐凡的经纪人了。以前我也问过她家庭方面的情况，她只说她们家挺普通的，父母都是公司职员，因为涉及她个人的隐私，她不愿多说，我也就没再提过了。

不过，她对齐凡还真的不错。其实，当年齐凡在遇到你之前，跟我们的合约就将于一年后到期了。当时我就问过他，知道他有想自己开公司的打算，这件事杨玲也是知道的。不过，她也没有多说什么，也没有劝过齐凡要再跟我们续约。后来，齐凡就遇到了你，可没想到一年后，你们分手了，而且齐凡一度因此一蹶不振，这个时候，杨玲和文文她们都一直在鼓励着齐凡，当然，我也一样。等他振作起来，自己开了公司后，杨玲她们自然都过去帮他了。”

我一言不发地听着。王嘉明看着我的样子，有些疑惑：“你怎么突然关心起杨玲来了？”

“哦，她以前是齐凡的经纪人嘛。”

王嘉明以一副了然的表情笑了笑，“原来是爱屋及乌，想了解齐凡啊，呵呵。不过，还真应该感谢杨玲。”

“嗯。”我也笑了。

从王嘉明那儿离开后，我的想法不禁有些纷杂，还没能完全理出头绪来。

第四十五章

无法预料的危险

在家左思右想了两天，我决定再去一趟我原来工作过的报社。

找到了小雪，在小雪的安排下，我顺利见到了那位社长。可跟他聊了半天，他说他也不知道真正的老板到底是谁，只是每次都有一个男人跟他开越洋视频会议，传达工作事项，可那个男人也不是老板。

没有问到更多的情况，我只好拜托他，要是那个给他传达工作的人来报社的话，一定要通知我，因为我有些事情想向他咨询，没想到这个社长很爽快地答应了我。

本以为这件事情就这样了，可没想到，这天，我真的接到了他的电话。他说那个吴先生昨天回国了，一会儿要来报社，让我也赶紧过去。

我的心里重新燃起了希望，快速收拾了一下，就出门了。

等我到报社的时候，刚好看到一个人刚从社长办公室里走出来，我猜应该就是他了，我站住了脚步，等他走到了跟前。

我礼貌性地跟他打了个招呼："你好，吴先生。"

这个中年男人看起来很沉稳，他微笑地冲我伸出了手，"你好，请问你是?"

"我叫蒋婉云，以前也是这个报社的员工。"我也跟他握了下手。

"哦，蒋小姐好，我是吴本新，请问你有什么事吗?"

我镇定地看着他，"听社长说是你给他传达工作的，我能唐突地问一下，你是老板吗?"

没想到，他竟笑了，"哦，我不是，我也只是传达老板的意思。"

"那你能告诉我老板是谁吗？因为我有很重要的事想向他请教一下，这跟原来的老板许宁也有关系。"我想提到了许宁，他应该就会告诉我了吧！

他听了那个名字之后，果然表情有了变化，虽然转瞬即逝，可我还是捕捉到了。

“实在是不好意思，这个我不能告诉你，我还有点事，原谅我先失陪了。”

还是什么都没查到，唉。

刚走出报社，我的手机就响了起来，是高扬的电话。聊了几句后，我忽然想到，他认识的人多，或许会有办法，便拜托他帮忙查一下吴本新的事情，他很爽快地答应了，让我等消息。

……

酒店的落地窗前，站着一个人，他微皱着眉头，在思考着什么事。

后来，他还是打了个电话。

“喂，怎么样了?”电话那头先开口了。

“今天我去报社的时候，遇到了一个女孩，她叫蒋婉云，还问我老板到底是谁，她说有重要的事要向您请教，还说这跟原来的老板许宁也有关系。”

“你怎么回复她的?”

“我说不能告诉她，就先离开了。不过我觉得，她不像是个会轻易放弃的人。”

“哦？呵呵。”电话那头突然传来了笑声，“不会放弃，那我就偏偏要让她放弃。”

……

因为高扬答应帮忙，紧绷的弦也可以松一下了，我开始回公司上班了。

快下班时，高扬竟然来了，他说刚在附近工作完，就来看看我。

“一会儿一起吃个饭吧！我发现了一个新地方，就是稍微有点远。”

“好啊。”想到高扬帮了我那么多，再说他又是我的好朋友，我便欣然答应了。

来到了停车场，他冲我伸出了手，“车钥匙拿来，我今天坐保姆车过来的，没开车。”

“哦，那我开就行了嘛。”

“你这人，有免费司机还不用，是不是懵了?”

我听了，笑着把钥匙递给了他。

我们出发了，中途路过了一家便利店，我转头对他说：“先在这儿停一下，我想买个东西。”

“行。”他踩了一下刹车，可是居然没反应。紧接着，他又踩了几脚，还是没反应，车子依旧在向前开着。

见他没停车，我便有些疑惑地回头看他，谁知他竟表情严肃地看了我一眼。

“婉云，我跟你说件事，你先别害怕……刹车失灵了。”

我诧异地喊出了声："什么?"

"没事，你别紧张，我以前处理过这种情况，还好咱们现在走的这条路没有多少车，人也少。"

因为不想让他担心，我装作一副镇静的样子冲他笑了一下，"我相信你!"

虽然这样说着，可心里实在是没底，我有些害怕地闭上了眼睛。接着，就听到了他换挡和不停地拉放手刹的声音，感到了车速在慢慢地放缓，可我的手心却渐渐开始冒汗了。

时间在一分一秒地流逝着，终于，我好像感到车不动了，一下睁开了眼睛，果然，车真的停下了。

我激动地回头看着高扬，看到他头上隐隐约约的汗珠，我赶忙递了张纸巾给他，"还好有你在，不然的话……"

他也长出了一口气："你的车以前出现过这种情况吗?"

"没有，这是第一次。"

"那就奇怪了，好端端的怎么会突然失灵了呢?"

我也想不通地看着他，"那现在怎么办?"

"只能叫拖车来了，我再打个电话，找人来接我们，今天这顿饭看来是吃不了了。"

"抱歉啊!"

"傻瓜，这跟你有什么关系。你肯定吓坏了吧，快回去好好休息一下，不过，车肯定要修几天，你怎么上班呢?"

"没事，我让齐凡来接我就行了。"话刚一出口，我就有些后悔了。

他沉默了一会儿，才低声地问道："你们重新在一起了?"

"嗯。"我边说边低下了头，因为有些不知该怎么去面对他。

没想到，他竟笑了起来，"干吗这个表情，你不要有那么多的思想负担。其实，自从那天你跟我说了你的真实想法之后，我就知道，谁也不能阻挡你们俩在一起，所以现在，我仅从一个好朋友的角度，真心地祝福你们。还有，你要知道，有时候付出了，也不一定都想要回报的，至少我是这样的。呵呵，从今以后，我是蒋婉云的好朋友——高扬，除此之外，别无其他。你要再带着这个表情，我就再也不请你吃饭了。"

"啊?那可不行，哈哈。"听了他的话，我顿时也释然了不少，同时心里也很感激能有他这样的朋友，"高扬，真的很谢谢你，这么好的你，一定会遇到最好的她，我相信!”

“但愿如此吧，好了，我先打电话了。”

趁着他打电话的时间，我仔细回想了这件事。我前两天才去报社找过那个吴本新，今天就出现了这样的事，不知道这之间是否有关联。要是有关联的话，那说明他背后的那个人一定很不简单，不过，无论如何，我都不会放弃的!

回到家后，我给齐凡打了个电话，让他明天早上来接我，他语气欢快地答应了。

第二天早上，刚一下楼，就看见了他的车，坐进去后，我有些惊喜地看着他：“你几点来的?”

他叹了口气：“为了见你，天没亮就在这儿等着了，我容易嘛。”

听了他的话，我一下乐了，轻轻地在他的脸上吻了一下，接着，有些害羞地说：“快开车。”

谁想到，他只是带着灿烂的笑容看着我。

我有些不好意思地用手把他的脸转了过去，“看前面。”

他这才发动了车，路上我又想起了这几天的事，便问了问他：“大呆瓜，你觉得杨玲这个人怎么样啊?”

“挺好的啊，为人热心，工作负责。不过，有一件事你肯定想不到，因为我到现在还有点迷糊，呵呵。”

“什么事啊?”

“前段时间，杨玲和她爸爸一起来我们家做客了，你知道她爸是谁吗?”

我摇了摇头：“这我哪能知道啊?”

“她爸在美国可是商界的佼佼者，挺厉害的，而最意想不到的是，她爸和我爸是很多年的老朋友了。如果不是她爸这次回国来看我爸的话，或许我们到现在都还不知道他的女儿竟然是杨玲。”

听了齐凡的话，我不禁更加疑惑了，这怎么跟王嘉明跟我说的不一样呢，她为什么要隐瞒自己家庭的真实情况呢?

正当我出神的时候，齐凡的声音传了过来：“对了，你这几天忙什么呢，连见个面的时间都没有。”

“哦，公司里的事情太多了，呵呵。”

“知道了，那你要好好照顾自己，别太累了。不过，每天的电话不能少，听见了吗?”

“嗯，听不见你的声音的话，这一天还怎么过？唉!”我摆出一副欲哭无泪的表情来。

他笑着握住了我的手，“那就天天见面吧！”

被他逗笑了，我慢慢回握住了他的手。

第四十六章

接近真相

下午的天气，变得有些阴沉，正如我此时的心情一般，愁云密布的。

还在思考着这几天的事情时，敲门声响了起来。

“请进！”

门刚一被推开，我就一下站了起来，有些吃惊地喊出了声：“齐叔叔。”

“这么惊讶啊，呵呵。好久不见了，婉云。”齐圣民带着笑意。

我赶紧走了过去，“齐叔叔，你怎么亲自过来了，快进来坐下。”

“我刚好在附近处理完公事，听王嘉明说你现在在他的公司里上班，就想来看看了。”

等他坐下后，我给他沏了杯茶，也坐了下来。

“你这个孩子，当年就这么离开了，现在回来了，也不来看看我们。”

我面带歉意地看着他，“对不起，齐叔叔。”

我们又聊了一会儿后，他忽然很认真地看着我说：“婉云，其实叔叔今天来，还有一件事想跟你说，我们都希望你和齐凡能够和好如初，因为我们真的很喜欢你，而且最重要的是，我了解齐凡，这么多年了，他一直在等着你！”

听着这语重心长的嘱咐，我差点就想告诉他，我和齐凡已经和好了，可是想到目前还没有把所有的事情都弄清楚，我只好默默地点了点头，没有多说。

不过好在齐圣民看了之后，也没有再问下去。

想起了齐凡跟我说的杨玲父亲的事，我便趁此机会打听了一下，“叔叔，听说你认识杨玲的父亲，是吗?”

“哦，怀山啊，我们从小的时候就认识了，关系特别铁。不过说来也巧，我以前只听说他生了个女儿，不过没想到竟然是杨玲。要不是他前段时间从美国回来，说起要来看看我，可能杨玲到现在还不知道，她爸爸竟然和我是这么多年的老朋友了，呵呵。”

“是啊，有时候事情就是这么巧的，呵呵……那叔叔，你对他们家的情况了解得多吗？杨玲是我的朋友，所以我想多关心一下她。”

“上次他来我们家的时候，我倒是好好地跟他聊了一下，他说杨玲很小的时候，他妻子就因病去世了，所以他对这个女儿特别的疼爱，基本上是她要什么就给什么。他还说杨玲小的时候特别黏他，可后来他工作就忙起来了，没有那么多的时间陪她，现在，杨玲跟他的话也不多，很少回美国去看他，所以他只好亲自过来了。”

“哦，我知道了。”

“婉云，你要是什么事需要帮忙的话，就来找叔叔，不要见外。”

听着齐圣民的话，我真的很感动，可是想到了他和杨怀山是那么多年的好朋友，我真的不想破坏他们之间的情谊，而且现在整件事情还很扑朔迷离。想到这儿，我只是冲着他笑了笑，没再多问什么。

送走齐圣民之后，我好像想通点什么，可又不是太清晰，看来只能等高扬那边的消息了。

……

几天之后，高扬一脸笑容的来找我了。

“你要我帮忙查的事情，有眉目了。”他从袋子里拿出了几张照片和几张纸递给了我，“自从你那天跟我说了之后，我就拜托我爸帮忙查了一下，他认识的人也多。这个叫吴本新的人，回美国之后，就经常出入一家大公司。后来查了一下，这个公司的董事长叫杨怀山，这个照片拍的就是吴本新和杨怀山一起出行，看来吴本新应该是这个杨怀山的下属。”

听了他的话，再看了照片，我有些震惊了，因为怎么也没想到事情竟然会这样的。

高扬疑惑地看着我，“你怎么了？对了，这个杨怀山是谁啊，你又为什么要调查这个吴本新呢？”

我被他的话拉回了现实，微微皱起了眉头，“详细的情况我也还没有理清楚，不过，我感觉我当年的离开，包括最初去到齐凡身边，似乎并不是一件简单的事。”

“是吗，那要是还有什么需要帮忙的，你一定要告诉我。另外，那天你的刹车失灵不会也跟这件事有关系吧？”

怕他担心，我便笑了起来，“那只是个意外吧，别想太多了，我会照顾好自己的。”

“哦，对了，还有一张照片，你看了可能会更吃惊。”他又递了一张照片给我，“吴本新去美国之前，还去见了一个人。”

拿过照片，仔细一看，我确实瞪大了眼睛，“这不是……”

高扬严肃地点了点头，“没想到她居然会认识吴本新。”

“嗯，不过，这倒是个不错的突破口。”

听了我的话，高扬换上了笑容，“既然有进展了，那那天没吃成的那顿饭，我还能不能请客了？呵呵。”

“OK，我正好饿了，哈哈。”

晚上临睡前，我坐在书桌前，回想了这段时间以来所有得到的消息和所有发生的事情，心里总有一种感觉，整件事与杨玲，还有她父亲杨怀山脱不了干系。虽然他们从未直接露面，可每件事似乎背后都有他们的身影闪现，看来我已经越来越接近真相了。

今天难得出太阳了，我静静地坐在公司外的长椅上，沐浴着阳光，闭上了眼睛，倾听周围的声音，让自己散乱的心慢慢沉下来，这样我才能更冷静地作出判断。

长长地呼出一口气之后，我缓缓地睁开了眼睛，眼神中重新带上了以往的明亮和坚定。

我站起了身，向公司走去，不过快走到门口时，碰到了一个人，她刚从公司里出来。

我们隔了几步的距离，就这样定定地互相看着对方。片刻之后，我带着笑容走上前去，“你来了。”

“嗯，谈点合作的事。”杨玲也笑着。

“你知道吗，在我去到齐凡身边的时候，是你第一个关心我，那时我真的很感激你，之后我也很信任你。”说完之后，我收起了笑容，淡淡地看着她，“所有的事情都跟你有关系，对吗？”

她依旧带着笑容，“我怎么有点听不懂呢？”

“听不懂没关系，你可以继续伪装下去。不过，我郑重地跟你说一句，不要再伤害我身边的人，我会调查出结果。”

接着，我走到了她的身侧，冷冷地看着她，“这不仅仅是个预告而已，记住了！”

“哦，是吗？那我拭目以待！”

她微微降低了语调，说完之后，面不改色地迈开了脚步。与此同时，我也头也不回地向前走去……

杨玲开着车，回想了刚刚发生的事，像是突然想起了什么似的，然后，她掉转了车头。

敲开了赵露家的门，她走了进去，“赵露，齐凡让我来跟你谈一下合作的事。”

坐下之后，杨玲看着赵露，装作漫不经心地说道：“这么多年了，你怎么也不找个男朋友啊，这么美的人，岂不是可惜了。”

赵露本就与杨玲来往得不多，见她这么说，便有点不高兴了，只是脸上依旧带着微笑，“等着遇到合适的人呢，呵呵。”

“哦，是这样啊，也是，想要遇到适合自己的人，真的挺不容易的，咱们哪像人家蒋婉云啊，有那么好的运气，不仅齐凡对她念念不忘，连高扬、王嘉明，都对她照顾有加。”杨玲故意加重了“王嘉明”3个字。

赵露听了，果然脸上变了色，表情也不自然了。

杨玲一看，接着说道：“你还不知道呢吧，当年就是王嘉明送蒋婉云出国深造的，回来之后又让她当副总裁，对她可是好得很，这也就难怪蒋婉云会忘了齐凡了。”

“这跟我有什么关系，谈工作吧！”赵露有些不快地打断了她，可她的语气已经出卖了她此时的内心。

杨玲见她生气了，便默默在心里笑了一下，蒋婉云，我倒要看看，这是谁给谁的预告！

……

调整了一下心情，我走进了王嘉明的办公室。

“你来得正好，刚刚杨玲来谈合作的事了。”王嘉明示意我坐下。

“嗯，我碰到她了。”我边说边坐了下来。

“婉云，上次拍戏的时候，你有没有问问高扬和赵露，楚晓磊和韩晓颖表现得怎么样？”

“那当然了，我的女神说他俩表现得都不错。”

“你的女神？”王嘉明感到好笑地看着我。

“嗯，赵露啊，你不是说过她是很多人心目中的女神吗？”我想起了上次在片场看到的，便打趣地说，“也是你心目中的女神吧？”

王嘉明听后，渐渐隐起了笑容，叹了口气。

看着他的样子，我鼓起勇气问出了心中埋藏已久的疑问："嘉明哥，你喜欢赵露，对吗?"

他的眼神闪烁了几下，没有回答我。

"嘉明哥，我曾经跟赵露聊天的时候，她跟我说过，她的心里一直住着一个人，那个人……是你吗?"

他虽然没有回答，可从他的表情中，我已经读出了肯定的答案。

"我不是想探听你们的隐私，只是你们都是我的好朋友，我真的不想看到你们错过彼此，你能告诉我，你们到底发生什么事了吗?"

王嘉明沉默了良久，才慢慢地开口了："故事要追溯到我们的学生时代了……"

听他讲完后，我感同身受地沉默了。许久之后，我才说了一句："把她追回来吧，只要心中还有彼此，什么时候重新开始都不晚。"

他没有表态，不过从他的眼神里能看出来，他好像已经作了决定，坚毅的目光中还带着希望!

第四十七章
揭开谜底

准备了几天之后，我看着手机，拨通了一个号码。

“喂，是我，蒋婉云。”

“有事吗?”文文的声音里没有任何温度。

“听起来你好像不怎么想接我的电话啊?”

“彼此彼此。”

“我想和你见面谈谈。”

“没时间，我……”

“是有关杨玲的事，难道你不想知道吗?”类似的话语，此时却由我说了出来。

她忽然不作声了，过了一会儿，才传来了她的声音:“在哪儿见?”

“就在当初你跟我谈话的那个茶楼见吧!”

坐在一模一样的位置等着她，她走进包间后，看我坐在以前的那个位置上，表情有了些细微的变化。

我看着她，指了一下对面，“坐吧!”

“你有什么事就赶紧说，我忙着呢。”

“好吧，那我就开门见山了，你先看看这个。”说着，我递了两张照片给她。

她接过去看了之后，手抖了一下，这一幕被我尽收眼底，“这上面的人是你吧，你怎么会认识吴本新的?”

她有些诧异地抬起头看着我，“你怎么知道他的?”

“我在报社遇到他的，不过他的身份可不是那么简单的，看另一张照片了吗，知道他的老板是谁吗?”我明知故问地说。

她一下不吭声了，眼神慌乱地闪躲着。

“我问你，你和杨玲到底是什么关系?”

她依旧没有回答。我一看，一下站了起来，“好，那你就继续沉默吧。不过，你说要是我把这两张照片给杨玲看，她会有什么感觉，原来她最信任的人，竟然是她父亲派到她身边来看着她的，哦，不对，你还负责汇报她的情况吧，那我应该说‘监视’才对吧?”

她手中的照片一下掉落在了桌子上，第一次出现了不安的神情。

我转身迈出了一步，她突然一把拉住了我，“我是杨玲的远房亲戚。”

我停住了脚步，“你终于肯说实话了。”

我重新坐了下来，可她却又沉默了。

等了半天，我只好又开口了，“听说你和你男朋友快要结婚了，如果你还想继续保持你在他面前塑造的良好形象的话，就把真相说出来吧!”

文文猛地瞪大了眼睛，可以看得出来，这次她是真的害怕了。

“文文，现在你体会到当年你在逼我的时候，我那种痛彻心扉的感觉了吧? 当年我会妥协，会答应离开齐凡，是因为我要保护他，而不是因为我害怕你们。当初你在做这件事的时候，就应该想到，有一天，你也会面临同样的境地。当初的我，就是现在的你，该来的总会来的，这一点，你意识到了吗?”

她的眼睛忽然变得亮亮的，身体也微微颤抖起来。

“我跟你说这些话，是因为我希望你能反省自己，并不会真的拿这件事来要挟你。你们当初用了卑劣的方法，可我不会，这就是我跟你们的区别，也是我的选择……好了，该说的我都说完了，想不想继续背着这个心灵的包袱，都在于你的选择，我走了。”

说完之后，我就站了起来，提着包向门口走去。

在拉开门，迈出了一只脚的一瞬间，“等一下!”

回过头去，我看到了她脸上如释重负的神情。

“我是杨玲的远房亲戚。当年杨玲回中国后，杨怀山不放心，就找到了我，让我到杨玲的身边去帮她，并要求我时时把杨玲的情况都汇报给他，然后他再给我下一步的指示。不过，杨玲只知道我是她的亲戚，却不知道我直接听命于她的父亲。这些年来我也帮他们做了不少错事，尤其是对你和你身边的人。”

“这么说那天以赵露的名义去找许宁的人是你?”

“嗯，那天上午齐凡哥来公司说要跟你求婚，杨玲听了以后，就吩咐我以赵露的名义去找许宁要你的资料。后来下午我就去找许宁了，还趁她出去的时候，拍下了你们的短信聊天记录，就是那天我们见面的时候我给你看的东西……”

听她讲完了所有她知道的事，我轻松了不少，虽然还没能得知杨玲当初为什么要这么做，不过至少我有把握可以让她说出来了。

文文带着歉疚的表情盯着我，语气哽咽地说：“对不起，虽然知道这弥补不了你和齐凡所受到的伤害，可我希望忏悔得还不算太迟……真的真的很对不起！”

我真诚地望着她的眼睛，“其实我也有错，无论我出于何种目的，当初都不应该以假身份去欺骗齐凡，所以后来我也受到惩罚了。在跟他分开的日子里，我夜夜被心痛折磨。现在，你也该明白了，什么事情都有因有果，作了什么样的选择，就要承担相应的后果！文文，从今以后多多向善吧，就算为了你未来的幸福，你的家人，你的孩子，好吗？”

“嗯！”她眼里噙满了泪水，“谢谢你，婉云！”

就要到揭晓最终谜底的时候了，虽然有十足的把握，但我也不能保证杨玲会把所有的事情摊开来。

来到了约定的地点，她竟然先到了，看着她一副悠然自得的样子，看来还什么都不知道。

“预告结束，要放映全片了吗？”杨玲轻描淡写地说着。

我坐了下来，“还好没让你等太久。”

“我洗耳恭听。”

“我已经知道你做的事了。”我定定地看着她。

她微翘了一下嘴角，“不可能！”

“不可能吗？文文是你的远房亲戚吧！”

我刚说完，她的嘴角就撇了下来，冷冷地看着我。

“我还知道当初是你让她以赵露的名义，去找许宁，后来又逼我离开齐凡。那些照片也都是你找人拍的，还以我的名义发给了许宁。我和齐凡在一起的一年里，遇到的很多事都跟你有关。我回来后，在片场，你让文文注意着我的动向，有一次，我差点被花瓶砸到，就是你授意她的。后来，你让她去找杜青，并挑拨杜青和韩晓颖的关系，然后帮杜青使计处处针对韩晓颖……这一桩桩一件件的事你敢说你没做过吗？”我厉声质问她。

她一直一言不发地听着，等我说完后，她也没有做出回答，脸上也一直没有什么表情。

见她这样，我冷冷地开口了，“你做这些都是为了齐凡是吗？那我告诉你一件事情，我和齐凡已经和好了！”

“你说什么？”她震惊了。

这次轮到我不作声了，就这样静静地看着她。

过了很久，她像是有些败下阵来，恍恍惚惚地说：“在齐凡遇到你之前，我就知道他有想自己开公司的想法，但是当时他对赵露有好感，而那个时候，我跟赵露的关系也不是太好。我想如果将来齐凡和赵露在一起了，她肯定不会同意我继续待在齐凡的身边，那个时候我很着急。可后来有一次，我在一个聚会上，看见了许宁带着你，当时我就注意到了，你跟赵露有几分神似，那会儿我就有了一个还不太成熟的想法。后来，我调查了你们家，发现你弟弟很有学习天分，于是我就让他同寝室的同学带他一起去参加考试，没想到他果然没让我失望，真的考上了。这个时候，你一定会为了他的学费发愁，而另一边我去了《遇见你》栏目组，去找我的好朋友，并主动跟她提出可以让齐凡来参加节目。之后，我骗齐凡说，节目组来邀约，并使劲说服他参加。同时，我发了一封匿名邮件给许宁，说齐凡要上节目，我知道她肯定会让你来参加。”

“为什么？”

她笑了，“因为凭我对许宁的了解，她这个人为达目的不择手段，她是不会放弃这么好的可以接近齐凡的机会的。而且从她那天带着你出席，我就看出来，她很器重你，而你也有点像年轻时候的她，身上有股冲劲。”

“你费了这么大的劲就为了把我送去齐凡的身边？”我想不通地问道。

“没错，我需要一颗棋子，帮我除掉赵露，而你的存在，一开始就已经设定好了，一个骗子，最后怎么能留在齐凡的身边呢？”

渐渐明白了她的用意，我微皱着眉头，“可你就不怕齐凡会真的爱上我？”

“我就是要让他爱上你，爱得越深，最后知道真相的时候才会越痛不欲生，你就越不可能再出现在他的生命里。这样最终他会发现，陪在他身边的人，只有我！”

那样没有温度的声音，我不禁摇了摇头，缓缓地开口了，“那你太不了解齐凡了，其实他的心中一直向往着找到真爱，而真爱是用真心换来的，这个，你有吗？”

她空洞的眼神，慢慢开始聚焦了。

“所以，我敢保证，这些年来，即使你待在他的身边，可你也从未真正地接近过他的内心一分一秒！”

我刚说完这句话，她的表情就有了明显的变化，不再那么不可一世，低垂的眼眸像是在回忆着什么。

我接着说道：“你从小没有母亲陪伴，是在父亲的疼爱下长大的，对吗？”

她猛地抬起头来，“别跟我提他，如果不是他只知道忙着工作，让我一个人孤单地过了那么多年，我会变成现在这个样子吗？他根本就没有给过我关心，没有给过我爱。每次回到家，只是问我想要什么衣服，包，鞋子，从来都没有关心过我真正想要的是什么，连小时候的拥抱都吝啬给予，所以我不想再待在那个家里了，不想再走他安排的路。后来，我来到了北京，成为了齐凡的经纪人，我帮了他那么多，他怎么能离开我呢，我不想再一个人了！”

注意到她的情绪有些激动了，我便没有再开口，让她冷静了一下。

待她平稳了不少，我才轻声地说：“杨玲，你刚刚的话里，所有的事情都是一个‘我’字，你所有的要求，包括让齐凡留在你的身边，都是因为你不想怎么怎么样，好，那我问你，你有问过齐凡他想怎么样吗？你有问过他快不快乐吗？你有问过他累不累吗？爱一个人，不是这样的。说到你父亲，我想问你，你知道我原来工作的那家报社，现在的老板是谁吗？”

她没有说话，只是沉默地看着我。

“我告诉你，老板就是你的父亲——杨怀山。你说他不关心你，不爱护你，可你知道他为了你，在背后做了多少事。他知道你想留在齐凡的身边，怕许宁会坏事，便买下了整个报社。后来他风尘仆仆地从美国回来，就只是为了看你一眼。还有，他为了要帮你，甚至不惜在我的车上做手脚。虽然这些方式都不对，可却不难从中看出，一个父亲对女儿的心。我在想，你说是因为他对你缺少爱，你才变成了今天的样子，那你有没有想过，他变成今天这样，难道不是因为你对他缺少关心吗？你们父女俩，都不太懂得该怎样去表达爱，接受爱……杨玲，回家吧，跟你爸爸好好地吃一顿饭，一顿再普通不过的家常便饭，你可以跟他聊聊让你快乐或伤感的事，这才是家人！”

良久之后，她叹了口气，“看来……最终还是我输了！”

“输赢从来都不是既定的，全在于自己的选择。当然，我觉得这个才是最好的结局。”

她目不转睛地盯着我，最后，缓缓地说：“我现在才知道，齐凡为什么会对你情有独钟了。虽然我比你大 3 岁，可我觉得你比我有智慧，比我更懂得怎样让自己、让别人都快乐！”

“我只是想活得简单一点，忠实于自己的内心，爱护着身边的人，也感恩着他们对我的爱，或许这样，会快乐些吧！至于齐凡那边，你放心，你帮了他这么多年，我不会告诉他的，至于以后想怎么做，就由你自己决定吧！”

她听后，显现出惊愕的神情，“为什么？”

我的脸上浮现起了笑容，“如果没有你，我也就不会遇到齐凡了！”

第四十八章
迟来的幸福

难得睡到了自然醒，好舒服啊，我伸了个懒腰，身心愉悦地拉开了窗帘，洋洋洒洒的日光透过玻璃映射了进来，我的心里充满了宁静和快乐！

今天要去和齐凡约会，我要快点打扮一下，呵呵。

到了约定的地点，他带着我去了一个地方。当走在那条熟悉的路上时，我默默地带上了笑容。

来到了那个大喷泉前，我们手拉着手在旁边坐了下来。

“为什么想到要来这儿，你又有愿望了吗?”我调皮地搡了他一下。

“我是来还愿的，我这几年一直在许一个愿望，没想到真的应验了。”

我好奇地盯着他，“什么愿望啊?”

“我求它保佑，让你回到我的身边，现在不就实现了吗?”他边说着，边握住了我的手。

我听了，慢慢地把头靠在了他的肩膀上。

“对了，杨玲辞职了，她回美国了。”齐凡也把头靠了过来。

“哦。”

“你们之间是不是发生过什么事了?”

“没有啊！”我轻快地说着。

薄唇勾起了一个月牙般的弧度，“没有就没有吧，只要你开心就好了！”齐凡说着，思绪回到了一个星期前，那次他借口出差去了趟美国，实则是去找杨怀山。

……

“叔叔，冒昧打扰了。”齐凡很有礼貌地先开口了。

“没事的，难得你会来找我，有什么事吗？”

“我这个人不太喜欢绕弯子，就直说了，我和杨玲是很多年的工作伙伴了，她对我来说，也是很珍惜的朋友，而我们之间，除此之外，什么都没有。所以，我也希望您不要再做出任何伤害蒋婉云的事！”

“蒋婉云？她是你什么人，你这么在意她。”

齐凡的眼神忽然闪亮起来，“她是我心爱的人，对我来说，是生命一般的存在！所以我郑重地通知您，请离她远一些！否则，我不知道自己会做出什么样的事情来。”

杨怀山瞪大了眼睛，表情惊讶地看着他，他没想到齐凡竟会这样跟他说话。

……

“大呆瓜！”叫了他两声都没反应，我只好凑到了他耳边。

“啊？”他猛地一下回过了神。

“我问你话呢。”

“哦，我没听到，再说一遍。”

我不满地瞪了他一眼，还是乖乖地又问了一遍：“为什么会等着我？”

“不为什么啊，只是觉得你也会等着，呵呵！”

他一下露出了阳光般的笑容，那么耀眼，那么温暖，我的心瞬间被感动填满了，深深地凝视着他。

似是被我的目光感染了，他用手托着我的下巴，慢慢地吻在了我的唇上，甜蜜的心跳声就这样蔓延开来，仿佛周围的一切都带着光芒。或许此时，坐在喷泉上的小天使，也偷偷地笑了吧……

此时站在门口的杨怀山十分焦急地左顾右盼着。

直到一辆车开了进来，看到那个他时时刻刻牵挂着的身影终于出现在了眼前，杨怀山才放下心来。

杨玲主动牵着他的手走了进去，陪他在客厅里坐了下来，“爸，我回来了。”

“嗯，等你好久了，想吃什么，咱们现在就去吃，或者我让人做。”

杨玲挽上了杨怀山的胳膊，撒娇地看着他，“我今天想在家里吃，而且想吃你做的！”

“我？”

“嗯，好不好嘛？”

杨怀山难得感到杨玲对他如此亲近，便笑了起来，“好好好，你想吃什么，爸爸现在就去给你做。”

杨玲高兴地陪着他一起来到了厨房，翻箱倒柜地找到了一件围裙，帮杨怀山戴在了脖子上，然后竖起了大拇指，“太帅了！”

“呵呵，你啊，好了，你去忙你的去吧！”

“我不，我要看着你做。”

杨怀山没办法，只好依了杨玲，像小时候一样，让她坐在一边看着，自己开始了洗菜、切菜。

杨玲久久地注视着那个忙碌的背影，舍不得移开目光，渐渐的，眼泪竟漫上了眼眶，有些泪水已忍不住流了下来，她有些哽咽了，“爸，你知道吗，小时候，自从妈妈走后，我觉得整个家里最温暖的事，就是看着你系着围裙在厨房里忙东忙西准备着我爱吃的菜。有时候，你高兴了，还会哼起歌来，我也会跟着你一起唱。那种最简单的快乐和幸福，我们好像好久都没有拥有过了！”

杨怀山背对着杨玲，眼里也湿润了，他抬手抹了一把，怀着歉疚的心情，声音颤抖地说：“玲玲，是爸爸错了，对不起！以后，咱们就在家里一起吃饭，好吗？”

“嗯！”她边哭着，边走了过去。

杨怀山也转过身，把她抱在了怀里，这个对杨玲来说遥不可及的拥抱，此时终于回来了！

……

楚晓磊、杜青和韩晓颖主演的电视剧开播了，可不知怎的，比起男女主角楚晓磊和杜青的搭配，观众们居然更偏爱楚晓磊和韩晓颖的配合。

今天宣传时，媒体的问题也大都集中在他们两人身上，可以说，他们又一起迈上了事业的新台阶。我在一旁看着，感到很欣慰。

这时，我注意到了刚下台的杜青，看着她有些灰暗的脸色，我走上前去，“你没事吧？”

“用不着你管，少在这儿假惺惺的。”她一出口便是这些话。

“你天天这么对别人，难道就不怕有一天整个世界都这么对你吗？”我镇定自若地望着她。

这次她不作声了。

“杜青，女神，神在这里，知道吗？”我边说，边指了指心口，“多向赵露学学吧，那样你会更豁达，更美丽，希望下次再见你时，你的第一句话能是——‘谢谢’！”

杜青若有所思地站在原地。

在化妆间内，赵露换上了军装。她看着镜子里的自己，剪短的头发，清淡的妆容，英姿飒爽，连一旁的造型师都禁不住赞叹道："没想到你穿军装会这么好看，这么帅气，看来你早该接军人的角色了。"

正在这时，响起了敲门声，可门开的一瞬间，她的笑容就凝固在了脸上，然后赶忙装作漠不关心地转过了头。

造型师一看，赶紧迎了上去，"王总来了。"

"嗯，我来看看。"

"那好，你们聊，我先出去了。"

房间里只剩下他俩了，王嘉明走到了赵露的身边。不得不说，他还从未见过这样的赵露，目不转睛地盯了一阵之后，才开口说道："你穿军装真的很好看!"

赵露想起了杨玲跟她说过的话，顿时气不打一处来，没理王嘉明。

"你怎么想起拍军旅戏来了，拍这样的戏很辛苦的，可能还会有危险，这些你知道吗?"

赵露终于忍不住了，瞪了他一眼，"这我能不知道吗？好了，我要去拍戏了，别挡着路。"

王嘉明眼睁睁地看着她离开了，思索了一会儿后，还是跟了上去。

开始拍摄了，这次她要跑几个炸点，王嘉明也在一旁看着，微皱的眉头显示出他此时紧张的心情。

赵露本已做好了准备，可当她扫到了那个熟悉的身影时，心不禁散乱起来，脑袋里也思绪纷杂，难以集中注意力，跑过了 3 个炸点后，她以为已经全部完成了，便放慢了速度。

这时一旁的导演和工作人员都吓了一跳，"还有一个，赵露怎么不跑了？快告诉那边，不要引爆。"

说时迟那时快，旁边的一个身影早在听到这句话的同时，飞身出去，他用尽了全力一把搂过了赵露。随着爆破声的响起，他护着赵露倒在了地上，因为怕赵露会磕碰到，王嘉明在倒地的一瞬间，紧紧地抱住了赵露，用自己的背挨着地，狠狠地摔了下去。

烟雾之中，赵露混混沌沌地睁开了眼睛，她抬起头，看着依然没松手的那个人，可他的眼睛却是闭着的，没有任何表情。

赵露吓坏了，撕心裂肺地喊起来："快来人啊!"她从来没有像今天这样害怕过，害怕到已经浑身瘫软到动不了了。

在工作人员把她搀起来以后，她就晕了过去。

听到消息，我和齐凡都赶到了医院，向医生询问了情况之后，我们来到了王嘉明的病房。

过了许久，我注意到了门口的一个身影，齐凡也看到了她，“露露，你怎么下床了?”

看着她苍白憔悴的脸，我也心疼起来，跟着齐凡来到了门外。

“你们俩先聊，我出去一下。”齐凡看我有话跟赵露说，便先离开了。

我拉着赵露找了个地方坐了下来，她神情憔悴地看着我，“听说当年你出国深造是王嘉明帮你的?”

“嗯，他对我就像对妹妹一样。有一件事，我忘了跟你说了，其实很早之前，我就认他做哥哥了，抱歉没早告诉你。还有，他这么多年来，跟你一样，心里都一直住着一个人，你知道是谁吗?”

没想到，她听后，竟摇了摇头，“分手那天我就知道了。”

“你不知道，你们分手那天，他说的话都不是他的本意。前段时间我跟他聊天时，他告诉了我当年离开你的苦衷，你想听吗?”

见她没有表态，我便径自说了下去：“他说你们约定见面的前一天，有个叫木晴的女人找过他，她劝他离开你，说他会阻挡你的星途，嘉明哥说当时他就拒绝了，因为他不想失去你。可是木晴跟他说，无论家世、财力各个方面，你都太过优秀，不应该就这样埋没在他的身边。她让嘉明哥不要那么自私，后来她说了一句话，戳到了嘉明哥的痛处，那也是他最害怕的。木晴说，他可以留在你的身边，可是如果有一天，你后悔了，说这不是你想要的生活，那到了那个时候，他该怎么面对?

嘉明哥跟我说，最后这句话，彻底击垮了他，他可以为你做任何事，可他唯一无法面对的就是你后悔的眼神，他深深害怕会有那么一天。经过内心几番挣扎，他终于作出了决定，就是不再耽误你，放手让你去更广阔的天空自由翱翔。因此，约定的那一天，他拜托女同学帮了他一个忙，跟他一起演一场戏，一场他永远也无法出戏的戏！他说那天下雨了，看着你扶着大树的泛白的指节，他的心也跟着一起死了。露露，我能感觉得出，他说的是真心话，因为我也经历过同样的事情。他真的很爱你，我也相信，这么多年来，他没能睡过一天安稳觉!”

赵露的眼里已有了星星点点的泪光，她握住了我的手，“带我去他的病房!”

知道刚了解真相的她，一定很难受，我便搂着她的肩膀，陪着她走进了王嘉明的病房。“露露，还有一件事情，希望你听了，不要太难过，嘉明哥为了保护你，头部脑震荡，有可能会……失明！”

赵露听着，居然没有说话，她慢慢走近了王嘉明的病床，静静地看着他。过了一会儿，她伸出了手，缓缓地抚摸着王嘉明的眉眼，“多好看的眼睛啊，总是那么神采飞扬的……对不起，嘉明。”

眼泪就这样顺着她的脸颊，滴在了王嘉明的脸上。

“不过，你不要担心，不要害怕，从今以后，我就是你的眼睛了，你想去哪儿，我都陪着你去，我们还是可以像以前一样，这次由我来做饭给你吃，由我在你生病时，给你买药照顾你，由我来保护你！我们已经错过了那么长时间了，以后的人生里，你都要陪在我的身边，哪儿都不准去，我要把你牢牢地握在手心里。因为我不想当什么女神，我只想当王嘉明的女朋友！”

她在王嘉明的眼睛上轻轻地吻了一下。

之后，她泪眼朦胧地回过身看着我，走到了我的跟前，小声地说：“一会儿他醒来了，你们能和我在这儿一起安慰他吗？我不想让他觉得孤单！”

我没有说话，嘴角含着笑。这时，一个声音从她身后传来，“我有你就够了！”

赵露猛地一下回过头看去，惊讶得都说不出话来了，王嘉明正好好地站在她的面前。

她急地冲着他挥了挥手，“能看见吗？”

王嘉明一下笑了，一把把赵露抱在了怀里，“你说呢，小傻瓜。”

赵露这才反应过来，她气得使劲推开了王嘉明，转身看着我，“好啊你，婉云，竟敢骗我，你……”

就在她还没说完时，就被拽了回去，转身的瞬间，一个吻就落在她的唇上。王嘉明一手搂着她，一手扶着她的头，深深地吻着她，起初赵露还想推开他，可慢慢地，她闭上了眼睛，用心感受着那份迟来的幸福！

看到他们这样，我悄悄地退了出去，关上了门，结果一下撞到一个人身上，我抬起头看着他，“你回来啦。”

“嗯，他们和好了？”齐凡俯身在我耳边问道。

“你不会自己看啊？”

他带着灿烂的笑容，搂过了我的肩膀，“我才懒得看呢，不过，我也要晒幸福。”他说着，把脸凑到了我的脸前。

看着那个无限放大的俊脸，我有些害羞地别过了脸，“别闹了。”

“小呆瓜，还是那么可爱!”他刮了一下我的鼻子，“走吧!”

我们手牵着手离开了医院。

第四十九章
抉择

忙活了那么久，终于到今天了，看着穿着洁白婚纱的小雪，我感慨万千地扶住了她的肩膀，“今天的你，真漂亮！小雪，你是我这辈子最好的闺蜜，能看到你幸福，我真的很开心。我已经跟蒋健安说过了，让他要好好地照顾你，疼爱你，我相信他会做到的！”

小雪带着甜美的微笑，把手放在了我的手上，“我也相信，因为他是蒋婉云的弟弟，肯定没错，呵呵。”

“又逗我？”

“说真的，婉云，其实我和健安走到今天这一步，真的很不容易，你真的帮了我们很多。以前我总在担心着年龄的问题，担心着很多不可预料的事情，可是现在，我想通了，缘分既然来了，我就不会再逃避，不会再犹豫不决。无论以后会怎样，至少从今天开始，我要抓紧它，为了我们的将来去努力，我有信心，我是最适合也是最懂他的那个人！”

我听着，也笑了，“当然了，你要相信你的选择，更要相信他的选择，不是说了吗，自信的女人最美。随着年龄增长，虽然容颜实在不可控制，可时光也会赋予你另一种美丽，你要相信，这种美丽会更为持久，会像一道和煦的阳光一样一点一点积聚在他的心里，到最后，就无论如何也割舍不掉了！”

“嗯，谢谢你，亲爱的！”

婚礼准时开始了，看着他们互换戒指，那样紧紧地抱在一起，不知怎的，我的眼泪竟也忍不住地流了下来。齐凡注意到了我的变化，伸手搂住了我的肩膀，我泪中带笑地看着他，他也心领神会地冲着我笑了……

几天后，我接到了远在美国的 Linda 打来的电话，她跟我说当初我们一起做的那个电影策划通过了，将会由好莱坞大导演来拍摄，她让我回去帮她，可想到齐凡，我犹豫了。

“婉云，这不是你的梦想吗？多好的机会啊，而且你不是说你弟弟是学设计的吗，这次的造型师都是国际大师，你可以带着他一起来，让他也参与进来，这对他来说，可是个很好的学习机会啊！”

“不好意思啊，让我再考虑一下吧！”

我再次陷入了两难的境地。我在美国的时候，Linda 对我照顾有加，这份人情到现在也没能还上，唉。

不知该怎么办，我约了齐凡出来商量，可见到他的那一秒时，我又不知该怎么开口了。

他看着我吞吞吐吐的样子，轻轻弹了一下我的额头，“你怎么了，不是有话要说吗？”

想了半天后，我还是把这件事告诉了他，没想到他听了之后，居然笑了。

“我还以为是什么事呢，想去就去吧，这不是你的梦想吗？”

我有些诧异地看着他，“你说的是真心话，不生气？”

他听后，故意拉下脸来，“生气，怎么能不生气呢，又要等了。”

见我有些过意不去了，他换了个表情，认真地说：“婉云，我知道我们分开之后，你一定每天都不好受，现在，你的梦想能实现了，我希望你快乐。再说了，你又不是不回来了。”

我听着，居然鼻子有些发酸了。

他摸了摸我的头，“好了，带着健安一起去，好好地打造你们的梦想吧，当初我为了实现自己和我哥的梦想时所付出的努力，我到现在都还记忆犹新，所以我明白那种感觉，不要想太多了，开开心心地去做吧！”

“你怎么那么好啊？”

他一下笑了，“因为遇到了同样好的你啊！呵呵。不过，我有一个要求。”

“什么啊？”

“你要把我给你的求婚戒指带上。你不知道吧，那个戒指是我找好朋友设计的。他这个人有个规矩，婚戒一生只能找他设计一次，所以那是唯一的一枚，当初戴在了你的手指上，这一辈子就只属于你一个人，因此，你也只属于我一个人！”

我挑着眉，看了他一眼，“呦，想把我套住啊，那你呢？”

他露出了调皮的笑容，“我等着你回来套我啊，哈哈。”

我“扑哧”一声笑了出来，接着，伸出了小拇指，“那来拉钩。”

“好啊！”

两个小指勾在了一起，本以为会是十分舍不得的离别，可竟在这样互相理解的气氛中进行着。此时，我真的真的很感谢上天，把这么好、这么懂我的齐凡带到了我的身边，齐凡，你知道吗？你就是我的清泉，永远永远都不变！

……

在美国期间，杨玲还请我吃了饭，当面为她和她父亲以前的行为向我道了歉。

光阴荏苒，在美国的时间很快就过去了。起初每天我都要和齐凡视频通话，健安也要和小雪天天联系，可最近两个月不知怎么了，齐凡的手机怎么都打不通，我视频呼他，也没有任何反应，我有些担心起来。

这天，健安看我心事重重的，忍不住开口了：“姐，你最近怎么了，老是心不在焉的。”

“没怎么啊！”

“你别骗我了，是因为齐凡哥吗？”

我微微皱起了眉头，没有说话。

“咱们的工作都完成了，你打算什么时候回去？”

“就最近吧！”

他听了，笑了，“我看你是心急如焚才对，呵呵。”

正在这时，手机响了起来，我下意识地接了起来，盼望着是那个声音。

“喂，婉云，是我，王嘉明。”

一听不是齐凡，我稍稍有些泄气了，“嗯，嘉明哥。”

“你和健安什么时候回来呢，我和露露要结婚了，你们可一定要回来参加我们的结婚典礼啊，这可是露露特意嘱咐我的。”

我一下惊呼出声来，“真的吗，你们终于要结婚啦，太好了。”

“让露露跟你说几句吧！”

“喂，我的女神。”赵露居然先喊了出来。

“啊，干吗抢我台词啊，这是我要喊的。”

“呵呵，在我心里，你就是啊，快点回来吧，我要你们都来参加我的婚礼。”

听见了“你们”两个字，我不禁燃起了希望，那我是不是就可以见到齐凡了，想到这儿，我欢快地答应她：“嗯，放心吧，一定准时到场。”

“嗯，等着你和健安哦。”

放下电话后，我看着健安催促道：“快收拾一下东西，咱们要回家啦！”

“小雪主编，你相公要回来了，哈哈。”

看着他高兴的样子，我也跟着绽放了笑容，齐凡，我要回来了！

第五十章
携手相依

能够实现自己的梦想，健安也学到不少东西，可以说，我们是满载而归了！

到了约定的那天，我和健安、小雪，一起来到了赵露和王嘉明的婚礼现场，碰到了好多熟悉的人，高扬、林佳华、奇奇都来了，楚晓磊和韩晓颖也结伴而来。

“我们这一个大家族总算凑齐了，呵呵。”林佳华笑着说。

高扬环视了一圈，“好像还少一个重要的人，楚晓磊，你哥呢？”他说这话时，还看了我一眼。

本来想直接问楚晓磊的，没想到他先帮我问出来了。

“我也不知道啊，最近我也找不到他，不晓得他在干吗呢。对了，这个问题你应该问她才对，怎么问我呢？”楚晓磊瞄了我一眼。

我顿时沉默不语了。

奇奇一看，赶紧说道：“好了，好了，婚礼马上开始了，咱们入座吧！”

接着，她和韩晓颖拉着我，一起坐了下来。

随着舒缓的婚礼进行曲的响起，王嘉明终于等到了他的新娘，那个手拿捧花，微颔首，带着娇羞的笑容，十分圣洁美丽的赵露。

无论在什么时候，赵露的气质都是那样超凡脱俗，王嘉明牵着她走上了台，两人互相凝望着彼此，往日的一幕幕竟就这样浮现在眼前。

两人同时都笑了，王嘉明慢慢地靠近赵露，在她的额头上印下了一吻，赵露也静静地闭上了眼睛。

之后，她笑颜如花地望着他，“本来想把我的日记本作为礼物送给你的，可惜没送成，那我现在就把里面的一句话送给你：因为我不想当什么女神，我只想做王嘉明的妻子！”

王嘉明感动地把她揽入了怀里，在她的耳边低吟了一句：“抱歉，其实我早就看过了。还有一件事，我一直没好意思给你说，从见到你的第一天起，我就只有一个想法，我要把你娶回家，呵呵。”

赵露带着甜美的微笑，眼含着泪水，搂紧了王嘉明……

见他们终于幸福地在一起了，我也由衷地为他们感到高兴。可转头看了一眼身边的座位，不禁想起了那时健安和小雪的婚礼，坐在我身旁，搂着我，对着我笑的那个人，他现在到底在哪里？

接下来的婚宴上，我整个人都无精打采的，忽然，我听到了旁边的人在议论着什么。

“你看前几天的那个新闻了吗？”“看了啊，就是齐凡和一个女的一起去婚纱店选婚纱，传言是他的新女友呢？”

刚拿着杯子准备喝的我，一下愣了，杯子掉了下去，酒洒到了身上，动静大了点，高扬、健安、小雪都转头看过来。

奇奇关切地问我：“你没事吧，婉云。”她赶忙帮我擦衣服。

我呆呆地看着她，“啊？我有点醉了，好晕啊，我先走了。”

高扬正准备站起来时，蒋健安和小雪先赶了过来，“那你们慢慢吃，帮我们跟嘉明哥和赵露姐说一声，就说我姐喝醉了，我们先送她回去。”

“嗯，路上小心啊！”林佳华担心地看着。

高扬也注视着那个有些摇晃的身影。

坐在车上，我不知道自己在哪儿，在干什么，头好疼啊，怎么会呼吸这么困难呢，我捶了捶胸口，怎么连你也折磨我……

之后的几天里，我都过得稀里糊涂的。今天一大早，我就醒来了，可老爸老妈不知道去哪儿了，我一个人待在空荡荡的屋里。

正在这时，门铃声响了起来，开门的一瞬间，我有些懵了，奇奇，晓颖，还有小雪都来了。

我迷茫地看着她们，“你们怎么都来了？”

“哦，这几天叫你，你都不出来，我们只好亲自登门了。”奇奇不满地说。

“婉云姐，跟我们出去转转吧，别老待在家里了。”

“就是，走吧！”小雪也附和着韩晓颖的话。

我摇了摇头。

奇奇一看，朝她俩使了个眼色，她们立即一个进来拿着我的包，一个把鞋摆在了我的面前，逼着我穿好后，架着我离开了。

一路上，我无语地瞪着她们，“你们竟敢绑架我?”

“谁让你不听话呢，呵呵。”

车停在了一家婚纱店前，想起了听到的新闻，我噘着嘴喊起来，“带我来这儿干吗?”

“这家店今天缺个模特，你就帮忙试一下婚纱吧，下车吧!”

知道反抗无效，我只好跟着她们走了进去。

看见那件婚纱的那一秒钟，我呆住了，思绪一下回到了跟齐凡分手前的那个夜晚，我站在橱窗前看到的就是这件婚纱。当时齐凡也说，会带我来穿上这件婚纱的，想到这，我猛地转头看了一下这家店，这不就是那时我来过的那家店吗?

可是现在……我的情绪一下落到了最低点，可她们却使劲推着我去试婚纱了。

看着镜子里的自己，我不知道是该哭还是该笑，这么好看的婚纱，可是……看的人在哪里呢?

之后，她们又按着我，给我化妆，盘头发，都弄好了之后，就带着我上车了。

“好了，咱们现在就出发去外景地。”奇奇发动了车。

我悠悠地开口了，“你们怎么不去给她当模特，非要我去?”

“那个……你漂亮嘛。”小雪笑着说。

“啊，这还是你第一次夸我呢。”我无奈地看着她。

晓颖握住了我的手，“婉云姐，别想太多了，跟我们走就对了。”

她们带着我来到了一大片青草地上，不远处整齐地摆着一排排座椅，还有一个大台子，一块大屏幕，气球、花篮应有尽有。

在阳光的照耀下，这地方竟显得十分梦幻美丽。走到了跟前，站在红毯的一头，我不禁疑惑地问道：“不就是拍个外景吗？怎么弄得像真的结婚典礼似的。”

就在我话音刚落下的时候，奇奇指了指另一边，“你看那是谁?”

抬起头的一瞬间，我瞪大了眼睛，下意识地脱口而出：“齐凡!”

穿着西装，身姿挺拔，五官俊朗的那个人，时时刻刻都带着光芒的那个人，此时正温柔地望着我的那个人，不就是那个我念想了无数遍的——齐凡吗?

“这是怎么回事?”我问奇奇。

“傻丫头，其实他两个月之前，就在筹备这个惊喜了，他说那时候你看上了一件婚纱，所以让我陪他去看了一下，新闻里的那个女孩是我，呵呵，你再看看他们。”

不知什么时候，爸爸妈妈，齐圣民、苏清梅、健安、高扬、楚晓磊、王嘉明、赵露、林佳华，还有很多朋友，都站在了两边。

我的眼泪猛地涌上了眼眶，突然什么话都说不出来了。

正在这时，大屏幕上忽然放出了一段影像，一个眼含热泪的女孩，正在说着她的离别留言："你知道吗？我好舍不得你，连心都已经痛到麻木了呢。如果未来的某一天，你能看到这段话的话，我希望你不要再怪我，不要再生气，不要再难过了，因为我真的真的很爱你，爱到一秒钟也不想跟你分开！如果你再也看不到这段话，那就让它永远尘封，不再被开启，因为……我希望你幸福快乐，即使你的身边，你的记忆里再也没有我！"

播放完了以后，他拿着话筒开口了："婉云，我们从遇见到相识到分开再到默契地等待，足足历经了6年的时间。5年前我曾求过一次婚，你答应了，可那天之后，我们的结婚典礼就这样被搁浅了。你知道吗，这么多年来，我一直希望能看到你穿着你喜欢的那件纯白的婚纱，然后来到我的身边，履行我们爱的誓言，我们要定下一份新的合约，约定做一对牵着手从满头黑发走到满头白发的老夫妻，期限是伴随着我们的心跳声，直到它们停止！我希望你以后的人生，都有我为你遮风挡雨，我要好好地保护着你，疼爱着你，给你一个温暖的家！那天求婚的时候，我说的这段话，你还记得吗？"

接过话筒，我边流着泪，边声音颤抖地说："大呆瓜，我怎么能忘记呢？你知道我们分开的前一天晚上，我目送你的时候，我内心真实的想法是什么吗？我想，我要待在你的身边，提醒你不要总忙着工作，要多休息；我要亲自给你做饭，因为你不吃辣的；以后再有朋友找你帮忙，我要第一时间为你披上外套，不让你急急忙忙地跑出去……我要陪在你的身边，很久很久！"

齐凡的眼里也溢满了泪水。

这时，爸爸走到了我的身边，他冲我伸出了胳膊，激动地看着我，"来，我永远的小公主，爸爸送你通过幸福的大门！"

我感动地挽上了爸爸的胳膊，跟着他一步一步走向了我崭新的未来。

从爸爸的手里接过我的那一刻，齐凡对着我的父亲深深地点了下头。

爸爸看着，虽然眼睛里有泪光在闪烁，还是放开了手，"齐凡啊，我把婉云交给你了，好好待她！"

"嗯，我一定会的！"

走上了台，终于和他这样面对面地站着，沐浴着阳光，说着我们的结婚誓言，一切都那么美好。

到了要交换戒指的时候，我带着微笑转过了身，他会意地取下了我脖子上的项链，两枚戒指也再次回到了我们的手上。

他俯身靠近了我的耳边，轻声地问道："小呆瓜，开心吗？"

我没有说话，只是一下吻在了他的唇上，他不自觉地微扬起嘴角，缓缓地抱住了我。

大家看着拥吻的我们，都情不自禁地鼓起掌来，送上了最真挚的祝福。

……

一个月后，齐凡的办公室里又传来了吵闹声。

"我是看在你是我好兄弟的面子上，才跟你签约的，你居然让陆奇奇给我当经纪人，绝，对，不，可，能！"林佳华情绪激动地看着齐凡。

"你不要那么激动好不好，奇奇这个人工作能力强，人又好，你有什么不愿意的？"齐凡认真地说。

正在这时，敲门声响了起来，"请进！"

奇奇也刚好赶着这个时间出现了，齐凡一看，有点焦头烂额了。

"齐总，你找我？"奇奇像没看见林佳华一样。

"哦，那个……从今天起，你就是我们林大帅哥的经纪人了。"

"什么？"奇奇也没忍住，喊出声来。

林佳华瞪了她一眼，"你这么大反应干什么，是我不愿意好不好，我可不想天天对着一个 31 岁的大龄剩女！"

奇奇一下火冒三丈了，不过片刻之后，她却又笑了。

林佳华看着她的笑容，有些毛骨悚然地说："你别笑得那么诡异好不好？"

"我没啊，我就是觉得齐凡哥这个安排挺好的，那从今天起，合作愉快！"奇奇说着，伸出了手来。

林佳华像发现了新大陆一样地瞪着她，"你没发烧吧？"

看着眼前的两个人，齐凡不禁无力地叹了口气，婉云啊，你交代的事，我可办了，以后会怎么样，就看他俩自己的了，唉……

高扬刚下飞机，便风尘仆仆地直奔向了父亲的酒店。

一路的疲惫，让他只想赶紧回到自己的房间里，洗个澡，好好地休息一下。因为忙着工作，也没能去参加大家的聚会，他的心情稍微有些不快。

可更意想不到的一幕，就在他推开门的一瞬间发生了。

只见一个女孩正在把他很珍视的那条独家定制的项链戴在了脖子上，他的怒气一下上来了，厉声质问道："谁让你进来的?"

女孩也被这突如其来的声音吓了一跳，她语无伦次地说："我……我是来打扫房间的。"

"打扫房间？你骗谁呢？我看你是来偷东西的吧?"高扬拔高了声调。

"才不是呢。"女孩看了他一阵，突然惊叫道，"你不是那个大明星——高扬嘛。"

高扬冷冷地看着她，"把项链摘下来。"

"凭什么，你怎么证明它是你的?"女孩紧紧握住了脖子上的项链。

高扬一看，更生气了，朝她走了过去。

女孩立马拿出手机，录了起来，"我告诉你啊，我现在已经调成录像模式了，你别乱来啊!"

可高扬根本不在意，他径直走了过去，一把抓住了她的手腕，"摘下来!"

女孩挣扎着想甩开他的手。

高扬看行不通，便一手抓着她，一手拿出手机拨了个电话，"喂，警察局吗，我这儿有个入室盗窃的……"

女孩见他竟然报警了，整个人都懵了，"你干吗啊，我说了我不是小偷。"

"打扫房间的？那你怎么不穿工作服，我看你分明就是来偷东西的。"

争执了半天之后，忽然传来了急促的脚步声，接着，几个民警出现了。

高扬看着他们来了，才松开了女孩的手，"就是她，想偷东西的时候，被我逮住了。"

"我真的不是小偷，我是来打扫房间的。"女孩大声地说。

"不是？哼哼，你脖子上还带着我价值不菲的项链呢。"

这句话一出，女孩刚要辩解，民警就走上前来，"请你先跟我们走一趟吧，等事情调查清楚了再说!"

高扬也冲着她伸出了手，"项链!"

女孩百般无奈地摘下了项链，放在了他的手里。

临走前，她看了一眼表，然后突然用哀求的眼神看着高扬，"我真的不是小偷，我还有重要的事情要做，我求求你了。"

可高扬却一言不发，像没听见一样，他表情淡漠地关上了门，在门还没合上的一瞬间，女孩依然在回头望着他，"求求你了!"她呢喃着，可是门却就那样冰冷地完全关上了!

……

面朝大海的一栋别墅内，齐凡正端了一杯牛奶，上到了二楼，他轻轻地推开了房门，“小懒虫，起床了。”

听到了他的声音，我才慢悠悠地坐了起来，“你说我是小懒虫，那他以后也是，哼哼。”我说着，指了指圆鼓鼓的肚子。

“好好好，我错了，不管是男孩还是女孩，都不是小懒虫，和你一样，是我的心肝宝贝，行了吧?”他刮了下我的鼻子。

“齐凡最好了!”我边撒娇，边在他的脸上吻了一下。

他笑了，“来，喝牛奶吧，中午想吃什么啊?”

“嗯……这会儿离中午还早着呢，真把我当吃货了。”

“你现在本来就能吃能睡的，把你照顾好是我的头等大事!”

我听着，开心地笑了。

之后，他扶我到楼下，我们一起坐在沙发上看电视，看的是战争年代的剧，我竟被里面在枪林弹雨之中还能不离不弃的感情感动了，我抬起头望着齐凡，“你说，为什么那个年代的感情能那么深刻，那么让人感动?”

他沉思了一会儿后，才缓缓地说：“我想可能是因为，在那个动荡的年代，他们的幸福每天都在生死边缘徘徊，所以拥有的时候分外珍惜。而现在的幸福与以往相比来得较容易些，人往往就会忘记怀着感恩的心去守护这份幸福了!”

觉得他说到了我的心坎里，我期待地问：“那你呢?”

齐凡听后，温柔地揽过了我，在我的额头上深深一吻，带着疼惜的目光凝视着我，深沉地说，“我只想好好地珍惜你，珍惜我们这个家，因为不论我是总经理，还是演员，都只是一个普通的人，你对我来说，都是独一无二的!”

不知该怎么样表达此时的心情，我只想看着他，就这么一直看下去……

下午，阳光满满，我躺在沙滩的躺椅上，闭上了眼睛，舒适地晒着太阳，身心都感到了一种清净的快乐。

此时，齐凡也坐在我的旁边，他动作轻缓地帮我盖上了小毯子。

静静地待了一会儿，他拿起了我的手，慢慢地放到了嘴边，带着微笑亲了一下，柔声地说：“感激上苍，让我遇见的是你!”

半睡半醒之间的我，听到了他的低语，内心溢起无比的快乐和感动，默默地在心里想着：遇见的是你，真好!

海风微微地吹着，空气里也弥漫着幸福的味道……

全书完